云南大学出版社
Yunnan University Press

Lost Horizon

James Hilton

〔英〕詹姆斯·希尔顿 著

白逸欣 赵净秋 译

消失的地平线

消失的地平线 目录

目录

消失的地平线

目录

尚未消失的地平线

李旭

"……他们都冷得直打哆嗦。除了呼呼的风声和嘎吱嘎吱的脚步声，再也听不到别的声音。他们感到自己陷入了莫名的忧愁，这种忧郁的情绪甚至弥漫在大地和空气中。月亮躲进了云层的后面，星光伴着风声，照亮了无垠的旷野。用不着多加思量，任何人都能觉察得出这荒凉的世界高山重叠，连绵起伏。在遥远的地平线上山峦起伏，闪耀着微弱的光芒，远远望去像一排排犬牙……"此时，英国驻南亚某地领事馆的领事康威，副领事曼宁森，美国人伯纳得和传教士布林科洛小姐被黑暗、恐怖、不安所笼罩，他们感到一种被放逐的凄凉。他们正从一架飞机残骸中爬出来，驾驶舱里则是一个奄奄一息的东方人。正是这个人趁康威们从南亚次大陆的巴斯库（一虚构的某国城市名）乘机前往丝绸之路上东西方交流的重镇白沙瓦时，在神不知鬼不觉中将飞机劫持。

经过漫长的向东偏北一点的飞行，飞机最终迫降在一个不知名的谷地，劫机人塔鲁身负重伤，他在临死前告诉康威，这里是西藏边缘的某个地方，叫"香格里拉"，不太远处就有一座大喇嘛庙。精通好几种东方语言的康威只知道，"拉"在藏语里是"山之通道"的意思。

正当四个人备感无助的时候，在阳光下，从"银光闪闪的雪峰"上，"正有一些人向他们走来"。于是，在长者张先生和一些当地人的引领下，他们获救并进入了香格里拉。在之后的两三个月里，四个来自"文明世界"的外国人在这片神秘的土地上见到了一系列令自己无法想象的、神奇的人和事。这里的雪山、冰川、峡谷、森林、草甸、湖泊纯净而明朗；这里的人们生活安然、闲适、知足；这里的人善良、平和、青春永驻，推崇适度的性爱和宗教修为；这里的各个民族、各种信仰和平共处、相互包容，没有纷争，没有罪恶，一切都那么和谐而宁静。还有那奇异的蓝月亮山谷和肖邦的学生以及看上去像少女但实际已六七十岁的满族公主洛珍……这里是人世间的一片净土，充满了神秘的色彩。

最后，四个人作出了不同的选择：喇嘛高僧佩劳尔特在圆寂前将香格里拉的衣钵传给了康威，但康威还是在矛盾、犹疑和恍恍惚惚中同曼宁森离开了香格里拉，尽管他非常满足，这个新世界展现给他的所有状态都和他内心的渴望契合，这些使他备感神奇，但他还是为了曼宁森的友情而走出了香格里拉。"康威如同无数的凡尘中人一样，注定要从智慧之乡逃出去充当所谓的英雄。"传教士布林科洛小姐虔诚而坚定地留在了香格里拉——她要在那里传播上帝的福音；诈骗过数亿美元的伯纳得也留了下来，那是因为他得知这里蕴藏有巨大的金矿并可以逃避追捕他的警察。曼宁森则始终不能忘怀原来那个五颜六色、尽情纵欲的所谓文明世界，在曼宁森看来，呆在香格里拉无异于荒废一生，"与此相比，他更愿意陷入战争的残酷之中"。终于，他雇了脚夫，诱惑了洛珍，并拉着康威一同离开了香格里拉。

后来，不知怎样到了重庆的康威在音乐的启示下逐渐恢复了失去的记忆，向人们讲述了他们的奇遇。

这是英国作家詹姆斯·希尔顿所著一本小说的情节，书名叫《消失的地平线》（Lost Horizon），首版发表于1933年。正是由于这本书的发表，在英语中多了一个新的词汇——"shangri-la"——香格里拉，这个词成了永恒宁静和平的象征。随着希尔顿的小说1937年后多次被拍成电影，那片神奇的土地和香格里拉的名字更是家喻户晓，引得半个多世纪以来无数探险家、旅游者、考古者，甚至淘金者纷纷寻找这个似乎是虚幻存在的地方，几乎忘了那只是一部虚构小说中的地名。新加坡华侨巨商郭鹤年将他遍及全球的酒店集团命名为"香格里拉"。位于滇藏川地区东南部的云南省迪庆藏族自治州的中甸县甚至将自己的县名就改为"香格里拉"。

对于"香格里拉"的确切意思有多种说法，如"心中的日月"，"你好，朋友"，"通往圣洁之地"等，而我们更愿意把她引申成我们中国人所熟悉的那个等同于"乌托邦"的词语——世外桃源！

据说，希尔顿《消失的地平线》，就以滇藏川交界地带的神秘地区作为书中所描绘的"香格里拉"的自然地理和文化背景。对此我一点儿都不怀疑。

我的幸运之处在于，我一直与这片地区有缘，我在这一带流连了近二十年。

2004年秋天，我在滇西北卡瓦格博神山下的澜沧江边一住就是一个多月。那是香港中国探险学会（CERS）设在那里的一个工作站，用于观测考察藏民对卡瓦格博神山的转经活动，同时为那些转山者提供酥油茶和一定的医疗服务。工作站就像一个小联合国，有时一张饭桌上就有来自七八个国家和地区的人，他们都为某种特殊的力量所吸引而来到这里。他们都知道这一带有一个"香格里拉"。有一次来自美国威斯康星的洛林问我，在这一带考察收集写作资料有多久了，我计算了一下告诉他：十八年。

自从1986年起，我就在滇藏川大三角区域不停地奔波行走，即便是我的家乡，我也没有如此频繁而深入地走过。这一区域大概是我走得最多最勤的地方。有的地方我踏访过不只五六次，横贯这一区域的茶马古道就跑过十七趟，我甚至在现被改称为"香格里拉县"的中甸（藏区习惯把它称为"建塘"）生活过一年以上的时间。无论是从感情上还是从人生历程上，我得说这就是我的第二故乡。

现在，人们将滇藏川相交接的这一大片区域称为"大香格里拉地区"，三省区准备联手将它打造为世界独一无二的旅游区。《中国国家地理》杂志大气豪迈而确切地将这里划为中国最美的地方。

这一区域大约在四千万年前就形成了现在的样子。十八年相对四千万年来说不过是沧海一粟，对我来说却是短暂一生中最为宝贵的四分之一时光。我不会再有这样的十八年了。我之所以在这一区域流连忘返，并把它书写和拍摄下来，并不因为它是什么现代人所谓的香格里拉，而是因为我在这里所花的时间和度过的青春岁月，因为我与它之间建立的特殊关系。它几乎耗尽我所有的热情。

这是我与英国作家詹姆斯·希尔顿的最大区别之所在。希尔顿仅仅依靠一些探险家和传教士描述的经历，将这一地区作为他的小说所描绘的"香格里拉"的背景，而这位以这部小说而闻名世界的作家就从来没有踏上过这片神奇的大地。细细读过这部著名的小说之后，我终于找到了我们的根本共同之处：我们都是追求完美的理想主义者，而且都崇尚并喜欢温情脉脉的宁静生活，只不过希尔顿将他的人生和社会理想放到了小说虚构的"香格里拉"中，而我把我的心灵、理想等等，用我的双脚和双眼，具体地坐实在滇藏川区域的大地上。

有时朋友或媒体会追问：你为什么老在那里泡着？在那里你得到了什么？究竟那里的什么东西吸引你十几年流连忘返？

要用语言回答这些问题几乎是徒劳的。希尔顿以他的小说做了迷人的勾画，我只能竭尽我的全力，在这里勾勒一个轮廓，描述一个大意。

我眼中和心中的香格里拉

一、自然

如果可以站在地球以外观看，你会发现滇藏川大三角地区是地球上"眉头"皱得最紧蹙的地方。中国的众多山系为东西走向，而这里的却是南北纵贯，好几系列高山如同被神的巨手从北向南划拉过，并行耸立，并为深邃的峡谷切割，形成独具一格的地理单元。

这一大片被称为横断山脉的地域别具魅力，令人心醉。这是一片耸入云天的高原，无数雪岭冰峰，簇拥起我们这个星球上神奇的地方。它不仅拥有一系列、一簇簇壮丽无比的雪峰，而且有亚热带的莽莽丛林和美如仙境的湖泊、变幻无穷的云海和超逸飘渺的山岚，更奔腾着汹涌咆哮、姿态万千的澜沧江、金沙江、怒江、岷江、雅砻江、雅鲁藏布江等世界著名的大江大川，它们千万年来刻划雕塑出了气势恢宏、惊心动魄的虎跳峡，神秘莫测的雅鲁藏布江大峡谷和怒江大峡谷等等，更孕育出种种与之相应的神奇文化。

那是一个令人顿生虔诚的宗教感情和泛起各种奇思妙想的地方。在那儿，轻易便可沉入一种超然的静寂，在那静寂中能听到自己的心跳、呼吸和热呼呼的鲜血在体内奔涌的声音。循着山谷间和草甸上泥土的浓重碱味儿，就能碰撞到一串串古老而新奇的谜语，那里面有鹰，有雄健的牦牛，有高山牧场里哔啵作响的火苗，有山腰间翻卷迷濛的云雾，有满天云雀的啾啾鸣叫，还有酷峻的雪峰后闪闪烁烁的星星……

月上梅里雪山

在喜马拉雅南北以及与之相连的横断山脉地区，高海拔的雪峰大多数时间高高地隐在云雾之中，雪山和雪山之间则是深深的大峡谷，雪峰和峡谷之间的绝对高差随便就是几千米，气候和植被都呈垂直分布。一年四季，这些山都有不同的颜色，我恐怕永远说不清这一带大山的颜色。石头间和油黑松软的土地上长满了各种奇花异草，其间更有数百种杜鹃花竞相斗妍。山里还有各种珍禽异兽，太阳鸟的鸣叫令人销魂。只要去过那里，就将永远深深沉浸在那扑朔迷离的造化之中。

澜沧江峡谷

在横断山脉的东西南北四方，排列着一组组、一簇簇海拔五六千米以上的雪峰，它们终年积雪、银光闪烁，其中的南迦巴瓦、贡嘎山和卡瓦格博海拔都在六七千米以上，接近它们，仰望它们，随时都能感受到一种惊心动魄的苍茫和旷世的沉寂。世界静得出奇，周围的大山一下子全都沉默不语。它们以一毛不生而令人震惊。那种苍凉的美、严酷的美轻易就把人带入史前时代。难以想象它们亿万年前还是孕育了地球生命的大海的海底。

遍布山梁的高山杜鹃

太阳一隐在雪峰背后，寒冷马上窜了出来，把我赶到火塘旁边，松柴弥漫起的青烟，带着来自大森林的清香，将我的双眼熏得眯了起来，只能望见银光闪闪的雪峰。雪峰就像一块巨大而威力无比的磁铁，又像一个高高在上的宇宙黑洞，曾有的欲望，曾有的躁动，曾有的迷茫等等，都被它们吸附而去，消失得无影无踪。

这就是《消失的地平线》里的主人公康威在香格里拉的感觉，这也就是他在香格里拉第一眼看到的那种雪峰：它们像完美的冰雪砌筑的尖锥，造型简洁如同孩子们信手描画而出，人们的眼光不由得为它们那四溢的光芒所吸引，为它们那恬淡安详的姿态所吸引，简直不能相信它们就在眼前，就在世间。看着它们，能感觉到山谷中流溢出一种深藏不露的奇异力量，使人身不由己为之倾倒。希尔顿如此写道："康威凝视此山时，整个身心都被一种独特的宁静所灌满，他的整个心灵、眼睛里满是这奇异的景象。"

有的地方，雪山之间夹着的是一大片一大片茫茫无涯的原野，随着一片无垠的原野在眼前展开，地平线越来越远。视线的灭点处还是雪峰，雪峰之上是蓝天，蓝天的腰际是卷曲成团的白云。原野上常常有溪流像一条条被风扬起的飘带从它中间流过。盛夏时节，原野上开满了黄色的、紫色的、白色的以及其他五颜六色的鲜花，大地仿佛铺上了花毯，镶上了全世界的宝石。鲜花的芳香使人心旷神怡。走过原野，就像走过童话里小女孩们的梦境。白云灿烂得晃眼。满天都是鹰在盘旋。天蓝得可以掬在手心里。高大挺拔的杨树如同挂满了闪烁的金片，每一片树叶上都跳动着一个太阳。脚下的草原金黄金黄，满鼻子都是草籽浓郁的熟香味儿。

有的地方，深邃幽远的河谷将一系列雪山分隔开来。如果是干热河谷，两边都是光秃秃的石山，没有水，没有人家，火焰山般的灼热，仿佛来到了赤道。即便是干热河谷，也有一些灌木丛生长，但峡谷两面仍是陡立的大山，看天看云准得掉帽子。仰首放眼，只见两山凌空对峙，巨壁直落江中，江水汹涌澎湃，江风呜呜作响，翻云疾走，石岩倒旋，令人头晕目眩。河谷里总是江水滔滔。耳朵里灌满了隆隆的轰鸣，随时感受到受阻的江水那雷霆万钧的冲击。河谷两岸的山脊重重叠叠，绝壁相连，无路可循，根本没有人烟。千万年来山水冲刷出的沟壑，日晒雨淋后斑斓的石壁，加上各色灌木点缀，远远看去，构成了一幅幅国画山水，很有些味儿。如果是月夜，月光如水一样注满整个河谷，漫步其中如同在水上漂浮；如果是星夜，满天星斗，星汉灿烂，人的视野刚好与山谷的空间重合，于是你得到的就是一个圆满的、值得你永远铭记的星空景象。

有的地方则是与世隔绝的山谷，是一片片神奇的、给人予强烈归宿感的山谷，是一片片超凡的想象力偶然才能抵达的山谷。

那也就是像希尔顿笔下蓝月亮山谷那样的山谷。希尔顿写道："漫步那里会有一种奇袭而来的舒适与安逸，总有一种闲适而欣慰的快感。"后来，

·5·

新陆海与玛尼石刻　　　　　　　夏天的纳帕海

仿佛交响乐里的主部主题一样，希尔顿在书中反复地写道："卡拉卡尔雪峰在无法接近的纯净中熠熠生辉。""在香格里拉，整个格局都被奇异的平静所垄断，无月的夜空也是星光灿烂，卡拉卡尔山的山顶永远弥漫着淡淡的蓝色气息……"

在那样的山谷里，清晨，只要一睁眼就能看到金色的雪峰，跟梦境完全对接在一起。

白昼，蓝天灌满了狭窄的山谷，像海水充满大海，像2004年的雅典奥运会开幕式场景：原始森林布满谷间，松萝飘垂，松香扑鼻。黄的桦树、红的枫树点缀其间，秋色醉人；永不消退的层层绿色随着山脊线起起伏伏，忽明忽暗，一直流向远方的大江河谷。完好、丰富的森林是藏民们以佛心护持而未遭破坏的佛境。正如希尔顿笔下的康威所感受到的："整个山谷恰如一个被灯塔般的卡尔卡拉山俯瞰着的宜人港湾。"他想不出更好的词来赞美它。我也是。

夜晚，星星遍布静默的天空，像枫叶长满树枝；当月亮渐渐饱满，银光下的雪峰超然于尘世和寒冷之上，一切纯净无边……太阳一落山，黑暗立刻就围了上来，山野立刻变成另外的嘴脸。大概只有在高原的荒野里才能经历这么黑的黑暗。呆在那样的黑暗中，就仿佛存在于永恒之中。雪峰将寂静围拢起来，连藏獒都停止了吠叫，任由你把外面的厌倦和时间一起带来，在这寂静的山谷里任意挥霍。如果是在月夜，月亮冉冉升上雪峰，皎洁月光下的雪峰比亚当斯拍摄的美国约塞米蒂岩崖更超凡绝尘。

山有多高，水就有多高。在这里，有着我们这个世界上最壮丽最动人的水。夏季的雨水汪洋恣肆，冬季的雪水清碧如玉。不管是雨水还是雪水，它们从无数大山上奔泄而下，那水流漫漫涣涣，迅速汇聚成溪流，又很快流淌到无数的大江和河流中。当乌云散去，浩浩荡荡的江水就裹带着古老的历史和浓浓的思绪，流向远方的山峦。远山显露出它们强劲而优美的山脊，它们是那么峻秀，又充满了张力。蓝蓝的山岚，使它们显得英姿勃发，十分年

秋意渐浓的属都湖　　　　　　　余晖映照下的奶子河

轻。如果说山脉架起了高原的骨骼，那这些江河就是高原的血脉，它们奔涌流动，为高原注入了生命的活力，为高原带来了蓬勃的生机。

这里的江河有着最为多样化的姿态。刚才它们还是一股涓涓溢觞，一忽儿就变成了磅礴跌宕的激流；它们一会儿像一个文静羞涩的少女，一会儿又成了暴烈狂乱的怒汉；在有的地段它们温柔平和，静得就像熟睡的婴儿，而到了另一些地段它们简直可以吞噬一切，宛若受伤的凶龙。

有的水汇注到一汪汪湖泊中，成了镶嵌在蓝天下的一片片明镜，水映着天，天连着水。再没有比高原的湖泊更宁静清洁的地方了。有的湖水深邃无比，湖周围完全为原生态的植被所覆盖，草木葱茏，鲜花怒放；有的湖水同蓝天一样清澈，但湖畔却是月球地表一样的荒寂。湖边有海鸥和一些罕见的水鸟划出优美的曲线，湖里有多得不得了的高原无鳞重唇鱼和高原鲵鱼。无鳞重唇鱼像湖水一样透明，鲵鱼则像乌石一样油黑。湖上要么万里无云，水天一色，要么盖着一堵堵镶着黑边的云，有时会亮出光泽奇特的一片，并出现绚丽的彩虹。在这高海拔的湖边上，只要大声叫喊，云就会聚集起来，接着就是一场暴雨或冰雹。这些湖泊都有着非人间的神圣美丽。当你突然来到它们面前，面对那仙境般的景象，脚步不由自主地放慢了，生怕踩脏了那份纯洁，生怕踏碎了那份宁静，只有双膝跪下，才能得到那大自然的至高无上的宽恕与恩赐。

高原的高山湖泊，大多是冰川地质作用下形成的冰成湖，洁净、清澈是它们共同的特点，它们就像一颗颗明珠散落在高原上，无比圣洁。这些高山湖泊往往是众多江河的源头，而且哺育出一片片丰茂的高山草甸。它们常常与雪峰相依偎，一双双一对对永生于藏民的信仰和传说中。因而，美丽洁净的高山湖泊，也是藏民心目中的神圣之地。高山湖泊在他们看来是那么神秘莫测，不可侵犯。藏民们到了湖边，一般不愿大声呼喊和喧哗，否则，一场突降的大雨或风雪会被认为是神灵发怒的征兆和降下的惩罚。有的神湖甚至被人们认为能从其中看出人的今生和来世。于是它们更成为藏族保护的对象，现在也成为理所当然的自然保护区，如西藏的然乌湖、三色湖、荞错湖，四川的新路海，云南的纳帕海、碧塔海等等。

任何人都不会怀疑，高原上的湖泊就是神灵们永久的居所。在那里他们静思着最形而上的问题，他们直接触摸着世界的本源和生命的主旨。

有的湖水是淡水，有的湖则是微咸湖。不管它们的味道如何，那些湖泊总是牵系着人们的梦、人们的呼吸、人们的脉跳，牵系着人们的魂灵。

除却大山大川和湖泊，雪域高原还有的是极富灵性的石头和无比奇妙的云以及超凡脱俗、如梦如幻的天光。这些石头、天光和云似乎就是一种神示，告诉你已经到了人类世界的边缘，正处于神仙天国的门槛。那些历尽沧桑的石头，那些石头上历久弥新的摩崖石刻，那亿万年来不老的蓝天，那一逝不再、永不重复的云，那似乎来自极地或外太空的光芒，它们组合成的色彩令人激动不已。

这里的天气说变就变，一会儿还是晴空万里，一会儿又电闪雷鸣。当浓重而阴森的乌云紧贴着地平线压过来，世界立刻一片昏黑，十分壮观亮丽的风景一下子失却了光和色彩，高原好像不再是高原。高原紧紧地把自己抱成了一团，让你无法看清她，得到的只是无边的敬畏和恐惧。

这一带有些地方的石头巨大而顽强，它们曾经在海底经历了数十亿年的磨砺，它们曾目击地球上最初诞生的生命。在它们身上，嵌有早已成化石的海螺和贝壳——这些大海永久的记忆。如今它们矗立在地球之巅，没有一声叹息，默默地注视大地的沧桑变迁。

如果在晴天的晨曦中走过高原大地，你会被那种别透明朗的光泽所震慑。那是真正的神光，暖暖的，红红的，像是将山水镀了一层，石头和土地仿佛有了生命，殷红的血在它们的皮肤下流动。只要看到一眼，只要沐浴一次，人生便因之而生辉。

拉萨的布达拉宫

香格里拉的松赞林寺

二、宗教

那是个由雪峰构成的世界，而雪峰又为各位神灵所拥有，因此那也是个神灵的世界。那是一片生长神灵的山水。俗话说，穷山生恶水，恶水生刁民。奇怪的是，从自然地理学看来纯粹是穷山恶水的高原却养育出了善良、朴实、友好的藏民，这与佛教千百年来的滋润、熏陶不无关系。

在这片区域，备感藏民们宗教崇拜之浓烈。到处是寺庙、玛尼堆和经幡，人们深深沉浸在宗教世界里。各种神灵犹如空气一样无所不在。但宗教在这里仿佛失去了它固有的飘渺空幻而转化为一种实在的虚空、宁静和宽和，就像希尔顿在《消失的地平线》里所描述的那样。一股潜在的、顽强的、不绝如缕的生命气息穿透那神的圣光而成为藏族文化的深厚无穷的内蕴。因为紧邻西藏，藏传佛教成为这一带普遍的宗教信仰，也正是由于藏民们对之近乎崇拜的绝对虔诚，佛教仪式、佛教精神无处不在，更使这里原本已很浓厚的神秘气氛平添几分博大与深沉。

唐调露年间（公元679年~680年），吐蕃即在迪庆境内金沙江上架起了著名的吐蕃铁桥，并设神川都督府，派驻"伦"一级官员，"收乌蛮于治下，白蛮贡赋"。于是白族、纳西族、彝族、傈僳族等少数民族的宗教文化深受其影响。公元9世纪中期，赞普朗达玛兴苯灭佛。佛教徒有一批人携经典逃往东部的康区避难，对佛教在滇藏川地区的传播起到了桥梁作用。至公元10世纪，佛教在西藏再度兴起，滇藏川地区有僧侣争当前期高僧真传弟子，自称他们所念的是"伏藏"真经，得的是藏传佛教真传。到1950年，仅云南迪庆州境内就有藏传佛教寺院二十四座，其中格鲁派十三座，噶举派七座，宁玛派四座。

翻看藏传佛教在滇藏川地区一千多年的发展历史，我们不难理解为什么它在当地人民观念中这么根深蒂固，尤其是在佛教兴盛时期，这一带几乎每

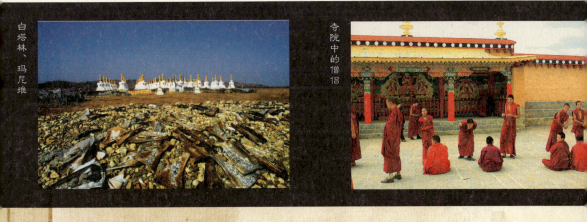

白塔林、玛尼堆

寺院中的僧侣

户都有一名僧人或尼姑。佛教教义在藏民中家喻户晓，人人皆知，无论是文字、绘画，还是建筑、戏剧，甚至包括民歌、民间故事和民间传说等方方面面，几乎无一不与佛教有关。

　　所有的寺院和民居都绘有壁画，内容都与佛教有关，宗教色彩极为浓厚，所绘内容有佛像、菩萨、宗教人物、寺庙、佛经故事以及民间传说和神话故事等。寺庙壁画有着严格的艺术规范和要求，其尺度、构图、色彩等必须与佛经的内容相吻合。这些壁画，画风简朴，色彩单纯厚重，线条简洁，风格浑厚，明显保留了藏传佛教画的传统技法。同时，因为受到内地画风的影响，画面纯净，线条挺秀，色彩和谐，造型准确。在藏族民居壁画中最常见的是各种吉祥图案，如八瑞相（即宝瓶、宝伞、胜利幢、吉祥结、法轮、妙莲、金鱼、右旋海螺）、和气四瑞、六长寿等等。

　　雕塑当然是在藏传佛教的寺院里最为集中。在各地寺院里供奉着成百上千尊神态各异的佛像，着意刻画诸神的性格特征，赋予人物以个性，使之更加传神、生动，富有情趣。像昌都强巴林寺、迪庆松赞林寺、东竹林寺内的强巴佛，高达三丈以上，雕刻技艺精湛，造型逼真，上面镶嵌着无数金银珠宝、琥珀、绿松石等装饰。各地寺院的门、梁、檐、柱之上均有大量的雕刻图案，或为浮雕，或为镂空精雕，刻有龙纹、云纹、八宝、花鸟等，用传统生漆漆饰，色彩绚丽。在藏族民居里也可看到这样的雕刻。

　　藏民们还将他们的宗教感、美感等以旷世罕见的大地艺术形式铺展在整个高原上。

　　据说，是米拉日巴上师发明了那弯弯曲曲，极具美感的藏文，那文字念起来带有连续不断的辅音和哑音。那语言天生就是用来赞美自然和歌唱生命的。它们能够在绵绵无尽的诵读中和不经意间直达上天，沟通此生和彼岸。

　　"唵嘛呢叭咪吽"，这是回荡在雪域大地上最频繁的声音。这声音不仅出自喇嘛的口，也出自老人和孩子的口。这声音还镌刻在无数的石头上，还铸造在永远从左向右顺时针旋转的玛尼筒上，它还飘扬在无数风马旗上。据说它们能使人气息调和、血脉通畅、心安神定。它能祛除人类和世间的各种恶业，能使心灵净化，能使精神升华。在危难的关键时刻，据说念诵它能化险为夷、转危为安，它甚至能使面对死亡的人坦然、超然。

　　如果你问一个旅行者：在滇藏川藏区见到最多的人文景观是什么？也许他会不假思索地告诉你，是玛呢堆和风马旗！

　　藏族为什么到处堆玛呢堆，我以为完全出自天启——在那离天最近的地方，在那最富有灵性的高原，何以表达对那神奇大自然的尊崇和敬畏？唯有玛呢堆；何以将飞升的心灵精神与苍茫天地沟通？唯有玛呢堆；何以将在那大地上的漫游转经朝圣的历程一一记录下来？唯有玛呢堆。那是藏民族精神累积起来的金字塔。

　　我最早见到这神圣的玛呢堆，是在云南迪庆的大宝寺，是在1986年。那是一座小小的宁玛派寺庙，建在一座原始古柏密布的小山上，小山周围，就是一圈玛呢堆，以一块块圆形、椭圆形或各种不规则形状的石块垒成，石块上镌刻有各种各样的"唵嘛呢叭咪吽"六字真言以及各种各样的佛像、神异动物形象和各种图案。它们像一圈围墙一样环绕着寺庙，任凭风吹日晒雨淋雪掩，一个个一块块显示出深刻的历史和无际的苍茫，默默无语地吐露着神秘和庄严。

后来在这一带走得多了，才发现，雪域高原上的每一座山口，每一条路口，每一个村口，都矗立着一座座石刻玛尼堆，飞扬着一面面、一串串五彩缤纷的风马旗，那是无数朝圣者和旅人的信念的堆叠，是人们向神们的致敬。人们相信，在积聚了自然之精华的石头上刻下经文，并供奉在天地之间，是让众生受用不尽的大功德，它们犹如一份盛大的礼物，来自自然又重新安放在自然之中。每一块镌刻上经文和佛像的玛尼石，都是一份虔诚而博大的心意；风马旗的每一次飘扬，都会向上界送去人们的祈愿。那吉祥的祝福布满雪域的每一个角落，弥漫在高原的每一片天空。藏民们虔诚地用石头石片，牛头羊头，用全部的心血和信念，堆起这醒目的神坛。他们相信这是神们聚集的地方，从这里，神们能听见人世间的祈祷，能领受人们的虔敬奉献。藏民们每经过一个玛尼堆，都要庄严地堆上几块石头，或是插上几根木棍，手扪左胸，高喊几声："哦啦嗦！——"那野性的呼喊震撼心灵，震撼山峦，震撼天宇。

组成玛尼堆的石块上有的刻满藏文经咒和多种图案造像，其文字内容多为"六字真言"（唵嘛呢叭咪吽）和各种佛教经典，而所刻造像更是丰富多彩，内容广泛。有反映苯教拜物意识的龙、鱼、日、月画像，各种鸟头、兽头人身像；有反映佛教意识的释迦，十一面千手观音，度母，各种护法神像，天王像，莲花生，文殊菩萨等佛像。云南藏区的玛呢堆上还要竖一根木柱，顶端刻出日、月、星的形状。玛尼堆石刻藏文和图案雕刻对研究藏学有很高的历史价值和艺术价值。与他们相比，那些所谓后现代或前卫艺术家显得无比的渺小和无聊。

世界上恐怕没有哪个民族像藏族一样有如此强烈而浓厚的宗教感。世界上恐怕也没有哪个民族像藏族一样，在一种不可抗拒的召唤下，在一种信仰的支撑下，义无反顾地在高原大地上走来走去，去朝拜他们心目中的圣城，朝拜神山圣湖，朝拜每一个神圣的地方。

我很佩服那些宗教圣徒，他们在那么遥远的年代，以最为原始的交通方式，也许仅仅凭着某种传说，总是能够寻找到超凡出世的绝美之地，赋予这些地方神圣的生命力，让后人前赴后继地景仰，而且绝不会失望。

神山圣地作为神灵居住的地方，又有众多佛教大师大德的圣迹，被公认为世界上的奇异之地，朝拜这样的地方自然就有各种功德，会增加福报。而众多百姓更普通的说法是，绕神山圣湖和圣地礼拜，可以洗尽人生

·11·

的罪孽，多转的话，能够在无数的轮回中免受地狱之苦，并有好的转世，在来生享有更为幸福美满的生活。这成了大多数转经朝圣者的信念。他们由此坚信，转经是一种功德无量的修行，是一种消罪积福的过程，这样做就能够止恶行善，趋吉避凶，就能够超越苦难、罪孽和死亡，达至和谐、宁静、善美的彼岸。

在滇藏川交界地带，在贯穿这一带的茶马古道沿途，经常会碰见成群结伙或只身一人的信徒，他们一路风餐露宿，历尽千辛万苦，有的甚至离乡背井达数年之久，有的甚至就在转经路上"仙逝"而去，这在藏民看来竟是最大的福分了。他们的脸上刻满了旅途的艰难，但却透露着一种宁静的满足。崎岖蜿蜒的山道上，善男信女们牵骡扶杖，络绎不绝。没有朝山转经的，被认为死后不能超度苦海，生前就要受人歧视。即使是在脖子上系根黄色或红色缨带的随主人朝山转过经的羊只，也成了圣洁的生命，此生不许宰杀，任其自然死亡。

神山上，禁止砍伐林木、破坏水源和猎杀动物。在某种意义上，转山表达了人们渴望与自然和谐相处的美好愿望。

藏族不仅经常长途跋涉优游高原大地，他们也在当地打转，甚至让玛尼筒和念珠在自己手里转。在藏传佛教的寺院外围或佛殿、经堂的外侧，一般都建有经筒（也叫经轮），村子里也建有玛呢经筒房，藏传佛教信徒们有事没事都要转上几圈。特别是那些老年人，几乎人手一个小的玛呢小经筒，不停地摇转，小玛尼筒转动几圈，就等同于诵经数遍。因为无论是大经筒还是小经筒，尽管形式、大小、质量、外观各有区别，但一律是外刻经文，内装经卷，且要顺时针转动（苯教徒除外）。许多老年信徒每日清晨起床都要前往寺院，用手依次转动经轮，绕转寺院，往往一转就是一天。如果将他们一生转动玛尼筒和转经的距离合计起来，恐怕足以绕地球几圈，甚至可以抵达月球或更远的星球。

在高原的每条路上都有朝圣转经的藏人。他们坚定、执着，一丝不苟地行进在路上。他们在寻找理想中的香巴拉，他们在寻求解脱之道。世界上只有这个民族，一代又一代，一个接一个，前赴后继地用自己的身体丈量大地，用自己的五体投地来亲吻、接触生养自己的大地，用自己的肉身的尺度，来缩短自己与神圣之间的距离。那是数以月计、数以年计的时间概念，那是数以千里和万里计的漫长旅途，那是数以十万计的匍匐。

他们没有显出疲劳，更没有半分抱怨。他们一个个神态平和、宁静安然，表情犹如睡足后又吮饱了乳汁的婴儿。爬山、行走仿佛就是他们人生的一部分，而在这神圣的旅途中，他们人性中那些隐秘而恶劣的层面统统消失不见。

他们从来想都没想过要向雪山挑衅。他们从来承认自己在雪山面前的卑微和弱势。他们有的只是敬畏和崇信。以人的血肉之躯，没有谁会将那漫长的餐风宿露、沐雨浴雪的艰难路途当做轻松享受之旅，但他们以宗教的热忱，做到了以苦难置换幸福，以饥寒交迫寻求精神充实，以自己的脚步和身体，围绕着雪山湖泊表达他们的敬畏和崇信，从而实现了对生命和真挚感情的拥有，达到了灵魂的净化和人性美的一个超高度。

藏族是一个在路上的民族，一种发自内心的呼唤，一种来自宇宙深处的不可抗拒的召唤，引领着他们放下一切，走上遥远的朝圣之路。

他们主动为自己开辟出无穷尽的旅途。他们对旅途现实的苦难说"是"，对苦难的未来说"不"。他们为了希望，为了未来而忍受现实的苦难。他们就这样看着死亡行走，没有害怕，没有恐惧，任死亡在自己头顶飞翔，像他们崇敬的度母和空行母。他们就这样走啊走，一直走进了神话，一直走进了香格里拉。

因此，藏族的人生观、价值观、道德规范等等皆来自佛教。而一个民族如此深爱佛教，对之顶礼膜拜，将自身文化与之如此深刻融合，这在世界上都是罕见的。在这里，当你亲眼看到那些信徒磕头、烧香、转经时，首先想到的也许不是愚昧可笑，而往往会被他们的那种发自内心的虔诚所打动，从他们几乎毫无表情的面容上，终于能够更深刻地理解什么叫做"信仰"！

这是个时间停滞的地方，人们在停滞的时间中走过一个个山口，穿过一片片丛林，涉过一条条溪流。他们用虔诚的信仰使时钟停止了转动。

看着不停行走的转经者，我不由得想，也许世界上真有某一种力量，能够凝固住时间的流动，能够使生命长驻或轮回旋转？

人类拥有汽车、飞机之类也不过百来年的时间，然而眼前这无垠的太空，这苍茫的大山，这喧腾不已的大江，这烙在藏民群体无意识中的神圣精神，这从他们那巨大的手掌上升腾而起的威严的畏惧和确凿的信仰，这洋溢在他们那面庞和眼睛的虹彩之中的宁静而厚重的理想主义光芒，使人犹遭雷击，仿佛一下子触及到了博大精深、神秘无限的时空。

这也正是康威在香格里拉深切感受到的。

三、小说与宗教、历史及现实

明显地，希尔顿在《消失的地平线》里，描绘了一个现实里并不存在的虚构世界，但那是一个无比美好的理想世界。

在香格里拉，一切都与常规不符，一切都不在惯常的轨道上运行。偶然在这里成了必然。慢慢来，是香格里拉的口号。悠闲无为是香格里拉的节奏，青春永驻是它的主旨。这里的人们清静无为，以打坐冥想度过漫长的时日。

香格里拉有着花蕊般高雅的神秘，空气清凉安静得近于静止。象征佛教的荷花在这里到处盛放。一切人生的烦恼在这里都烟消云散，仅仅保留了不敢有一丝丝逾越之心的安静和空寂。无论是洛珍姑娘动人的钢琴曲演奏，还是远远飘来的清幽的玉兰花香，都让人感到一切如诗如画。

但即便是洛珍的年轻和美貌，也只有在能够爱惜她的香格里拉存在。如果将这种美丽带出山谷，她会如同山谷中的回音一样很快消失。

以曼宁森的狂躁、伯纳得的势利，根本理解不了香格里拉的神秘迷人。只有长期在东方滞留的康威、富有宗教感情的布林科洛小姐能够在某种程度和某种范围内触及这个远离西方文明的另类世界。

小说里写到了生活于香格里拉中的卢森堡人佩劳尔特。生于1681年的佩劳尔特为了寻找传说中的东方基督教王国，于1719年进入西藏传教，不小心进入香格里拉后，九十八岁开始研究佛经，他原本想写一本抨击佛教固守自封、追求静止状态的书，结果他自己也进入了静止状态。直到活了二百四十九岁去世时，他早已成为香格里拉德高望重的大喇嘛。他活了二百多岁，因为他明白了生的意义。在他看来，如果不明白生的意义，就根本不需要活那么长时间。在希尔顿笔下，他是西方文明从繁荣走向衰落的象征，他暗示也许佛教才能拯救世界。

1789年，在法国大革命如火如荼的时候，这位一百零八岁的老人面临了一次垂死的时刻。那时他突然觉得任何令人陶醉的追求和享受都是一种无常，没有永恒，这一切都可能会被战争、私欲、蛮横的行为毁灭。他预想到了：当人类把大地和海洋也变成文明的遗迹之日，天空和宇宙又会成为被占领地；未来的人们会为了杀戮的进步而兴奋不已，而这种技术会将整个世界掀动起来，那些值得珍惜的事物和物品都会面临危险，所有的书籍、艺术，所有美好、珍贵的人和事物，还有历代传下来的珍贵文物，所有精致完美的东西都会在没有任何保护的状态下突然消失、毁灭。

人类如何抵抗这一切呢？老佩劳尔特的答案是：也许可以倚靠香格里拉，它能提供幸存的可能，能珍藏整个时代在衰亡中尚存的精粹文化，同时将那种人们已经消耗完了激情后达到的冷静和智慧找到，将会为人类保存一份遗产留给后人……

在佩劳尔特大师以二百四十九岁高龄最终圆寂前，他以他超常的年龄和超常的智慧，看到了人类的未来：战争无法取得和平，权力也不能提供帮助，即使科学也无用武之地；所有的文明都会遭到践踏，人类的一切事物都会出现僵局，人类所要面临的灾难将波及整个世界，无人可以幸免，也没有人能够找到隐藏之地。只有像香格里拉这样秘密得无人关注的偏远地方，才能躲过劫难，而文艺复兴的文明就会在这里复苏……

在二次世界大战前，希尔顿还没有见出西方文化后来出现的压倒优势，或是意识到西方在世界上占据的普遍支配地位，他看到了现代战争的残酷，看到了西方文明的衰落。他只有让他的主人公在偶然间坠入高原上一个神奇的山谷，在那里营造一个世外桃源。

希尔顿在小说里提到了吉本和斯宾格勒，前者为英国著名的历史学家，后者则是德国哲学家，是《西方的没落》一书的作者。香格里拉有人正研究他们，准备撰写关于整个欧洲文明史的著作。

1936年，德国哲学家斯宾格勒辞世。他家喻户晓的巨著《西方的没落》第一卷于第一次世界大战结束时的1918年出版，1922年出版第二卷，之后此书一再重版，影响遍及欧美。

幸运的是，希尔顿没有把香格里拉写成一个神的国度，那完全是一个人的世界，没有神通广大者，没有为所欲为者，与古希腊、罗马的神话世界完全不同，与但丁描绘的天堂也完全不同，这只是一个温和宁静的人类小社会，如同世间仅存的普度众生的生命之舟，他们有死有生，有爱，有音乐，要劳动，要用一些东西与外界进行交换贸易，只不过这里的人们都保持有开朗和知足的心态。希尔顿想告诉人们的是，经历过第一次世界大战和1929年的资本主义世界经济大衰退后，西方人现在的那套游戏已陷入混乱。这个新建立起来的世界已经被战争的迷雾，被死亡和毁灭的氛围给包围了。

拯救之道只存在于香格里拉。

那么，在希尔顿和其他西方人眼中充满神秘色彩、亦真亦幻的"香格里拉"是否真的存在或是存在过呢？要回答这个问题，也许还是要在藏经里寻找一下答案。

据藏经记载，确实有一个在佛教中被认为是超越一切佛陀所看见的净土，称为"香巴拉王国"。它是释迦牟尼圆寂前指认的，它隐藏在西藏北方雪山深处的某个隐秘地方，整个王国被双层雪山环抱，有八个呈莲花瓣状的区域，那是人们生活的地方，中央又耸立着内环的雪山，这里是香巴拉国王居住的王宫，叫卡拉巴王宫。据说，每位国王的肉身阳寿为一百岁，都是从西藏佛寺中某一个活佛转世而来的。这里的景色超凡脱俗，这儿的居民有着超凡的智慧，没有贪欲、纷争和偏执，王国里有酥油湖、糌粑树，人们丰衣足食。然而，并不是每个人都能进入香巴拉，只有心智打开的人才有这种幸运。传说，曾有个孩子在路上看见了车轮大小的莲花，因为很累了便躺在莲花上打了个盹儿，醒来时满身清香。但当他回到家时，发现父母早已过世，而围在周围问长问短的老头老太太们竟都是儿时的玩伴。在藏区，许多民间艺术形式（如绘画、歌舞等）的题材都取自这一类香巴拉的传奇故事。到了公元1775年，六世班禅写下了一部《香巴拉王国指南》，告诉人们：要进入香巴拉必须首先修炼自己的精神，使身心得到佛性的变幻，才能如愿以偿。

佛经中的"香巴拉"如何变成了小说中的"香格里拉"呢？显然这是由于语音不同所造成的一点点变异。英语中的"香格里拉"（shangri-la)大约就是由藏传佛教经典中的"香巴拉"一词演化而来，意为"心中的日月"。那的确是作家希尔顿和许许多多人心中的日月。

其实，在香格里拉这个梦幻般的地带通过希尔顿的小说声名远播之前，就已经有许多西方的探险者涉足于此。据有关资料显示，从1840年到1949年，有文字记载到过滇藏川交界地区的外国人就有数十位，而传教士、途经者和其他不知名的外国人就更多。在所有这些人的记述中无一例外地都充斥着"奇异，梦幻，不可思议"等字眼。正是因为有了这些或细致或粗略，或真实或虚幻的文章、资料和图片，同时，它们中所透露出来的东方神秘地带的信息，深深吸引着远在地球另一端西方世界中的希尔顿。由此，希尔顿的创作灵感便应运而生，他所需要的素材是不难获得的。

以下，是有确切记载的到过这一地区的西方人的一些经历，让我们从中对香格里拉有一个更感性的认识吧！

1849年后，匈牙利的泽切尼伯爵、地理学家洛森，英国人吉尔·戴维斯等先后到过滇藏川地区，并留有著述。

1914年，奥地利人韩代尔来大三角区域作植物调查，著有《在华植物采集——中国及藏边植物探险史》。

1923年，两个英国人，探险家皮尔特和医学博士汤姆逊，在滇川藏一带作了大量探测和考察工作，并拍摄了三千多张照片。

从20世纪20年代初，美籍奥地利裔学者洛克博士便开始了在滇西北长达二十多年的探险考察，拍摄了许多极为珍贵的照片，并在美国《国家地理》上发表了大量的文章，介绍了这片深藏在中国滇西北及川西南深山峡谷中的美丽神奇的土地。在其所著《中国西部的古纳西王国》中对这一带的自然环境和植物、交通和人文状况、宗教和喇嘛生活等等都作了细致的记述。

1921年6月，法国著名女汉学家、藏学家、探险家大卫·妮尔第五次化装进藏，并写下《一个巴黎女子的拉萨历险记》，书中详细描述了由康区进藏所见到的自然景物和人文建筑（经比较，再次与希尔顿的描写相吻合）。"这不是一般的庄园和茅屋，而是一些小型的别墅和城堡，既小又窄，却以其庄严的外表而引人注目……这一神奇的建筑群沐浴在淡淡的金色光芒中。那里没有人的喧闹声，也没有动物的嘶叫声……"而且，她还听到一种银钟般的声音，然而随后的事情便不可思议起来："我们好不容易登上这座山麓，沿山麓和躺倒的大树缓慢向上。一旦感到自己处于别人的视野之外，我便倒在铺在山崖之间的一层又厚又软的苔藓上入睡了，浑身发烧，甚至还说起了一些胡话。"当她清醒过来，先前所见的别墅、城堡、花园都骤然消失了，一切就像是一场梦境，令她百思不得其解，好像是被人催眠后带离了先前所见的世界！

相比之下，苏俄艺术家尼古拉·雷里西的经历更显诡秘。1927年夏天，雷里西一行来到沙漠戈壁和雪域西藏之间的乌兰达邦。当地的喇嘛引领着他们沿着山脊向山腰的寺庙前进。那是一个阳光明媚的正午，却在突然间四周变成漆黑一团，同行的僧侣赶紧告诉雷里西：已经到了香格里拉的入口处，里面会放出毒气，要用布蒙住眼睛和嘴巴，否则会在毒气中失去知觉而被转移到远离香格里拉的地方。然而雷里西却闻到一股类似印度红香水般的香味，芬芳异常。他被喇嘛告之：看来你是与香格里拉有缘的人，闻到的香味是香格里拉对你的祝福。随即，伴着一阵悦耳的风铃声，一个巨大的椭圆形光体出现在众人的视野里，并以极快的速度从眼前飞过。据喇嘛介绍，那是香格里拉的守护神，它可以带他们进入香格里拉。于是，雷里西确认自己找到了香格里拉的入口处。到此为止，看来雷里西要比大卫·妮尔幸运一些，然而接下来发生的事再次令人觉得匪夷所思。在一个狂风大作的晚上，大家看见外面闪着眩目的银光，但每个人都无法起身行动，直至狂风停歇下来，大家恢复了常态，这才惊恐地发现：尼古拉·雷里西失踪了！经过近一个月徒劳的寻找和等待，人们一无所获，只有那个喇嘛平静地安慰他们："也许，雷里西先生是让香格里拉的人带走了。"

以上这些经历都是雷里西的助手彼得·沃兹记录下来的，而更神奇的事情还在发生着。二十多年后，当沃兹坐在家中看到了新发明的电视时，他突然惊异地想起若干年前那个喇嘛对他说的话："香格里拉王国有一块魔镜，安放在一个长方体的木匣里，底下一排圆形的可以旋转的钮，通过调节这些钮能够看到世界上不同地方的景象……"——喇嘛说的不就是眼前的电视吗！

同样来自苏俄的探险家奥圣多夫斯基也听到过关于香格里拉魔镜的传说。那是1920年，奥圣多夫斯基一行在蒙古高原行进时，突然见到远处伫立着一截圆锥般的石块，发出淡蓝色的光。随行的几个蒙古人连忙跪倒在地，顶礼膜拜，口中还念念有词，连骆驼和马都紧张起来，狗也跟着不停地狂吠。向导告诉他那是神明的弃物，不能看，否则会灼伤眼睛和心。奥圣多夫斯基带着满腹狐疑进入西藏，并将这番经历告知了一位高僧，按照这位高僧的说法，那截石块可能是香格里拉王国中使用的一种交通工具，而香格里拉王国处于地底的某处，有一个灿烂的人造太阳，万物生长与地面的完全一样，但那里又是个封闭的世界。高僧讲到了这么一个传说，一位猎人偶然闯入了香格里拉的时空通道，那里的人们并不喜欢看上去怪模怪样的他，害怕猎人把看到的一切告诉外面的人，便割掉了他的舌头，放他回去。但这个猎人还是通过手势及各种姿态表情表达了自己的经历，并试图带领同伴进入那个秘密的通道。香格里拉人正是通过魔镜看到了猎人的一举一动，于是猎人又一次失踪并再也没有回来。

也许是受到这个故事的启发，奥圣多夫斯基放弃了继续旅行和探险，转而埋头进行对藏经的研究，竟真的发现了很多有关香格里拉的神奇记载。

奥圣多夫斯基发现：据史书记载，远古时代在葡萄牙和摩洛哥海岸之间，存在过一块被称作大西洲的巨大陆地，但是于公元前9600年左右在一夜间覆灭了。奥氏竟然在藏经里发现了关于这一事件的记载：公元前9564年，在今天巴哈马群岛、加勒比海以及墨西哥湾的地方，一块巨大的陆地沉没不见。为什么当时的西藏人能如此神奇地知道地球另一端发生的事情？唯一的可能就是，早在远古时代，香格里拉就已经是一个具有高度物质文明的世界了。

奥圣多夫斯基还在藏经中发现了这样的记载："在那些大陆沉没之初，所有陆地都是连在一起的。"而这个陆地的中心，即所谓"地之肚脐"便是香格里拉王国的所在。王国里的人普遍身材高大，约有三至四米，相貌奇特且具有非凡的智慧和"魔力"。总之，从种种迹象推断，香格里拉人极可能是来自宇宙外太空的超能生命，他们在远古时代曾掌管着地球，主宰着地球上的生命，能够操纵陆地的沉浮……

在所有关于这一带的记述者当中，还有一个中国女子，她就是被称为"东方奇女子"的原国民党国府书吏刘曼卿女士。这位有着汉藏血统的奇女子，于1929年主动请缨由康区入藏，时年二十二岁。后来她又试图由云南藏区进入拉萨。在她著写的《康藏征辂续记》中详细记述了在迪庆藏区的所见所闻："自丽江西行，路皆崄岩峻坂，如登天梯……几疑此去必至一混蒙世界矣。三日后，忽见广坝无垠，风清月朗，连天芳草，满缀黄花，牛羊成群，帷幕四撑，再行则城市俨然，炊烟如缕，恍若武陵渔父，误入桃花仙境，此地何欤！乃滇康交界之中甸县城也。居民尽为藏族，……然地广人稀，富藏未发，亦终不过太古式生活之数万康人优游之所耳。"那里"民性勤俭朴实，不尚虚华，更无非分之想。日出而作，日入而息"，一派宁静闲适、与世无争的生活状态。与希尔顿笔下的香格里拉是何其相似，字里行间所流露出的那份惊异和赞叹也是何其相似。

也许是为了增添香格里拉的神秘气氛，也许是为了印证香格里拉的真实存在，希尔顿小说中发生的"坠机"一幕，在小说发表了十年之后居然又"旧地"重演。20世纪40年代初，正值太平洋战争爆发，美国为支援中国的抗日战争，开辟了中印间飞越喜马拉雅山的"驼峰航线"。其中一架属于陈纳德将军指挥的美军运输机因迷失方向，被迫在迪庆的中甸降落，机身折断，两名飞行员被当地热情、友好的藏民和喇嘛搭救，经辗转平安抵达昆明，最后返回美国。当时救助美军飞行员的桑格达的女儿七林央宗老人还健在，甚至还保留有一位飞行员送给她的一个黑色胶卷盒。在卡瓦格博神山一带，也有类似的事情发生。这些确凿的现实似乎都在印证着香格里拉的神奇和藏民的热情、淳朴和友善。

上述宗教经典、探险记述和传说以及种种神奇动人的现实，为希尔顿的香格里拉提供了丰富的想像空间和叙述背景。

四、还能寻找到的香格里拉

当人们徜徉在这片神奇的大地上，当人们一起仰望那高耸入云端的雪峰，不由得想问一句：穿行在这一片真实与梦幻交融的区域时，将怎么走？这里就是我们向往的香格里拉吗？在希尔顿《消失的地平线》中，结尾部分提到主人公康威在若干年后再次重返香格里拉，作者留下一句意味深长的结语："您认为康威最终会找到香格里拉吗？"其实，康威们是否能再找到香

这是国民政府颁发给外国传教士的护照。

二战时期，美国飞虎队飞行员赠送给藏民的纪念物（胶卷盒）。

格里拉，似乎已不太重要，他已经为我们证实了香格里拉的存在。也许这个世界总有我们不能到达的地方，这样才有憧憬、有敬畏、有心灵自由飞翔的空间。如果站在一个更广阔的人文关怀的角度，这片"永恒宁静和平"的土地实际就在每个人的心里。从某种意义上讲，康威的"返回"也正是我们人类自己的返回，是面对我们自己造成的纷争、灾难、饥饿所寻求的一条自我反省和解脱之道。尽管这一重返的过程将会充满艰辛，甚至会有反复，但为了人类的明天，为了人与人之间、人与自然之间和谐相生、相契融洽的关系，只要还有寻找之心，那就还有希望。

面对这大山大水，丽日明月，蓝天白云，天空和雪峰离人很近，人和大地合为一体，就很知足，就满怀希望。有人说，能在这里活下来就很伟大，而居住在这里的藏族和其他各民族不仅顽强地活了下来，而且创造了像这里的山川一样撼人心魄的历史和现实，还有从不泯灭的精神。

其实，从某种意义上说，这里的人们仍是一个停留在传说和史诗时代的群体，他们的生活沉浸在一个多种奥义的社会里，对他们来说，这个社会里的一切现象都充满神性和传奇色彩。他们拥有香巴拉王国一点都不令人奇怪。

·19·

在这样的地方，人不由得不超越时空，渴望永恒。希尔顿的香格里拉，和那里的宗教一样，便是人类试图超越自己、超越生死、超越时间和空间的一种精神结晶。

在这样的地方，人们从不把死亡当作一件可怕恐怖的事，而只是视之为再自然不过的人生的一个阶段，甚至是更有意义、更有价值的新生的开端。这里的人们相信，只要积德从善，只要好好做人，肉身可以粉碎，物质可以消亡，但精神是不死的，它会在天、地、人三界中轮转，永远存于宇宙之中。所以，他们相信，各民族世世代代的魂魄飞扬在这片大地与蓝天之间，由一只只翱翔的鹰鹫带往光明的净土，永远与晶莹的雪峰、澄澈的湖泊、洁白的云朵和透明的蓝天同在……

与香格里拉于作家希尔顿不同，滇藏川大三角地区于我绝不是虚拟的地理。我毕竟用我的脚走入了它，并认识了那里的人，过了那里的生活。有一点我很认同小说里的康威：在那里与那样的冰峰雪岭相对，与那样善良温和的人们相处，仿佛一切都能肯定下来，我顿时感到了自己存在的短暂和虚幻，我知道了自己会有怎样的一生。

我衷心希望，这一大片区域能真正成为人类的香格里拉（它的确具备这样的条件），为人类保留一份珍贵的遗产，能永不消失！

也许，从另一个关于香巴拉的传奇故事中我们会得到一些启示：曾有一位年轻人历经千山万水，寻找香巴拉这片净土，他在一个山洞里遇见一位老修行者，老者问到处奔波的年轻人究竟要去何方，他回答说寻找香巴拉，老者对他说："你不用去远处，香巴拉王国就在你的心中。"

消失的地平线

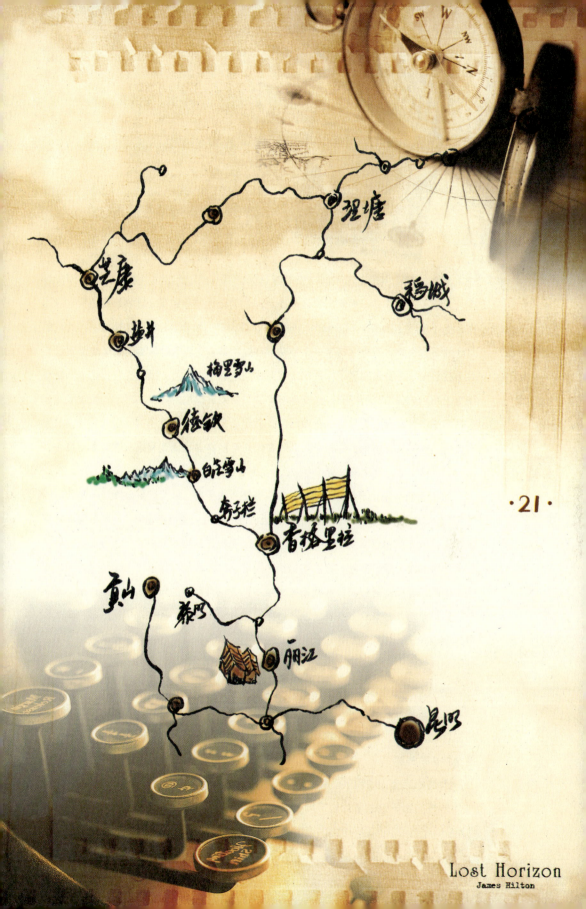

理塘

稻城

芒康

盐井

梅里雪山

德钦

白茫雪山

奔子栏

香格里拉

貞山

蒙阿

丽江

昆明

·21·

Lost Horizon
James Hilton

序

詹姆斯·希尔顿著《消失的地平线》
英文版封面。

烟头的亮光逐渐暗了下来。我们渐渐体会到一种巨大的失落感。旧时的同窗都已长大成人，现在重新相聚却发现彼此之间的差距比想象的更大。罗斯福德现在以写作为生，维兰德则在使馆当秘书，他刚刚在特贝霍夫饭店请我们吃了顿饭。席间他的兴致并不怎么高，可也保持了一个外交官在这种场合下应有的风度。整个场面看上去只不过是三个单身英国男子在外国首都不期而遇罢了。而且，我发觉我记忆中罗斯福德身上那种自命不凡的感觉并没有随岁月的流失而有丝毫的减少。相反，我更欣赏他这种感觉。他已经不再是那个骨瘦如柴，像个小大人似的男孩子了。当初，我有时候欺负他，有时又充当他的保护伞。而现在他有可能挣的钱比我和维兰德都多，日子也比我们过得舒适。我和维兰德心中都有一丝嫉妒。

可不管怎么说，那天晚上我们过得总算还不太无聊。我们好好欣赏了一下卢副特–汉莎公司从中欧各国飞来降落在这个小型机场的飞机。夜幕降临时，机场的弧光灯亮了起来，就如同一座富丽堂皇的剧院。有一架飞机是从英国飞来的。飞行员经过我们的桌边时和维兰德打招呼。维兰德起初并没有认出他来。当他认出这个陌生人时连忙给大伙作了介绍，并邀请他和我们一起坐。这位快活风趣的年轻人名叫桑达斯。维兰德满怀歉意地向他解释：身着全副飞行服，还戴着飞行帽的人很难辨认出来。桑达斯听后会心一笑，说："的确如此。对此我深有同感，别忘了我在巴斯库呆过。"维兰德不太自然地也笑了笑。随后我们便改变了话题。

桑达斯的加入使我们小小聚会的气氛活跃起来。大家一起喝了很多啤酒。大约10点钟，维兰德起身去和邻桌的一个人说话，罗斯福德趁此机会突然说道："顺便问一下，你刚才提到了巴斯库。这地方我听说过。刚才你似乎是说那里发生过什么事，究竟是什么事？"

桑达斯略有顾虑地笑了笑，说："也没什么，只不过是我在那里服役期间经历过的一件波澜不惊的事儿罢了。"然而年轻人毕竟心里藏不住事。他还是忍不住说道：“是这么回事。有个阿富汗人或者是别的什么人劫持了我们的一架客机。可想而知引起了多大的麻烦。这是我听说过的最恶劣的行为了。那家伙突然袭击了飞行员，一拳把他打倒在地，脱下他的飞行服，神不知鬼不觉地进了驾驶舱，甚至还给导航员发出了起飞的信号，然后就大摇大摆地飞走了。奇怪的是从此就没了音信。”

罗斯福德似乎对此很感兴趣，“这是什么时候的事？”

“噢，肯定是一年前吧，也就是1931年5月。你可能还记得，当时那里发生了政变，我们正把平民从巴斯库疏散到白沙瓦。那里的局势很不稳定，但我怎么也没想到会出这种事，可是事情的确是发生了。从某种程度上说是那套飞行服让他得逞的，是不是？”

罗斯福德对此仍然饶有兴味，“我还以为在那种情况下一架飞机上至少有两个飞行员呢。”

“不错，一般情况下普通军用运输机都配有两名飞行员，可这架飞机有些特殊。原本是为一些印度邦主造的，所以机上装备特殊。后来，印度的勘测人员一直用它在克什米尔一带的高海拔地区作探测飞行。”

“你是说这架飞机从没到过白沙瓦？”

“根本没有，也没听说它在别的什么地方降落过。真是桩怪事。当然，假如劫持飞机的那个家伙是那一带的土著，他有可能把飞机开进了山里，把那些乘客当做人质去勒索赎金。我估计他们都已经死了。而且前线有很多地方，飞机飞到那儿都有可能坠毁，事后就再也听不到音信了。”

·23·

“是的，是有那种地方。飞机上有几个乘客？”

图为詹姆斯·希尔顿在英国家中的书房内写作。

"我想总共有四个，三个男士和一个修女。"

"其中一个男的是不是叫康威？"

桑达斯听后大吃一惊，"确实如此，正是那个了不起的康威——难道你认识他？"

"我和他曾同过学。"罗斯福德有些难为情地说道。这虽是真的，可他意识到这么说并不恰当。

"跟他打过交道的人都说他是个性格风趣的很不错的小伙子。"桑达斯接着说。

罗斯福德点点头，说道："是呀，是很不错……可是，那件事太出人意料，太离奇了。"他似乎若有所思。片刻之后他又说："报纸上好像从没有报道过这事，要不然我早该读过了。这是怎么回事？"

桑达斯一下子显得有些不自然，我觉得这下才问到了要害。"说实话，"他说："我似乎说了一些本不该说的话。不过现在也许不要紧了，这已经是陈年旧事了。这件事发生的经过实在是不宜张扬，所以就被封锁起来。政府方面只是宣布有一架飞机失踪了，顺带提了一下机上乘客的名字，这

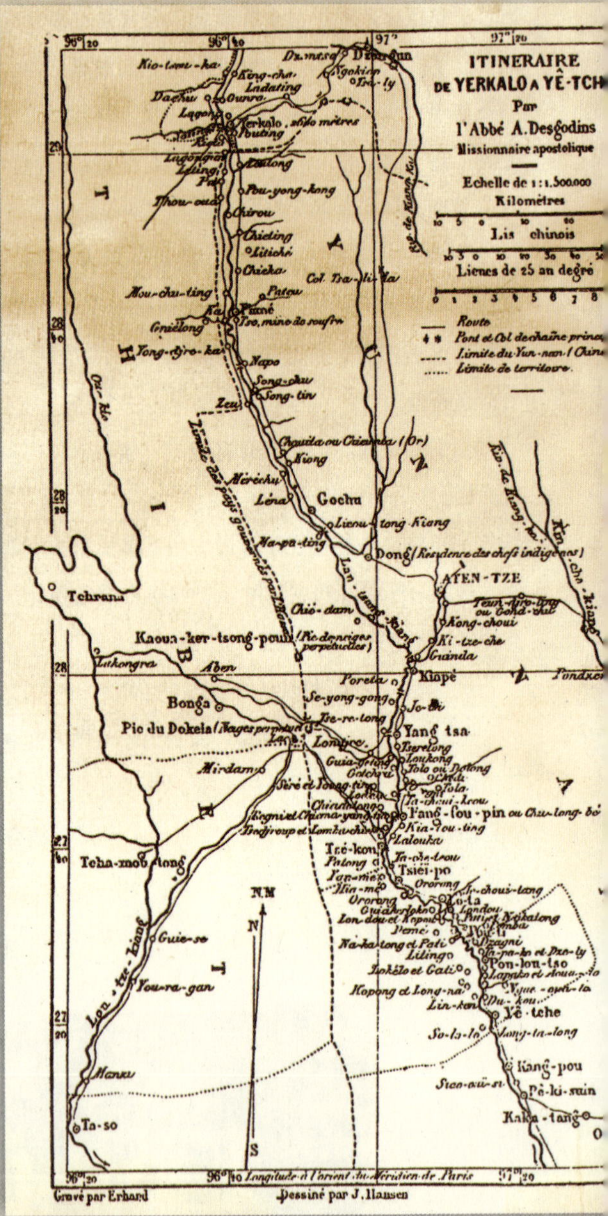

西方的传教士和探险家们不断来到香格里拉地区，并绘制了许多这一地区的地图。

图为法国传教士德斯戈丹于1873年在云南西北部经勘察后绘制的较为详细的地图，在地图上标明了其在考察过程中所经过的山川、河流、道路、村舍等。这是关于香格里拉地区最早的由外国人绘制的地图。希尔顿曾研究过这张地图，试图从中找到进入香巴拉的线索。

样才不会引起外界的关注。"

这时，维兰德回来了。桑达斯有点儿歉疚地对他说："维兰德，他们几个刚才一直在谈论'了不起'的康威，恐怕我把巴斯库的事说出去了，我希望你别介意。"

维兰德半天都不说一句话。很清楚，他在斟酌怎么才能在自己的同胞面前既不失礼，又能维持作为政府官员的一本正经的形象。"我不得不说，"他最终开口说，"真遗憾你把这件事当成一件逸闻趣事来大加谈论。我还以为你们飞行人员以守口如瓶为荣耀呢。"斥责完这个年轻人之后，他相当优雅地转向罗斯福德说："当然，对你来说这很正常。但我相信你一定能理解，有时候对前线发生的事情有所保密是必要的。"

"但是，话又说回来，"罗斯福德毫无表情地说，"人们急于知道事实真相也是合情合理的。"

"这件事对任何该知道的人从没有隐瞒过。当时我就在白沙瓦，这点我可以向你保证。你和康威很熟吗?我是说，你们从学生时代就很了解，是吗?"

"在牛津时只是泛泛之交，以后偶然见过几面。你和他常见面吗?"

"我常驻安哥拉期间见过一两次。"

"你喜欢他吗?"

"他很聪明，可也很懒散。"

罗斯福德笑了，"他确实很聪明。他在大学里很活跃，直到后来战争爆发。他是学生会的领头人物，学校里的奖项似乎就是专为他设的。他还是牛津大学划船比赛蓝色荣誉获得者。我认为他是我认识的人中最棒的业余钢琴家。他真是个多才多艺的人，是那种让人觉得像乔伊特那样会成为首相候选人的顶尖人物。可是自从牛津大学分别之后，就再也没听到过他的消息。战争中断了他的学业。那时，他还很年轻，我想他经得起战争的考验。"

"他大概是被炸伤或是出了什么事。"维兰德回答道，"但不怎么严重。他干得很不错，在法国还得了特殊功劳勋章。之后他回到牛津大学当了一段时间学监。我还知道1921年他去了东方。因为掌握几种东方语言，他没有经过任何考试就找到了工作。他干过几个不同的工作。"

罗斯福德开怀大笑，说："这就说明了一切!使馆工作人员的日常工作无非是破译那些外交情报，端着杯茶在使馆的茶会上走来走去，鲜见光彩照人的一面。"

"他是在领事馆工作，并非在外交部。"他冷冷地说道。显然，他对这些打趣的话并没兴趣。大家又说笑了一会

·25·

RONALD COLMAN
in a Frank Capra Film

LOST HORIZON

JANE WYATT · JOHN HOWARD
MARGO · THOMAS MITCHELL
EDWARD EVERETT HORTON
ISABEL JEWELL · H.B. WARNER
SAM JAFFE
····

1936年，首部香格里拉电影问世，图为《消失的地平线》的电影海报。

电影的拍摄给当时的人们带来了心灵的强大震撼和慰藉，西方世界的人们通过电影安抚了一战创伤和经济危机带给心灵的摧残，使人们看到了希望和幸福。

儿。这时罗斯福德起身要走，维兰德也没强留。毕竟时候也不早了，我说我也得走了。道别时，维兰德仍旧官腔十足，一副彬彬有礼的架势。桑达斯却很热诚地表示希望能再见到我们。

一大清早我还要去赶那趟穿越大陆的火车。在等出租车的时候，罗斯福德问我是否愿意到他住的旅馆去打发这点儿时间。他住的房间有间起居室，我们可以在那儿聊聊天。我说正合我意。于是他说："假如你还没烦的话，我们可以再谈谈康威的事儿。"

我说尽管我和康威的交往并不太深，但对他的事倒并没有听烦。"在我大学第一学期的期末，他就离开了学校。但是有一次他对我很好。我是个新生，按说他没必要对我那么好。虽然只是些平常琐事，但我总也忘不掉。"

罗斯福德也深有同感，说："没错，虽然我跟他打交道的时间也不长，但我也很喜欢他。"

接着是一段令人难堪的沉默。显然，我们都还在想着那个虽然和我们只是泛泛之交却对我们来说举足轻重的人物。从那以后，我常常发现即使和他只是一面之交的人，也会对他记忆犹新。他的确是位青年才俊。认识他的时候我正处于一个容易崇拜别人的年龄段，对他的记忆便更加清晰。他身材高大，英俊潇洒，他不仅擅长各种体育运动，而且能轻易拿走学校里的每一种奖项。有一次，那位易动感情的校长在谈到他的成绩时用"了不起"一词来形容，由此他获得"了不起"这一雅号。也许也只有他这样的人才配得上这个称号。我记得他曾在毕业典礼上用希腊语发表演讲，他还是学校业余戏剧演出中数一数二的演员，他身上有一种伊丽莎白女王一世时代的人的气质：他不经意间表现出的多才多艺和英俊的外表，正是智慧和体魄的完美统一。这使他有些像菲利普 ·西德尼。我们这一时代的教化很难造就出这样的人才。我把这些想法讲给罗斯福德，他回答说："是啊，的确如此。可是我们还有另一个词可以用在这样的人身上——半瓶醋，有人是这么形容康威的，比如维兰德。我对维兰德并不当回事。我真受不了他这种人，总是一副高高在上的样子。你有没有注意到，这个人官瘾很大。他说的那些话，比如'人们会得到他们应得的荣誉'，'不会把事情抖搂出来'，我最讨厌这类外交官。"

车子驶过几个街区，我们一直沉默不语。这时，他接着说："不管怎么说，今天晚上没有白过，对我来说真是个特别的经历，尤其是听桑达斯讲起发生在巴斯库的那件事。以前也曾听说过，但不太相信，以为只是人们瞎编的故事而已，没有相信的理由。但是现在至少有两条小小的理由让我相信这件事了。我敢说你能看出来我并不是一个轻信的人。我一生中有很多时间都在走南闯北，也知道人间无奇不有——如果是自己亲眼所见就会相信，假若只是道听途说，就不会太相信，然而……"

他突然意识到他说的话对我意义不大，便停了下来大笑起来。"唉，有件事是肯定的——我是不想和维兰德讲心里话的，那就像推销一部史诗给《珍闻》杂志一样。我更愿意跟你说说心里话。"

"你真是太抬举我了。"我说。

"你的书可没让我这么想。"

我并没有提过我写的那本专业性很强的书（毕竟，精神病专家的诊所并不是人人都光顾的），我惊奇地发现罗斯福德居然还知道这本书。我给他讲了一些书中写到的内

·27·

图为《消失的地平线》的电影海报之一。
画面是好莱坞的电影人想象的香格里拉王宫。

容。罗斯福德说道，"我对此很感兴趣，因为丧失记忆曾一度是康威最烦恼的事。"

我们到了酒店，他到前台取来了钥匙。当我们上到五楼时他说："说了这么多不着边际的话。事实上，康威并没有死，至少几个月前他还活着。"

在狭窄的电梯里谈论这事似乎不太合适。到了走廊，过了几秒钟后我问他："你能肯定吗？你是怎么知道的？"

他一面开门，一面回答，"因为去年11月我和他同乘一架日本客机从上海到火

这是一幅西方油画家创作的香巴拉王国的幻想图，画面着力描绘了宫殿和雪山。

消失的地平线

·28·

D. LEVINE
SHANGRI-LA
SCENE 215

奴鲁鲁 (檀香山)旅行"。说完之后他就沉默不语了。直到我们坐在了椅子上，倒上喝的，点上雪茄之后他才又说道："你知道，去年秋天我在中国度假。我总喜欢到处走走。我已经多年没见过康威了，我们也从未通过信，早已忘记他了。不过偶尔想起同窗旧友时，仍然会一下子就想起他的样子。当时我在汉口拜访了一个朋友，正要乘北平的快车返回。在火车上我偶然与一位法国慈善机构的女修道院院长聊上了。她要去重庆，她所在的修道院就在重庆。由于我会点法语，她似乎很乐意和我谈她的工作和琐事 。说实话，我对一般的教会机构没有多少兴趣，但是和当今很多人一样，我还得承认教徒们毕竟又有所不同，至少他们不像一些官员那样装腔作势，他们至少还做了些实事。当然，这都是些题外话，关键是那个修道院长在同我谈到重庆那所教会医院

时，提到一个几周前送进医院的病人。她们都认为他肯定是个欧洲人。他发着高烧，根本讲不清自己的情况，也没有任何证件。他穿着当地人的衣服，而且是穷人穿的那种。修女们把他收进医院时，他病得很厉害。他能说一口流利的汉语 ，法语也说得相当好。我火车上的那位同座向我保证说，在他知道修女们的国籍之前曾用英语与她们交谈，而且口音很纯正。我说我简直无法想象那种情形，而且还半开玩笑地说她怎么能辨别出来她根本听不懂的语言口音是否纯正。最后她邀请我有机会到修道院去看

图为藏族镇魔图，雪域高原上的众多圣地遍布在罗刹女仰卧的身体中，大昭寺位于画面中心，据说香巴拉王国的入口就在她的身体的某个隐秘之处。

看。这在当时就像要我去爬珠穆朗玛峰一样不可能。火车到达重庆，我们握手道别，却又感到一种遗憾。我们的偶然巧遇就到此为止了。

"然而，事实上，我在几小时之后又回到了重庆。火车离站走了一两英里就出了故障，后来好不容易才把我们拉回火车站。我们在车站才知道备用的机车12小时后才能到达。这种事对中国铁路来讲是家常便饭。因此，我只好在重庆又呆了半天时间，于是我决定去修道院拜访那位女士。

"我真的去了，而且受到了热烈的欢迎。当然，她对我的到来有些惊讶。我想对于一个非天主教徒来说，最难理解的事情之一恐怕就是那些天主教徒居然能把刻板与宽容完美地统一起来。这也未免太难了吧？好在我和那些修道院的人们相处甚欢。 在

当年西方访客留下了许多来香格里拉地区的线索和实物，图为他们遗留在迪庆的老式照相机。

那儿不到一个小时饭菜就已经准备好了 。一个年轻的中国基督教医生和我一起用餐。席间，他不停地交替用法语和英语与我聊天。饭后，他和那位女修道院长带我去看他们那所引以为自豪的医院。当我告诉她们我是个作家时，他们很慌乱。心地单纯的他们以为我会把他们都写进书里去。我们从病床前走过去时，那位医生向我们介绍着每一个病例。那儿非常干净，看上去管理得井井有条。当我们走到一位病人跟前时修道院院长告诉我他就是那个英语口音很纯正的神秘病人。要不是修道院院长提醒，我已经把他忘了。我只看到这个人的后脑勺。显然他已经睡着了。我灵机一动，想用英语同他打招呼。于是我说：'下午好。'当时我也只想起这个词来。那个人突然抬起头来回答道：'下午好。'的确如此，从他的口音可以听出来他受过正规教育。但是我还没来得及感到吃惊，就已经认出了他，尽管他蓄了一脸胡须，相貌也变了不少，而且我已经很长时间没有见过他了。他正是康威，我敢肯定就是他。不过，要是我稍稍犹豫一下的话，很可能就会认为他不可能是康威。幸好当时我是凭着本能行事。我喊出了他的名字，还说了我自己的名字。虽然他只是看着我，似乎并没有认出我来，但我可以肯定我没有认错人。他脸上的肌肉像以前一样奇怪地轻轻抽搐了一下。他的那双眼睛与当年在巴里欧时丝毫不差，剑桥蓝的成分比牛津蓝多得多。不仅如此，他还是那个让人不会轻易认错的人——是让人见一面就忘不了的那种人。当然，此情此景使医生和修道院长都非常激动。我告诉他们我认识这个人，他是个英国人，是我的一个朋友。即使他认不出我，也是因为他完全丧失了记忆。他们很惊讶地表示同意我的看法。之后我们就他的病情谈了很长时间。然而他们也说不清康威怎么可能在这种情况下到了重庆。

"我就长话短说吧。我在那里整整呆了两个多星期，希望我能够用什么办法帮助他想起点什么，但无济于事。好在他的身体渐渐恢复了。这期间我们谈了很多。

"当我如实告诉他我的身份和他的经历时，他没有任何反应，更不要说和我争辩。他甚至还多多少少有点兴奋。看上去他很高兴有我作伴。对于我向他提出我要带他回家，他也只是说他无所谓。很明显他已经变成了一个无欲无求的人，这真让人心里不是滋味。我很快做好了安排，准备带他离开。我在汉口的领事馆有一个好朋友，所以护照等必要的手续很轻松便办好了。

"在我看来，为了康威这件事不能张扬，更不能上报纸，成为头版头条新闻，而且让我高兴的是我们神不知鬼不觉地离开了汉口。要不然，这件事就成了爆炸新闻了。"

"我们就这样悄然无息地离开了中国。我们先坐船顺长江到了南京，然后又乘火车到上海。刚好当天晚上有一艘日本客轮要到圣弗兰西斯科(旧金山)，所以我们就匆匆忙忙赶着上了那艘船。"

"你为他做得太多了，"我说。

罗斯福德也不否认。他接着说："我想我是不会为别的任何人这么做的。但康威这个人身上有一种说不清的东西，让人心甘情愿地为他做事。"

"是的，"我也赞同他的说法，他别有一番魅力。他身上那种引人的气质令人至今难以忘怀。我印象中的他仍然是那个穿一身法兰绒板球运动衫的学生模样。

"真遗憾，在牛津你不认识他。他的确是非常出色——用'出色'这两个字来

在藏经中有这样的记载，说香巴拉王国隐藏在雪山深处，被雪山环绕四周，整个地区分为八瓣莲花区域，人们就居住在这些地区，城中还有内环雪山。

此图直观地反映了这一记载。

形容他再合适不过了。可听说战后他似乎变了个人，我也有同样的感觉。可我还是认为以他的天赋，他本应该能成大事的。而我所谓的大事绝非只是在一个女王陛下的工作部门做一个小职员。而康威是一个伟人的材料，他本应该能成就一番事业的。咱俩都认识他，我想我这么说不算夸大其词吧。即便是我在中国遇到他时，虽然他头脑一片空白，他过去的经历也是个谜，可他身上的那种魅力依然不减当年。"

罗斯福德陷入沉思。停了一下后他接着说道："你能想象得到，我们在客轮上重温了我们往日的友情。我把我所知道的有关他的事情都告诉了他，他很专注地听着，认真的样子有点荒唐可笑。

"他对来到重庆以后的事情记得一清二楚，还让人觉得有趣的是他没有忘记那几门语言。比方说，他告诉我他敢肯定他与印度有某种联系，因为他会讲兴都斯坦语。

"船到横滨时上来了很多人，新来的乘客中有一位叫切夫金的钢琴家，他要到美国进行巡回演出。吃饭的时候我们坐在一桌，他时而和康威用德语交谈。这种时候从外表上看康威与别人没什么两样。除了丧失了记忆，他本来也没什么不妥，而且一般的交往也看不出他有这方面的问题。

"船过日本几天后的一个晚上，旅客们请切夫金在船上给大家弹奏几曲。我和康威也去听他演奏。他弹了几首勃拉姆斯和卡拉迪的作品，弹得更多的是肖邦的钢琴曲。当然，他的演奏十分精彩。有几次我注意了一下康威，发现他正尽情地欣赏着音乐，那显然跟他过去学过音乐有关系。演奏接近尾声时应听众们的要求切夫金又多弹了几首。热情的乐迷围拢在钢琴周围。这次他弹的还是几首肖邦的乐曲，看来他特别擅长肖邦的作品。最后他离开钢琴向门口走去，身后跟着一群崇拜者，显然他感到自己已经弹得够多了。就在这时，突然发生了一件奇怪的事。康威坐到了钢琴前，弹起一首节奏明快的曲子。我没听出他弹的是谁的作品，但却引起了切夫金的注意。他转身回来兴致勃勃地问这是首什么曲子，奇怪的是康威却沉默不语，过了一会儿后才回答说他也不知道。切夫金大声说这真是不可思议，

刻在石板上的经文。

这是一张美国宇航员从太空上拍摄的喜马拉雅山脉的照片，看上去是如此的气势磅礴，给人一种慑人心魄的感觉。

香格里拉地区就在这渺渺茫茫的山脉之中，肯维他们在飞越这里的时候，想必也目睹了这壮丽风光吧。

而且显得更加激动。康威在绞尽脑汁地回忆着，最后回答说那是一首肖邦的练习曲。我想那是不可能的，所以当切夫金近坚决否认这曲子出自肖邦之手时，我一点都不感到意外。然而，康威却突然因此大发雷霆，这使我大吃一惊，因为在那以前，他对任何事情都很漠然。‘我亲爱的朋友，’切夫金争辩道，‘我对肖邦的作品了如指掌，我敢肯定他从没写过你刚才弹的那首曲子。这有可能是他的作品，因为完全是他的风格，但他的确没有写过这首曲子。你能给我看看印有这首曲子的乐谱吗？我想你拿不出来吧。’康威想了一下回答道：‘噢，对了，我想起来了，这首曲子从来没有公开发表过，我是从肖邦过去的一个学生那儿知道这首曲子的，我还会弹另外一首肖邦未曾发表过的曲子呢，也是从我遇到过的那个学生那儿学的’。"

罗斯福德用眼神示意别着急。他接着说："我不知道你是否懂音乐，但即使你不懂，我想你也能想像得出当康威继续往下弹另一首曲子时切夫金和我有多激动。当然，对我来说，这件事使我看到了唤起他对过去的记忆的一线曙光，是找回他已忘记的过去的第一条线索。切夫金自然已完全沉浸在这个让人费解的音乐问题中，因为肖邦早在1849年就去世了。

　　"整个事情真是太不可思议了，至少有十来个人目睹了这一场面，其中包括一个加利福尼亚大学的知名教授。可以肯定康威所讲的事情从时间上来看根本就不可能。可是这两首钢琴曲又是怎么回事儿呢？如果事情并不像康威所言，那么到底是怎么回事呢？切夫金向我肯定说假如这两首曲子公开发表过的话，不到半年就会成为钢琴家们的保留曲目。即便他的话多少有些夸张，却也表明了切夫金对这两首乐曲的看法。我们争论不休，但最后也没什么结果，因为康威仍坚

持他的说法。这时他看上去有些疲倦。我很焦急，想带他离开人群，回房躺下休息。最后我们决定把这些音乐用留声机录下来。切夫金说他一到美国就把录音的事安排妥当，康威也答应到时候去演奏。可他没有信守诺言，这对谁来讲都很大的遗憾。"

　　罗斯福德看了看表，提醒我说有足够的时间赶火车，他的故事也快讲完了。"因为那天晚上——就是钢琴独奏音乐会的当天晚上——他恢复了记忆。

　　"那天晚上我们俩分头回房休息。我躺在床上睡不着，这时他来到了我的舱室把一切都告诉了我。他表情凝重，脸上布满了巨大的悲伤。可以说，那是一种刻骨铭心的悲伤，一种同常人一样的哀伤表情。你明白吧，我的意思是——那是一种漠然或者说没有个性的表情，一种带有些许无奈，些许失意的样子。他说他已经记起了一些。实际上在切夫金弹钢琴的时候他就开始回忆起一些事情，尽管最初只是一些支离破碎的片段。他在我的床边坐了很长时间，我让他别着急，慢慢讲。我说我非常高兴他能够恢复记忆，但是如果这不是他的本意的话，我感到难过。他抬起了头看着我，然后对我说了些赞美之辞，'感谢上帝，罗斯福德，'他说，'你可真是善解人意。'过一会儿，我起身穿好衣服，劝他也穿好衣服，然后，两个人一起来到甲板上散步。夜色宁静，繁星满天，暖风拂面，海面上雾气茫茫，仿佛浓稠的牛奶似的。要是没有机器的轰鸣声，我们就像在广场上漫步。我先没有发问，任由康威讲述他的经历。黎明时分，他开始滔滔不绝地讲起他的故事，等他讲完，已经旭日东升，该吃早餐了。

　　"我所说的'讲完'并不是说他把一切都讲完了，在后来的一天一夜里他又告诉了我其他一些事情。他心情沉重，睡不着觉，于是我们就一直都在交谈。第二天半夜

时分，客轮到达旧金山。当天晚上我们还在客舱里喝酒，喝到大约10点钟他离开了我的房间，这一去我就再也没有见过他。"

"你该不是在说……"我脑海里闪现出一幅自杀的情景，我曾在从好莱德到金斯敦镇的邮轮上亲眼目睹过一次从容镇静的自杀场面。

罗斯福德大笑起来，"噢，我的上帝，不，他可不是那种人。他只不过是趁我不备溜掉了。上岸是最容易不过的了。他肯定发现要是我派人去找他的话，他很难躲开跟踪，而且我的确也派人去找过他。后来我听说他设法上了一艘向南航行到斐济送香蕉的货船，当了船员。"

"你是怎么知道的呢？"

"没费什么周折。三个月之后他从曼谷写信告诉我的，随信还附了一张汇票，说是用来偿还我为他花费的一切。他在信里向我表示了感谢。他说他很好，正打算去泰国西北部进行一次长途旅行。就这些。"

"他到底要去哪里？"

"他的确没有讲清楚。曼谷的西北方向有很多地方，就连柏林也在曼谷的西北方。"罗斯福德停下来，往我们的杯子里添满了酒。

在朝圣之路上刻着经文的玛尼堆和兽骨以及白塔几乎是香格里拉地区标志性的景观。

我都说不清是故事本身就离奇，还是他有意把故事讲得如此离奇。有关那两首乐曲的插曲固然令人迷惑，可更让我感兴趣的是康威如何神秘地来到那家中国教会医院的。我说出了自己的疑问。罗斯福德回答说："事实上这是同一问题的两个方面。"我又问他："那么，他到底是怎么到重庆的呢？我想那天晚上他在轮船上一定告诉过你了。"

"他是给我讲了。既然我已经告诉了你这么多，剩下的对你还保密就说不过去了。先告诉你，故事相当长，在你去赶火车之前，恐怕讲个大概都来不及了。不过，刚巧有个便捷的方法可以补救；我对自己搞文学创作这一行当并不太自信，可事实上，过后我仔细品味，发现康威的故事的确深深吸引了我。于是在船上时每次他给我讲完他的事后我都把要点记下来，所以细节我都没有忘掉。后来，这个故事的某些细节使我浮想联翩，产生了创作冲动，于是我把那些支离破碎的片断写成了一个完整的故事。我并不是说我编造或者改动了某些细节。他给我讲的故事本身就够写本书了。他语言流利，天生就有制造气氛的才能。而且我觉得自己也开始理解他了。"罗斯福德说着，起身取来一个公文包，从里边拿出一摞打印好的手稿。"喏，给你。你爱怎么想就怎么想吧！"

"你这么做的意思是不是说你认为我不会相信这个故事？"

"噢，话可别说得那么早，不过请记住，要是你的确相信，那它将符合德尔图良的著名理由你记得不？一切都将可能发生。也许这种说法有一定的道理。不管你怎么想，请告诉我。"

我带上这些书稿，并且在开往奥斯登的快车上读了其中的大部分。我本打算回到英国后把书稿寄还给他，同时写封长信，可是时间耽搁了。我还没把信寄出去，就收到罗斯福德的一封短信，说他又要出门旅行，几个月内不会有固定的地址。他说是去克什米尔，也就是"东方"。对此我毫不惊奇。

大牙交错的梅里雪山卡瓦格博峰和吉娃仁安峰

白茫雪山冰川

神秘的梅里雪山

第一章

到了5月中下旬，巴斯库的局势变得更糟。 20号，从白沙瓦派来了军用飞机输散巴斯库居民。他们大约有80来人，大部分都安全地乘军用运输机飞过了高山。有几架民用飞机也被征来执行运送任务，其中有一架小型客机就是印度禅达坡邦主的私人飞机。大约上午10点左右，有四个乘客上了这架飞机，

上图是当年《国家地理杂志》上刊登的洛克在香格里拉地区考察的探险日记，左边是洛克身着当地服饰的照片，右边是香格里拉地区的雪山峡谷风光照片。

他们是：东方布道团的罗伯特·布林科洛小姐，美国人亨利·伯纳得，领事赫夫·康威和副领事查尔斯·曼宁森上尉。后来出现在印度和英国报纸上的就是这几个名字。

康威，时年37岁，已经在巴斯库工作了两年。现在，从整个事件来看，他当时真是下错了赌注，而他生命中的一个段落也就此终结了。

本来，几星期之后，或者在英国休几个月的假之后，他将被派驻到其他地方，比如东京、德黑兰、马尼拉或是马斯喀特。干他们这一行的人永远不知道自己下一步会怎么样。 他已经在领事 馆工作了十来年，这么长时间已足够让他做出判断自己在这一行到底有多少机会。他清楚那些人人羡慕的工作并不适合自己，而他也并不会因为吃不到葡萄就说葡萄酸来聊以自慰，只能说明自己根本不喜欢那些工作。他更乐于做一些不受约束又有情趣的工作。往往这种工作在常人看来并不是什么好工作，所以显得他能力不高。实际上，他自我感觉却相当不错，因为这十年他过得有滋有味，非常愉快。他身材高大，皮肤呈深古铜色，眼睛灰蓝色，棕色的头发剪得短短的。他不笑的时候看上去很郁闷，总是若有所思。可一笑起来又显得有些孩子气，但这样的时候并不多。当他工作太紧张或者喝酒过量时，左眼附近会出现一丝轻微的抽搐。在撤离的前一天，他一直忙着装订或销毁文

件，所以当他上飞机时，他脸上的那种抽搐更加明显，因为他已经精疲力竭了。

同时让他特别高兴的是他坐上了这架印度邦主的豪华座机而不是拥挤不堪的军用运输机。当飞机升向高空之时，他放松身体，舒舒服服地坐在座位上。他是那种能适应艰苦条件的人，只要小小的一点舒适就能让他得到补偿。他的心情很愉快，他能忍受飞往撒马尔罕的旅途的艰辛，况且从伦敦到巴黎他可以在"金箭"号上好好花完最后的十英镑。

飞机飞了一个多小时后，曼宁森说他感觉飞机并没有按直线飞行，然后马上坐到了前面的位子上。他是个二十多岁的小伙子，红红的脸庞，天资聪明但智慧不足。上学的时候肯定对私立学校的条条框框恨之入骨，可身上又表现出严格教育所带来的优势。因为一次考试不及格他被派到了巴斯库。康威与他在巴斯库相处了六个月，现在渐渐有些喜欢他了，可现在康威不愿费神与他说话。

他睡眼惺忪地睁开眼睛，说道："不管飞机飞哪条航线，飞行员会飞最佳航线。"

又过了半小时，正当发动机的轰鸣声使疲惫不堪的他快要睡着的时候，曼宁森再次叫醒他说："我说，康威，我觉得并不是费纳在开这架飞机。"

"噢，不是他是谁？"

"刚才那家伙转过头来，我发誓他不是费纳。"

"隔着玻璃板很难看清。"

"在任何地方，我都认得出费纳的脸。"

"那可能是别的什么人，我想没什么关系吧。"

香格里拉地区地理环境十分险峻，到处都是高山、峡谷、河流，人们通过这些湍急河流的工具是"溜索"。
惊心动魄的场面——马帮的骡子和赶马人溜索过江。

"可费纳肯定地告诉过我是他来驾驶这架飞机的呀。"

"他们肯定改变计划，让他去开另一架飞机了吧。"

"那么，这人又是谁呢？"

"小伙子，我怎么知道呢！你不会认为我能记得住每个空军上尉的面孔吧。"

"我认识他们当中的很多人，可我认不出这个家伙。"

"那他一定是你不认识的少数几个之一了。"康威笑着又加了一句，"很快我们就到白沙瓦了，到时你去和他交个朋友，顺便可以打探一下他的身世。"

"照这个速度，我们根本到不了白沙瓦，这个人驾着飞机偏离了航线，还飞得那么高，他要是能看清自己的方位就怪了。"

康威一点都不在意。他已经习惯了乘飞机旅行，所以也没多想，而且到了白沙瓦之后，他既没什么特别的事急于要做，也没有什么急于想见的人，所以，

洛克在香格里拉地区用文字和照片记录了很多当地的自然风光和人文风情，为今天的人们研究这个区域提供了详实而珍贵的资料。他在文章中这样写到："在这里，在这些遥远的几乎无法到达的山谷中，我看见了许多野生动物，它们都不怕人，一切都像伊甸园那么平静……"

他无所谓整个航程是6个小时还是4个小时。他还没有结婚，到了白沙瓦也不会有人送上温柔的问候。朋友倒是有一些，有几个也许还会请他上夜总会喝酒。想到这还真让他高兴，可也并非让他心驰神往。

在过去的十年中他过得虽然也很愉快，但总的说来并不令人完全满意。回想过去他也并没有顾影自怜似的叹息。生活无常，间或安定一段时间，然后又是居无定所，这就是他对自己过去十年生活的最好总结，也是对世界局势的概括。他想起巴斯库、北平、澳门和其他一些地方。过去他也是常常四处走动，最遥远的要算牛津了。战后

他曾回到那里当过几年学监，教过东方历史；在撒满阳光的图书馆里呼吸过充满粉尘的空气；骑着自行车从高处冲下来。这些情景固然诱人，却也并没有引起他多少感叹。他仍有一种感觉，那就是现在的他本来就是如此。

这时他胃部有点不舒服，这种熟悉的感觉提醒他飞机就要降落了。他很想和心神不宁的曼宁森开个玩笑。要不是那小子突然站了起来，把头"嘭"地撞到舱顶上，他真这么做了。正在过道另一边的座位上打瞌睡的美国人伯纳得被这一声响吵醒了。这时曼宁森望着窗外惊叫起来："上帝呀！快看下边。"

康威赶忙看了过去，眼前的景象与他预想的大相径庭。他并没有看到按几何图案排列的整齐的军营和巨大的长方形机库，他眼前只是茫茫浓雾，浓雾之下是被太阳烤成红褐色的广阔荒原。尽管飞机在迅速下降，但仍然在一个普通飞行高度无法相比的高度飞行。连绵起伏的山峰尽收眼底，看上去离云雾缭绕的山谷也许只有一英里远。尽管康威以前从没在这种高度看过这种景色，但他可以肯定这是典型的边疆风光。让他感到奇怪的是白沙瓦附近没有这种地方。"我认不出这到底是什么地方。"他喃喃自语。他不想惊动别人，所以他对着曼宁森的耳朵说道："看来你是对的，这个飞行员迷失了航向。"

·41·

飞机正急速下降着。飞机越往下，空气越热。下面灼热的土地就像是突然开了膛的火炉一般。一座连一座的山峰在地平线上投下自己崎岖陡峭的黑色阴影；飞机正沿着一条曲折的山谷飞行，谷底干枯的河床上布满岩石，看上去就像满是栗子壳的地板。飞机在气流中左右摇晃，上下颠簸着，让人难受得就像坐在一条穿行在浪涛上的小船里。四位乘客都不得不紧紧抓住座位。

"看来他想着陆了！"美国人声音嘶哑地喊道。

"不会的，"曼宁森反驳道，"如果他真这样，那他疯了，飞机会坠毁，然后……"

然而，飞机真的着陆了。飞机先是颠簸了一阵，然后稳稳地停在了从溪谷旁清理出来的一块空地上。随后发生的事情更令人费解也更让人担忧。一群满脸胡须包着头巾的土著从四面八方跑过来把飞机团团围住。除飞行员外别人谁也不能下飞机。飞行员下了飞机后和他们激动地说着什么。显然，他根本不是费纳，也不是英国人，甚至连欧洲人都不是。这时，那些人从附近的油料堆里取来几桶汽油，然后倒进容量特别大的飞机油箱里。被困在飞

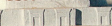

机里的四位乘客大声喊叫着，可那些人却报以轻蔑的冷笑，置之不理。只要他们稍有企图，招来的可能就是黑洞洞的枪口。康威懂一点普什图语，就试图与这些人对话，却没有任何反应。不管他用哪种语言与飞行员交谈，那家伙唯一的反应就是威胁性地举起手里那把左轮手枪。正午的太阳就像一团火焰烤着飞机，机舱里的乘客因为灼热的空气，再加上大声叫喊耗费了体力，都快要晕过去了。他们束手无策，因为在撤离白沙瓦时不允许他们带武器。油箱的盖子拧上了，油箱灌满了。一只装满温水的油桶从机窗那儿递了进来。尽管这些人看上去对他们没有敌意，却也不回答他们的任何问题。同那帮人又谈了一会之后，飞行员回到机舱。一个帕坦人笨拙地转动着螺旋桨，看来飞机又要起飞了。虽然空间狭小，又加了很多汽油，可飞行员起飞的技术似乎比降落还要熟练。飞机飞到了厚厚的云层中，然后转头向东，似乎在确认航线。此时已是午后。

　　整个事件真是不同寻常，令人迷惑。凉爽的空气让他们精神一振，这几个乘客简直不敢相信竟然有这种事。在动荡不安的边远地区还从未听说过这种骇人听闻的事件，在他们的记忆中也想不起类似的事情，而且更让人难以置信的是他们遭此大难竟然还安然无恙。自然，惊魂稍定之后大家无限愤慨，紧接着便开始思索，想探个究竟。大家都感到迷惑不解，只有曼宁森说出了自己的想法：有人绑架了他们以勒索赎金。大家觉得他说的有点道理 。 尽管整个过程所用的手段非常特殊， 可绑架这种伎俩并不新鲜。让他们感到安慰的是毕竟他们不是第一拨遭绑架的人，以前也曾发生过同样的事情，而且大多最终都平安无事。 这些土著最多把你关进山洞之中，只要政府

付了赎金，就会把你放掉。你会得到应有的照顾，再说赎金也不是自己付，只是和绑匪呆在一起的时候有些难受。然后呢，空军就会派一支轰炸机中队来营救你，而你在余生中就会有一段精彩的故事讲给大家听了。曼宁森有些慌张地说了自己的看法，美国人伯纳得则表现得很滑稽，他说："先生们，我敢说这只是某些人一厢情愿的想法。我可没看出你们的空军有过什么辉煌的战绩。你们英国人总是拿发生在芝加哥等地的劫机事件开玩笑，可我也想不起有哪个持枪歹徒曾驾着山姆大叔的飞机逃跑了。我倒是很想知道这家伙是怎么处置那位飞行员的。我敢说他肯定是被塞进沙袋里了。"说完，他打了个哈欠。伯纳得身材魁梧，刚毅的面庞上布满皱纹，这使他的脸看上去有点和蔼可亲，可也消除不了他脸上忧郁的神色。除了知道他来自波兰之外，在巴斯库，没有人对他有更多的了解。据说他在波兰经营的生意与石油有点关系。

这时康威正忙着做一件很实际的事情。他把大家身上的所有纸片收集起来，然后用不同的当地语言在上面写上求救信号，每隔一段时间就朝地面投几片。在这种荒无人烟的地方希望渺茫，但还是值得一试。

飞机上还坐着第四位乘客，就是布林科洛小姐。她坐在那里，背挺得很直，嘴唇紧闭，很少说话，没有牢骚。她个头矮小，但显得很坚强。她此时的样子就像是极不情愿地去参加一个她一点儿都不喜欢的晚会似的。

康威并不怎么讲话，因为他要把求救信号译成本地语而无法分心，但他还是有问必答。他基本同意曼宁森的说法；在某种程度上，伯纳得对空军的谴责他也有同感。当然，尽管人们现在倒是清楚事情发生的整个过程，可是，在这种动荡不安的地方，穿着飞行服的人看起来都很像，没有人会怀疑一个穿着合适的职业服、看上去精于业务的人。这家伙肯定懂点飞行——比如，信号指令等。很明显，他知道怎么驾驶飞机……还有，我同意你的看法，这种事一定会有人遭殃。虽然他可能有点冤枉，可他还是得承担责任。

"好哇，先生，"伯纳得说道，"我确实很佩服你能看到事情的两面性。无疑，你的这种心态很好，即使别人欺骗了你，你都应当这样。"康威心里想美国人可真会说话，明明话外有音，却又不得罪人。他宽容地笑了笑，却也没有再说什么。他感到疲惫不堪，虽然他的心里想着随时可能会发生危险，可也不能消除丝毫的困倦。伯纳得和曼宁森一直争论不休，到下午很晚的时候，当他俩就某件事向他征询意见时却发现他已睡着了。

"他已经累垮了，"曼宁森说，"也难怪，这几个星期可真够人受的。"

"你是他的朋友？"伯纳得问。

"我们一起在领事馆工作，我知道他已经四天四夜没有合眼了，实际上，我们还真走运，在这种情况下有他和咱们在一起。他不仅懂得多种语言，而且他自有一套与人打交道的办法。如果有人能使我们摆脱困境的话，那个人就是他了。他为人相当冷静。"

"好吧，就让他好好睡一觉吧！"伯纳得赞许道。

连布林科洛小姐也插了一句："我看他像是个勇敢的男子汉。"

而康威自己反倒不敢说自己是个很勇敢的人。他疲倦地闭着双眼，但他其实没有睡着，他能听到也能感觉到飞机的每一个动静。他也听到了曼宁森对自己的一番称赞，心里别有一番滋味。就在这时他的心里掠过一丝不安，因为他感到胃一阵抽搐，这是他精神焦虑不安时

当年洛克的飞机降落在雪山脚下，引来了众多的当地人围观。

身体对此作出的反应。 从他过去的经历来看，他知道，自己并不是那种单纯喜欢冒险的人，虽然偶尔他也会从中得到乐趣，那也只不过是寻找刺激或是为了发泄一下不良情绪，但他绝不愿意拿生命来开玩笑。早在12年前他就已经开始痛恨在法国堑壕战中的危险经历，有几次他是拒绝执行无谓的冒险行动才保住了性命。他能获得特殊荣誉勋章与其说是凭他的勇气不如说是因为他超人的耐力。自从大战以来，每当他面临危

这是一张合成的梅里雪山照片，看上去景观变化极富神秘色彩。

险时他会越来越胆怯，除非这种危险可以让他感到刺激。

他依然闭着眼睛。听了曼宁森的话，他心里深有感触，还有些沮丧。命中注定，他的镇定总是被别人当成勇气，实际上那是种介于冷静和刚强之间的品质。在他看来，目前大家陷入了巨大的困境，此时他心里没有丝毫的英勇气概，他感到的只是对将要面对的麻烦的厌烦。比方说，布林科洛小姐就是个大麻烦，他可以想到在某些情况下他必须行动，而且同时还要想到她是位女性，她比他们其他人加起来都重要。他担心在这种场面自己难免会做出不得体的举动。

然而，当他做出一副像是刚刚醒来的样子之后，他反倒是先和布林科洛小姐说起话来。他发现她既不年轻也不漂亮——不但平常反倒是有些缺点，但在目前这样的处境之中就都成了长处。他也着实为她感到难过，因为他想曼宁森和那个美国人都不会喜欢传教士，尤其是女传教士。他自己对此倒没有什么成见，但是他却担心因为对他的直率不太习惯她反而会感到难堪。"看来，我们真是陷入困境了。"他的身子侧向她的耳朵轻声说道，"但是我很高兴你能处变不惊，我想不会发生什么大不了的事的。"

"我相信有你在我们就不会大祸临头。"她回答道，可她的话并没有让他感到安慰。

"你得让我知道我们怎么做才能让你舒服一些。"

伯纳得抓住了话头。"舒服？"他沙哑着嗓子说道，"我们当然自在了，我们正在快乐的旅行中玩得高兴呢，只可惜我们没有一副牌——要不我们可以打几局桥牌了。" 尽管康威不喜欢打桥牌，但伯纳得话语中流露出的乐观他倒颇为赞赏。"我想布林科洛小姐不打牌吧。" 他笑着说。

可传教士却转过身来反驳道："我还真会打牌呢，而且，我从未发现打牌有什么不妥之处，《圣经》也没有规定不许打牌。"

他们都笑了起来，似乎颇为感激她给他们了个台阶下。康威想还好她并不是个神经质的人。

整个下午，飞机都穿行在高空薄薄的云雾中。由于飞得太高看不清下面的东西。 有时候间或有一段时间薄雾会散开一会儿，就会看到错落有致的山脊和一条无名之河闪烁的波光。从太阳的方位可以大概判断得出飞机仍在向东飞行，偶尔朝向北方，然而，飞机要飞向何处还得看飞行速度，这康威就无法准确地推断出来。不过，可以肯定这架飞机已经耗费了大量的汽油，也可能得看具体情况而定。 康威对飞机的技术要求一无所知，但他可以肯定，不管他是什么人，这个飞行员的确是个行家里手。 他能让飞机在岩石遍布的山沟里着陆就说明了一切，更不用说随后发生的事情了。 其实康威在面对挑战时心底里总有一种无法抑制的情感。 他已经习惯了别人向他求助，所以当他仅仅意识到某个人既不想求助于他也不需要他的帮助时都会让他平静下来。可是，他不想让他的同伴们与他分享这种微妙的情感。

他明白，与自己相比，他们几个因为个人的原因会感到更加焦虑不安。比如，曼宁森已在英国与一个姑娘订了婚；伯纳得也可能已经成了家；不管布林科洛小姐自己怎么想，她还有工作要做，还要度假。这时，曼宁森非常焦躁不安。时间一小时一小时地过去了，他也变得易怒而敏感。他对康威那张冷冰冰的面孔也开始不满起来，原先他在背地里对这种冷静还大加赞赏呢。 有一阵，他俩发生了激烈的争论，声音盖过了飞机发动机的轰鸣声。"看这边，"曼宁森怒气冲冲地吼道，"难道我们就只能无所事事地坐在这儿任这个疯子为所欲为吗？我们为什么不砸掉隔舱板把他弄出来？"

"没办法，"康威答道，"只不过他有武器而我们手无寸铁，另外，我们中间没有人知道怎么才能让飞机着陆。"

"这不会很难，我敢说你能办得到。"

这张图片是当年洛克拍摄的，远处的雪山就是梅里雪山。

"亲爱的曼宁森，你为什么总指望我去创造这样的奇迹呢？"

"唉，这种事情只能让我心烦；难道我们就真不能让这家伙把飞机降下来吗？"

"那你说该怎么办呢？"

曼宁森更加激动，"他不就在那儿吗？离我们就6英尺，而且，咱们是三对一。 难道咱们就一直这样眼睁睁盯着他的背影发呆吗？至少，我们可以让他说出事实真相嘛。"

"那好吧，咱们试试看。"康威朝前走了几步来到客舱与驾驶舱之间的接头处。这驾飞机的驾驶舱位于飞机前部而且稍高出一点。有一块大约6平方英寸的推拉式玻璃隔窗，透过它，飞行员只要转一下头，稍侧一下身子就可以与乘客说话了。康威用指关节叩了几下玻璃隔板，里面人的反应正如他所料，有点滑稽。玻璃隔窗滑向了一边，伸出来左轮手枪的枪管。一句话也没有，就这样。康威没说什么就退了回来，玻璃隔窗又关上了。

一直静观事态的曼宁森并不满意这个结果。"我想他不敢开枪。"他嘀咕道，"说不定只是吓唬人。"

"你说得没错。"康威随声附和道，"但我更愿意让你来证实一下。"

"唉，我想至少我们应该先豁出去跟他拼一拼再俯首听命。"

图片中这个人叫"项此称扎巴",是当年洛克拍摄的,他就是木里王。

洛克在他的文章中记录道:"木里王的祖先对皇帝忠贞而被封为王,他的管辖地域比马萨诸塞州还大,王位是世袭的,虽然他们是当地的至尊,但他主动将自己的权力局限于民事和审判范围内。"

"……木里王大约6英尺高,30岁上下,头浪大,额骨浪高,他气质高贵,表情和蔼,笑声柔和,手势优雅……"

　　康威也有同感。通过学生时代读过的历史书和看过的有关英国士兵的故事,他知道英国人传统上就英勇无畏,从不投降,也永远不会被打败。而他却说:"在没有胜算的情况下就仓促上阵,那是很不明智的举动,我可不想当那种英雄。"

　　"说得好,"伯纳得热情地插话,"当你被人惹恼时,你也要心甘情愿地任其摆布。若是我,只要还活着就要尽情享乐。抽一支雪茄吧!别尽想着大难就要临头了。"

　　"我倒不会,可能布林科洛小姐会担心。"

　　伯纳得马上转移了话题,说:"对不起,女士,我抽烟你不会介意吧?"

"不介意，"她悠然地答道，"我自己并不吸烟，但我喜欢闻雪茄的味道。"

康威觉得在所有说这话的女人中，布林科洛是最典型的一个，好在曼宁森焦躁的情绪稍稍平静了一些。为了表示友好，他给伯纳得递上一支烟，自己却没有点上一支。"我了解你的感觉。"康威温和地说道，"前途未卜，从某种程度上说越来越糟，因为我们对此无能为力。"

"但是换个角度看，也没有糟到哪里去。"他不禁又补充道。他仍然感到疲惫不堪。他的性格中有一种常人称作"懒散"的东西，尽管事实并非如此。不到万不得已，没有人愿意劳动自己，更不用说会更好地承担责任。事实上，他既懒于行动，也不愿意承担责任。而他所从事的工作恰好又要二者兼备。虽然他能把这两者发挥到极至，可他总是随时准备让位于其他能够胜任或者比他干得更好的人。无疑正是这点使他在部队中没有获得预期的成功。他安于现状，不与别人争名夺利，也不会自吹自擂。他的敏捷只不过是他喜欢简单的一种表现，而他的处事不惊，虽令人钦佩，却常常让人觉得是过分谨慎。官方人士却愿意认为康威是一个把努力的目标强加给自己的人，在他平静的外表下掩藏的是多愁善感。人们偶尔会想他真的就像他表现的那样沉着冷静，不管面对什么都不会冲动？不过，正如人们说他"懒散"不合适一样，对这一点人们也没有看准。其实人们觉得他高深莫测的原因很简单——他只是喜欢清静，喜欢沉思，还乐于独处。

他已经侧着身子坐了好长时间，现在也没什么事可做，于是他又靠在座位上睡起觉来。醒来时，他发觉其他几个人，不管刚才有多担忧和焦虑，现在也都偃旗息鼓了。布林科洛小姐闭着眼直直地坐着，像一尊黯然失色的雕像；曼宁森身子前倾，一只手托着下巴坐在座位上；那个美国人已是鼾声如雷。康威想：他们倒还明智，再没有大喊大叫来耗费自己的体力，那样做于事无补。忽然，他感到自己身体有种异样的感觉，他有点头晕，心跳加快，呼吸急促。他记得过去曾有过一次类似的反应——那是在瑞士的阿尔卑斯山上。

他转过头朝窗外望去。只见碧空如洗，在落日的余晖中，展现在眼前的景色一下子令他窒息。远远的，在天尽头，层峦叠嶂的冰峰绵延而去，仿佛飘浮在绵绵的云层之上。它们围成弧形在西面与地平线重合在一起，其色彩浓烈得就像痴狂的印象派大师笔下的浓墨重彩。与此同时，飞机吼叫着沿着一堵陡峭的白色悬崖爬升。如果不是太阳照在上

面，这悬崖看上去就像是天空的一部分，远远看上去闪耀着令人炫目的银光。

康威轻易不会触景生情，他惯常不太在意"风景"，尤其是对那些由市政当局设置了座椅的著名景区。有一回，有人带他到印度达吉岭附近的老虎岭去看埃菲尔士峰（珠穆朗玛峰）的日出，他却发觉这座世界巅峰令他大失所望。而窗外的景色却迥然不同，它夺人心魄。它没有那种刻意作态引人崇敬的架势。那鬼斧神雕般的冰峰蕴含着原始而粗犷的神韵，真是无比壮丽。康威若有所思。他边查看地图，边推算距离，好估计时间与飞行速度。这时他发现曼宁森也醒过来了，于是他拍拍这小伙子的胳膊。

图为洛克的代表作《中国西南古纳西王国》一书的中文译本，在书中专门有一章写到了中甸就是今天称香格里拉的地方，他还提到了纳帕海、松赞林寺、哈巴雪山、虎跳峡、白水台、卡瓦格博雪山等很多地方。

图为大卫·妮尔所著的《一个巴黎女子的拉萨历险记》中文版，有人说《消失的地平线》受这本书的影响很大，两书中都有有关地点、峡谷、江河等多处景观的描述，其相似之处很多。

消失的地平线
·50·

Lost Horizon
James Hilton

蜿蜒曲折的澜沧江

香格里拉中虎跳

澜沧峡谷之金字塔

巴拉更家大峡谷之一

巴拉更家大峡谷之二

富庶的奔子栏

碧罗峡

第二章

　　他没有叫醒其他人，当他们自己醒来看到窗外的景色时也惊叹不已，对此康威也不动声色，这就是典型的康威。过了一会儿，伯纳得征询他的意见，他却像一个大学教授在解答问题，以一种客观公正的口吻简述了他的答案。他说他认为他们有可能还在印度境内；他们已经向东飞了几个小时，因为飞得太高也看不到什么，不过，飞机很可能是沿着一条东西向延伸 的河谷飞行。"但愿我不光只凭记忆，我感觉这条河谷很像是印度河上游的河谷地区。若真如我所料的话，我们可能已经到了一个奇特壮观的地方。你也看到了，真是如此。"

　　"那你知道我们现在在哪儿喽？"伯纳得打断了他。

　　"还不知道—— 我以前从没到过这一带，但是我想那座山十有八九就是南加帕伯山，曾经有一个哑剧演员在那儿丢了性命。从山的构造和总体走势来看，它似乎恰是我听说的那座山 。"

　　"你很喜欢爬山吧？"

　　"年轻的时候很喜欢山，当然，只是爬爬一般的山。"

　　曼宁森气冲冲地插了进来，说："讨论讨论我们到底要何去何从可能更有意义吧，上帝呀，请你告诉我们，到底我们要被带到哪里去？"

　　"我看，我们好像是向山那边飞去，"伯纳得说，"你说呢？康威，我这样叫你，你不介意吧。"

　　"不过，既然我们大家都已经坐上了同一条船，我们就别这么客气了。"康威认为大家直呼其名是很自然的事，所以伯纳得为此而道歉他觉得大没有必要。"哦，当然不了。"他欣然接受，并接着说，"我看那座

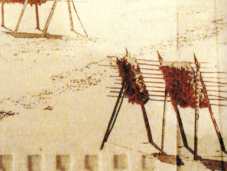

山一定是喀喇昆仑山，如果我们这位飞行员想飞越这座山的话，有好几个山口。"

"你是说我们的飞行员？"曼宁森叫了起来，"你是指我们那位疯子吧。我想我们也该往别处想想了，别总想着我们就是被绑架了。我们现在已经离前线地区越来越远，这一带又没有什么土著部落。我所能想到的唯一解释就是那家伙是个丧心病狂的疯子，除了疯子谁会把飞机开进这种荒野之地呢？"

"我知道除了技术高超的飞行员，别人还飞不到这儿，"伯纳得回敬道："我的地理从来就不行，但我却知道这些山作为以世界最高峰而出名的，如果真如此，那飞越这些山脉将是一次一流的飞行表演。"

"这是上帝的旨意。"布林科洛小姐突然插了一句。

康威没有搭话。是上帝的旨意还是那人的疯狂——就在于你怎么想了。机舱里有条有理的一切与窗外粗犷豪放的自然景观相互映衬。他想：抑或是人的意愿，上帝的疯狂？只有确定下来怎么看待这个问题，才能让人安心。正在他冥想的时候，他抬眼看到窗外的景色发生了奇妙的变化。整座山笼罩在浅蓝色的光环中，半山坡的颜色逐渐变深直至紫色。一改他平日的淡漠，康威心底涌

香格里拉地区有很多的雪山景观，其中最有名的就是梅里雪山，在《消失的地平线》中希尔顿着力描写了这座雪山："这真是世界上最可爱的山峰，几乎是一座美妙绝伦的金字塔，些许云雾缠绕着塔似的峰尖，给景色平添了险峻的生气，而微微传来的雪崩声更证实了它并非幻景。"

Horizon
ames Hilton

起一种冲动——不只是激动，更不是胆怯，而是一种强烈的期待。他说："你说的不错，伯纳得，这件事变得越来越离奇。"

"管它离不离奇，我都没有兴趣，"曼宁森固执己见地说道，"并不是我们自己要到这儿来的，天知道我们这是到了哪里，我们到底会怎么样。我看不能因为那家伙飞行技术高超就认为他会善待我们。即使他是个顶级飞行员，他也和疯子差不多。我曾听说有个飞行员在飞行途中发疯了呢，这家伙从一开始肯定就是个疯子。我就是这么想的，康威。"

康威沉默不语。他讨厌在飞机的轰鸣声中无休止地大叫大嚷，而且争论那些不着边际的事情没有多大意义。但是，当曼宁森非要他说说他的看法时，他又说："这是个头脑相当清楚的疯子，你可别忘了是他驾着飞机降落然后给飞机加油的，而且也只有这架飞机才飞到这种高度。"

"但这并不能证明他没疯，疯子也有他自己的一套办法。"

"当然，有这种可能。"

"那么，我们得定一个行动方案。飞机着陆以后我们怎么办？如果他能让飞机安

云雾下显现的是雪山脚下的西当村。

Lost Horizon
James Hilton

全着陆，我们能保住命的话，该做点什么？ 我想我们该跑上前去向他祝贺他精湛的飞行技术？"

"这不可能。"伯纳得回敬道，"我把这种好事留给你吧。"

同样，康威无心再跟他们继续争辩，尤其是那个美国人加入之后。他总是一副胸有成竹的样子和大家调侃着，似乎他已经胜券在握了。康威意识到这些人还根本没有统一的意见。曼宁森易怒，这可能与海拔有一定关系。稀薄的空气对每个人产生的影响不同，比如，康威头脑清醒但身体疲乏，不过也并没有什么大碍。确实，他一口口地呼吸着清冷的空气，呼吸有点急促，无疑情况不容乐观，可此时此刻他也没有气力抱怨什么。此时发生的事情看来是早有预谋，让人充满了好奇。

当他凝视着那一座壮丽雄伟的山峰时，一种快慰涌上心头——这个世界上竟然还有这种地方：远离尘世，还没有被人类玷污。喀喇昆仑山的冰峰在北方灰褐色的天空映衬下显得更加夺目。这些山峰发着清冷的寒光，雄伟冷峻，给人一种庄严的感觉，虽然比那些闻名于世的山峰要低几千英尺，却使它们永久地免受登山者的搅扰，这些山峰对那些想破记录的探险者来说没有什么诱惑力。而康威和这类人正相反，他从心底里不赞赏西方人理想中对极致的崇尚。在他看来，单纯追求高度毫无理性，甚至于还不如只是登登高而已。事实上，他对争名夺利毫不在乎，他对冒险的事也毫无兴趣。

·55·

高原上碧蓝的湖泊宁静似镜，与远处的雪山相映成趣。

他仍在凝神观赏着窗外的景色。不知不觉夜幕降临了，天空就像上了色的天鹅绒，闪着幽幽的光展现在眼前。此时，整座山脉显得更近，异常壮丽。一轮圆月徐徐升起，仿佛天上的明灯，依次照过每一座峰峦，一直照到夜幕映衬下熠熠发光的地平线。天气渐渐变凉。一阵风吹来，让飞机上的人们感到很不舒服。这些新生的烦恼一丝丝消磨着人们的意志。人们没有料到飞机在黄昏之后还继续飞行，现在，唯一的希望就是飞机耗尽燃油。飞机上的汽油肯定也用不了多久了。曼宁森又开始争论此事，可康威却没有情绪，因为他真不知道还能飞多久。他只是说自己估计最多能飞一千英里的距离，而他们已经飞了其中的大部分航程。"唉，到底那个人要把我们带到哪里去呢？"这年轻人垂头丧气地问道。

"这不好判断，有可能是西藏的某个地方。假如这些山就是喀喇昆仑山，西藏就在山的那边了。其中的一座山峰肯定是K2，被认为是世界第二高峰。"

"仅次于埃菲尔士峰。"伯纳得评说道，"还真是道风景。"

"以一个登山者的眼光来看，这座山比埃菲尔士峰更难攀登。艾伯路奇公爵曾放弃了攀登这座山的计划，他觉得这座山高不可攀。"

"噢，上帝呀！"曼宁森咕哝着说。伯纳得则笑道："我想你就是这次旅行的导游了康威，我得承认，我只要有一瓶科尼亚克白兰地酒，我才不管那儿是西藏还是田纳西呢。""可我们总得想个法子吧？"曼宁森着急起来，"我们怎么会到这里？说这些有什么用呢？我简直不明白你们怎么还有心思拿这开玩笑。"

冬日的早晨，香格里拉高山草甸上的藏族民居还笼罩在薄雾之中。

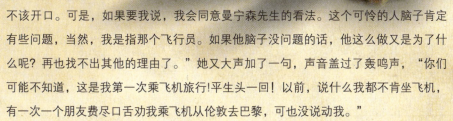

"好了，你只当是在欣赏风景吧，年轻人，再说，要是照你说那人是个疯子的话，那恐怕真就没什么意义喽！"

"这家伙肯定是疯了，我再也想不出其他理由了。你呢？康威？"

康威摇了摇头没有做答。

好像是到了一出戏的幕间休息，这时布林科洛小姐转过头来，谦恭地说道："你们没有向我问过什么，也许我不该开口。可是，如果要我说，我会同意曼宁森先生的看法。这个可怜的人脑子肯定有些问题，当然，我是指那个飞行员。如果他脑子没问题的话，他这么做又是为了什么呢？再也找不出其他的理由了。"她又大声加了一句，声音盖过了轰鸣声，"你们可能不知道，这是我第一次乘飞机旅行！平生头一回！以前，说什么我都不肯坐飞机，有一次一个朋友费尽口舌劝我乘飞机从伦敦去巴黎，可也没说动我。"

"这下，你倒是从印度飞到西藏喽，"伯纳得调侃道，"事情往往就是这样。"布林科洛接着说，"我曾认识一个到过西藏的牧师，他说西藏人非常古怪，他们认为我们是从猴子变来的。"

"他们可够聪明的。"

"噢，亲爱的，不，我是说他们不是现在才有这种想法的，他们几百年前就这么想了，这也只是他们众多迷信之一，当然我本人是反对一切迷信的，而且我认为达尔文比西藏人还要荒唐。我坚信《圣经》上所讲的一切。"

"我想，你是个原教旨主义者？"

可布林科洛小姐似乎并不知道这个称呼。"我原来是伦敦传道协会的成员，"她厉声说道，"但我不同意他们给婴儿施洗礼。"

康威早就听说过L.M.S 这几个首字母代表London Missionary Society，可现在听来仍然觉得好笑。他记起了在奥斯顿车站那场关于神学的争论引起的不快，渐渐开始感到布林科洛小姐身上有一种吸引人的东西，他甚至想夜里要不要给她披上一件自己的衣服，可最后又打消了这个念头。他想她的身体说不定比自己的还要结实。于是他缩起了身子，闭上眼睛，很快就平静地睡着了。

飞机继续往前飞着。

突然，机身猛地一阵倾斜，把他们都给惊醒了。康威的头碰到窗子上，他感到一阵头疼。飞机突然又一阵颠簸，他的身体不住地在两排座位之间摇晃。这时天更冷了。他的第一反应就是看了看表，已经凌晨一点半了，他肯定已睡了不少时间。这时，一阵很响的飞机摆动的声音传入他的耳朵，起初他还以为是幻觉，后来他意识到发动机已经停止转动，而飞机正迎
着大风滑翔着。他朝窗外一看，地面近在咫

尺。青灰色的跑道在下面一掠而过。"他就要着陆了！"曼宁森叫
了起来，被飞机的颠簸抛出座位的伯纳得则冷冷地回答道："但愿他能如愿以偿 。"只有布林科洛小姐还是正襟危坐，她平静地理了理头上的帽子，好像她这是到了多佛港。

　　片刻工夫，飞机落地了，可是这次着陆却不敢让人恭维。"天呐！真是糟糕透顶了！"。在飞机的颠簸和与地面的冲撞声中，曼宁森嘴里咕哝着，一面用手紧紧地抓住自己的座位。一阵撕心裂肺的声音传来，原来是飞机的一个轮胎爆炸了。"这下完了，"他绝望地叫了起来，"尾部制轮器坏了，现在我们肯定得呆在原地，哪儿也去不了。"

　　康威伸了伸麻木的双腿，用手摸了摸头上被窗子碰疼的地方，那儿起了个包，但没什么事。他在紧要关头从不喜欢多嘴，可是现在他必须做点什么帮帮这些人。然而，飞机停稳时，他最后才站了起来。"当心点，"当打开舱门正准备跳下飞机的时候，他叫了起来；一阵令人不安的沉默之后，这年轻人回道："用不着担心——这儿看上去像是天尽头——周围连个人影都没有。"

　　片刻之后他们都意识到曼宁森说得没错。他们都冷得直打哆嗦。除了呼呼的风声和嘎吱嘎吱的脚步声，再也听不到别的声音。他们感到自己陷入了莫名的忧愁，这种忧郁的情绪甚至弥漫在大地和空气中。月亮躲进了云层的后面，星光伴着风声，照亮了无垠的旷野。用不着多加思量，任何人都能觉察得出这荒凉的世界高山重重，连绵起伏。在遥远的地平线上山峦起伏，闪耀着微弱的光芒，远远望去像一排排犬牙。

　　曼宁森此时却异常活跃，他朝着驾驶舱走去。"到了地面，我才不怕这家伙呢 ，管他是谁呢，"他叫嚷道，"我这就去收拾他"

　　其他几个人呆呆地站在那儿，不无忧虑地看着他。康威紧跟着冲过去，可是已经来不及阻止他贸然的行动。几秒钟后，曼宁森跳了下来，紧紧地握着手臂，扯着嘶哑的嗓子一顿一顿地喊道："我说，康威，真是奇怪……我觉得这家伙是病了，或是死了；我怎么问他都不回答，快过来看……我拿到了他的左轮手枪。"

"还是把枪给我吧，"康威说道。虽然他的头因为刚才撞了一下还在晕，他还是强打精神行动起来。当时的情形是他有生以来经历过的最糟糕的一次。他直起身子站到一个位置，从那儿可以大概看到关闭着的驾驶舱。驾驶舱里散发出呛人的汽油味，所以他不敢划火柴。他看到飞行员身体向前扑着，头伏在仪表盘上。他摇了摇他，摘下他的头盔，然后，解开他脖子上的衣服。过了一会儿，他转过头来向大家说："没错，他真是出事了，我们得把他弄出去。"然而，旁边的人可能也感到了康威有点不对劲。他声音尖利而果断，再也听不到一丝的犹豫不决。此时此地，天寒地冻，即使这样他也已经顾不得考虑自己的劳累和困倦了。他生来就是担当大任的料，眼下正是该他出马的时候了。

在伯纳得与曼宁森的帮助下，飞行员被拖出座位然后抬到地上。他只是昏迷不醒，并没有死。康威并没有多少医学知识，不过，对大多数在高原地区生活过的人来说这种症状他们都熟悉。"可能是海拔太高引起的心力衰竭。"他说着，一面俯下身去看了看这个陌生的男子。"在这儿，我们也无计可施——根本就没有地方躲躲这可怕的大风，最好还是把他抬进机舱里面，我们也进去呆着吧。我们根本不知道我们的方位，天亮之前是不可能离开这里的。"

大家一致同意康威的建议，就连曼宁森都赞成。他们把这人抬进舱内，让他直挺挺地躺在座位之间的过道上。里面并不比外面暖和多少，但是把阵阵寒风挡在了外面。一下子狂风成了大家的心头之患 —— 一整夜里，大家要深受其苦。那可不是一般的风，不仅仅只是风大或是风寒，这肆虐的风就像一个狂怒的主人跺着脚走来走去，大声地责骂自己的子民。这狂风凶狠地摇晃着飞机，把负重的飞机都刮得向一边倾斜。康威从机窗望出去，觉得这风似乎都要把星星的光芒给刮走了。

这陌生人一动不动地躺在那儿。机舱昏暗而狭小，康威即便是借着火柴的亮光也很难查看这个病人。"他的心跳很微弱。"最后他说道。这时，布林科洛小姐在她的手提袋里摸索了一阵，递过来一样东西，"不知道这东西会不会对这可怜的人有点用。我自己倒还没沾过一滴，不过，我总随身带着它以防万一，现在用得着了吧？"这多少有点出人预料。

"我想是吧。"康威严肃地答道。他扭开瓶盖，闻了闻，然后往那人嘴里倒了一点白兰地。"这正是他需要的，谢谢。" 不一会儿，那人的眼皮微微动了动。曼宁森一下子变得歇斯底里。"我再也忍受不了了，"他放肆地大笑着吼道，"我们都像十足的大傻瓜一样，点着火柴守着一具死尸……而他算不上漂亮对不对？如果非要把它称作什么的话，我看他只不过是个'小瘪三'。"

图为法国天主教司铎任安守在怒江丙中洛和他的教徒在青稞地里收割。

"也许吧，"康威的口气果断而严肃，"但他还不是一具死尸，如果运气好我们还可以把他救过来。"

"运气好？恐怕是他的运气好，而不是我们。"

"话也别说得太绝。你能不能闭一会儿嘴巴？"

曼宁森身上还充满了十足的学生气，所以尽管他自制力很差，但对比他年长的人的命令他还是服从了。康威当然也有点愧疚，但他更关心的是飞行员的事，因为在所有人中间唯有他可以对他们目前的困境给个说法。康威不想再就此事独自思量了，整个航程中他已经想得够多了。他现在忧心忡忡，哪有心思再打肚皮官司。他意识到整个局面不再只是充满了危险性，很可能是对人耐力的考验，弄不好最后将以悲剧收场。在那个夜晚，康威通宵无眠。他独自承担着一切，没有把实情告诉别人。他估计这次飞行已经早越过喜玛拉雅山西部的山峰，正朝着昆仑山不为人知的高峰前进。以此推论，他们现在已经到了地球表面海拔最高也最不友善的地方，也就是西藏高原。这儿即使最低的峡谷地带海拔也有两英里高，这辽阔的高原地带渺无人烟，狂风肆虐，大都不为人知。他们现在被抛到了一个与世隔绝的莽荒之地，比起被放逐到偏远的孤岛也好不到哪里去。一个疑问还没有解决又一个疑问随之而来，接下来发生的事情更是令人惊惧。隐藏在云层后面的月亮猛然间又跃出云层，半遮半掩地高挂在影影绰绰的高地边缘上空，照亮了前方那一片黑暗。康威眼前呈现出一条长长的山谷的轮

廓，山谷两边山脉，在深蓝色的夜空映衬下泛着
黝黝的光芒，看上去令人忧伤。他禁不住朝着山
谷的尽头望过去，在微微闪烁的月光下高高耸立
着一座山峰，在他看来，这该是世界上最令人艳
羡的山峰了。它简直就是一座完美的冰峰，简单
的轮廓仿佛出自一个孩童的画笔之下，无法估计
出它有多高，还有它离得到底有多近。 它光芒四
射，而又安详静谧，有那么一会儿康威甚至怀疑
它到底是不是真的。正当康威凝望着山的时候，
一缕轻烟笼上了山峰的边缘，证实了它的真实存
在，随之而来的雪崩发出的隐隐的响声更证实了
这一点。

　　他心中涌起一股冲动想叫醒其他几个人一
起欣赏这壮丽的景致，但是想了想又没这样做，
因为他们醒来后很可能会破坏这里的宁静。而
且，根据常识，这原始的壮丽景观也预示了与世
隔绝和潜在着的危险。很有可能，数百里以外才
是当地人的居住地。他们没有食物，唯一的 武
器就是那把左轮手枪，而且这架飞机已经损坏，
燃料也差不多耗尽，就算有人会开飞机也没用。
他们没有适于抵御风寒的衣服，曼宁森的摩托服
和风衣抵不了多少事，布林科洛小姐即使穿戴得
像是要到极地探险似的，她也会冷得受不了。康
威第一眼见到她这副样子时还觉得很滑稽。除了
康威自己，他们几个深受高原反应之苦，就连伯
纳得都因过度紧张而陷入忧郁之中。曼宁森自言
自语地咕哝着。他很清楚如果这种艰难的局面继
续下去他会怎样。面对如此黯淡的前景，康威禁不
住向布林科洛小姐投去钦佩的目光。他想她不是
一个寻常之辈，没有哪个向阿富汗人教唱赞美诗的
女性会得到这样的评价!然而，她确实很不一般，

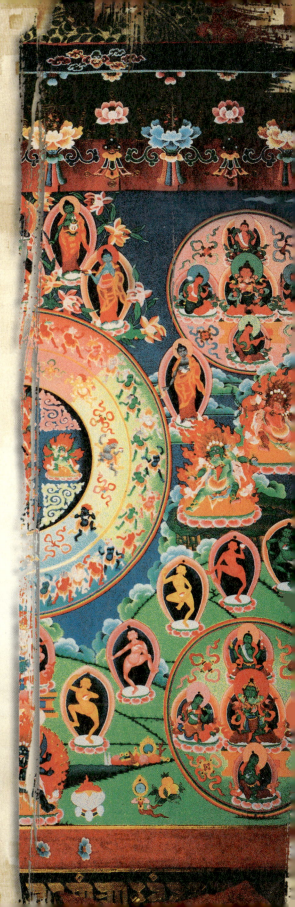

康威对她充满了倾慕。在每一次磨难之后，她身上都透出不平凡的气质。"你没什么不舒服吧。"当他与她的目光相遇时他体恤地说道。

"战争时期，那些战士遭受的磨难比这糟多了。"她答道。在康威看来这两者不能相提并论，没有什么可比性。说实话，当年在战壕里自己也从未度过这样一个难熬的夜晚，说不定其他许多人都曾经历过。他的注意力又转移到那个飞行员身上。这会儿，他呼吸微弱，有点不规则，偶尔会轻轻地动一下。曼宁森推断他是中国人，他也许是对的。他长着典型的蒙古式的鼻子和颧骨，尽管他成功地冒充了一次英国空军上尉。曼宁森说他丑陋不堪，可曾在中国生活过的康威却认为他长的还过得去，只不过在火柴微弱的光线照射之下，他毫无血色的皮肤和张着的嘴显得不怎么好看。

长夜难熬，每一分钟似乎都像伸手可触的重物，你得推它一把才能为下一分钟让出路来。过了些时候，月光渐渐暗淡下来，连同远处若隐若现的山影也隐藏了起来；然后夜色更沉，寒气更加逼人，大风呼呼作响，直到黎明时分。当曙光渐露时，风好像接到了指令也偃旗息鼓，动了恻隐之心，留给大地一片宁静。前方的山峰勾勒出一个苍白的三角形的形状，开始是灰色，接着变成了银色。后来，当初升的太阳照在山顶上时，这山峰竟又被染上了粉色。夜色逐渐褪去，山谷显出了自己的模样：谷底铺满了岩石，斜坡上遍布小圆石。这副景象可不怎么令人感到亲近，可对康威来说，当他环顾四周的景物时，他有一种奇怪的感觉：尽管这个山谷不带丝毫浪漫的色彩可仍

这张图片展示的就是雄伟壮丽的梅里雪山，其主峰称卡瓦格博峰，藏语的意思是"雪山之神"，汉语称"太子"，所以又名"太子雪山"。海拔6740米，在藏区排在八大神山之首，在藏民族人心目中的地位浪高。

有诱人之处，那就是它冷峻的理性特质。你心里不由得会喜欢上它。当太阳终于升到蔚蓝色的天空时，他又一次感到了丝丝的快慰。

气温渐渐回升，其他几个人也都醒来了。康威建议把飞行员抬出去，因为机舱外干燥的空气和暖和的阳光可能有助于使他恢复过来。于是他们把他抬出机舱，围在他的身边。这回大家心情好多了。终于，这个人睁开了眼，开始断断续续地说话。他的四位乘客都俯下身，仔细听着。除了康威，谁都听不懂他说的话，康威偶尔回答几句。过了不多会儿，这人变得更加虚弱，说话越来越困难，最后死了。当时大约是上午九、十点钟的样子。

康威转向他的同伴说，"非常遗憾，比起我们想要了解的情况，他讲得实在是太少。只说我们现在在西藏，这大家都清楚。他没有讲清楚他为什么把我们带到这儿，不过他好像知道方位。他说的那口汉语我不太懂，但他好像提到沿着这山谷，附近有一座喇嘛寺，我们可以到那儿弄些吃的东西，避避风寒。他把它称作香格里拉。在藏语中'拉'是'山中隧道'的意思。他认为我们应该到那儿去。"

"这好像不能成为我们应该去那儿的理由，"曼宁森说道，"更何况，他很可能已经神志不清了，难道不是吗？"

"这个我也清楚。可是，不去那儿，我们又能去哪里呢？"

"到你想去的任何地方，我无所谓。我可以肯定的就是，这香格里拉，即使真有这么个地方的话，也一定是蛮荒之地。如果我们能离回程更近而不是越走越远的话我会更高兴。真是荒唐！老兄，难道你不想带我们回去了吗？"

香格里拉地区众多的高大雪山也不能阻隔人们交流的渴望，在这里马帮显得十分重要，他们担当了运输物资与传播信息的重任，由此在整个地区都留下了"茶马古道"的遗迹，这些道路至今仍在使用，依然有马帮在上面穿行。

康威耐心地答道："我想你还没有看清我们目前的处境，曼宁森。我们现在所在的地方是世界上鲜为人知的一个角落，即便是一次装备齐全的探险，也都充满了困难和危险。我们周围方圆几百英里的地方都是这种样子，从这点看，想要从这儿走回白沙瓦不太可能。"

"我是没这个本事。"布林科洛认真地说道。

伯纳得点了点头，说："如此说来，要是这喇嘛寺真就在这附近的话，还成了我们的福气了。"

"总比没有好，"康威表示同意，"何况，我们没吃没喝的，还有，你们也都看到了，在这种不毛之地想活下来也不是件容易的事。过不了几个钟头，我们就得挨饿。还有，要是今晚我们还呆在这儿的话，就又得面对狂风与严寒。这可不是好受的。我看，我们唯一的机会就是找到人，可除了那个飞行员告诉我们的地方，我们还能到哪里去找呢？"

"要是那是个陷阱可怎么办？"曼宁森问道，但伯纳得做了回答。"那也是个温柔的陷阱。"他接着说，"里头还有一片奶酪，这最合我意了。"

除了曼宁森大伙都笑了起来。他心烦意乱，神经紧张。最后，康威接着说：

"那么我可不可以认为大家都同意了呢？你们可以看见沿着山谷有条小路，看上去不太陡，不过我们还是得走慢一些。反正，我们在这儿什么也干不成，就连这个人也不能埋掉，因为没有炸药。另外，喇嘛寺里的人说不定还能为我们回去找个脚夫呢。我们用得着他们。我建议我们立刻动身，那样即使我们到傍晚找不到那地方也还来得及返回这里，在飞机里再过一夜。"

"要是我们真找到了呢？"曼宁森仍然固执己见，"谁又能保证我们不会被杀掉呢？"

"没人能够保证。可是，我认为总比在这里等着饿死、冻死要好。"康威说道，可又觉得这样令人心悸的逻辑不太适合这种场合，"说句老实话，谋杀这种事情最不可能发生的地方就是佛教的寺庙了。在英国大教堂里发生的人命案，这里却不太可能出现。"

"比如坎特伯雷教堂的圣·托马斯。"布林科洛小姐说着，边使劲地点头称是。不过她完全曲解了康威的意思。曼宁森耸耸肩，生气地说道："好极了，

深邃的巴拉更宗峡谷。

·65·

那么我们就动身去香格里拉吧。不管它在哪里，不管它是什么地方，我们都要试一试。不过，我希望它可别在那座山的半山腰上。"

他的话把大家的目光引向了那座闪烁着光芒的雪峰，山谷正是朝着那个方向延伸而去。在白天的阳光之下整座山显得异常壮美。这时他们正凝视着山峰的眼睛突然吃惊地瞪大了——他们看到远远地有一些人影沿着山坡正朝他们走来。"这真是天意！"布林科洛小姐喃喃自语道。

香格里拉地区随处都有雪山、森林草甸、牛羊，在雪山脚下，森林边缘注注都有人类居住，一切都显得那么自然和谐，这里就是传说中的世外桃源、人间仙境。

Lost Horizon
James Hilton

千湖山，清澈的湖水倒映蓝天

冬日清晨雾锁属都湖

秋意渐浓属都湖

高山冰碛湖

中甸碧塔海

澜沧江河谷地带的河流边，两山间那些平缓的
坡地上，人们在那里耕种、收割、繁衍。

在香格里拉地区你会看到许多这样的藏族村
落，他们依然上演着原生态的生存画面。

第三章

  不管康威表面上看有多活跃，他性格中却有另一面，总喜
欢做个旁观者。比如刚才，在他们等着那些陌生人走近的时候，
他不愿费心去考虑在面对突发事件时他将如何应对，这不需要勇
气，不需要冷静，更不需要自信，就是那种在事发之时能否当机
立断作出决断的信心，如果从最坏的角度讲，这是一种惰性，就
是不愿意在事情突发时扫了自己作为一个旁观者的兴致。

当那伙人走进山谷时，才看出他们一行有十二三个人左右。他们抬着一张带篷的椅子。过了一小会儿才看清楚，椅子上坐着一个身穿蓝色长袍的人。康威想不出来他们要往何处去。不过，正如布林科洛小姐所说的那样，这一切真是天意 这帮人恰巧就在此时从此地经过。不等对方走近，康威就离开自己的同伴，不慌不忙地走上前去。他知道，东方人讲究会面的礼仪，并且乐于在此事上花时间。在相距几码的地方他停下了脚步，彬彬有礼地鞠了一躬。让他吃惊的是这位穿长衫的人下了轿子，面带庄重高贵的神情朝他走来，然后向他伸出手来，康威赶忙也回了一礼。他注意到这位中国人已经上了年纪。他的头发花白，脸刮得很干净，身穿丝线绣制的长衫，显得文弱苍白。现在轮到他向康威表示那套礼数了。他似乎也是有备而来。他用纯正的，或许该说是非常标准的英语说："我是从香格里拉的寺庙来的。"

康威也向他欠了欠身。过了片刻，康威开始简略地讲述他和三个同伴是怎么流落到这人迹罕至的地方的。康威讲到末尾的时候，这个中国人做了个手势，表示他听懂了。"这真是难以置信呀，"说着 ，又若有所思地看了看破损的飞机，然后接着说，"我姓张，假如能让我认识一下你的朋友的话就太好了。"

康威文雅地笑了一笑。他对眼前发生的一切百思不解 —— 一个中国人说着一口标

松赞林寺是香格里拉地区重要的寺庙之一，图为雄伟的寺庙顶部。

准的英语，身在西藏这块蛮荒之地却又谨守着邦德大街的社交礼俗。其他三位这时已经赶了上来。看到刚才一幕，他们多多少少都感到吃惊。康威转向他们，一一介绍着。

"布林科洛小姐……伯纳得先生，美国人……曼宁森先生……还有我，我叫康威，见到您我们很高兴。不过，我们竟然能在这里相遇，真是令人迷惑。实际上，我们也正准备到你们的寺里去。要是您可以为我们带路的话，那真是十二分地幸运了"。

"不必这么客气，我很乐意当你们的向导。"

"我可真不想给您带来麻烦。您真是太好了。如果路不远的话……"

"路倒不远，但也不好走。能陪同你及你的朋友是我的荣幸。"

"但是这也太……"

"我会带你们去的。"

康威觉得在这种地方这种情况下争论不休不太妥当。于是他回答道："那好吧。我们真是感激不尽。"

曼宁森刚才一直耐着性子在听这些客套话，这会儿以一种古板而尖刻的口气插了进来"我们不会呆得很久，"他不耐烦地嚷嚷道，"所有的东西我们都会付钱的，我们还要雇几个你们的人在回程中帮帮我们。我们想尽快回到文明社会中去。"

"你真能肯定你现在远离了文明社会吗？"

这种温婉而又犀利的质询只能让这个年轻人更加刻薄。"我肯定我已经远远离开了我想呆的地方，对此我们大家都有同感。我们很感激能有个暂时的栖身之地。不过如果你能想想办法帮我们回去，我们会更加感激不尽的。你估计从这儿回到印度需要多长时间？"

"我真说不上。"

"好了，希望我们在此事上不会有什么麻烦。雇用当地的搬运工我是有些经验的，另

身着传统藏族服饰，身强力壮的藏族老人。

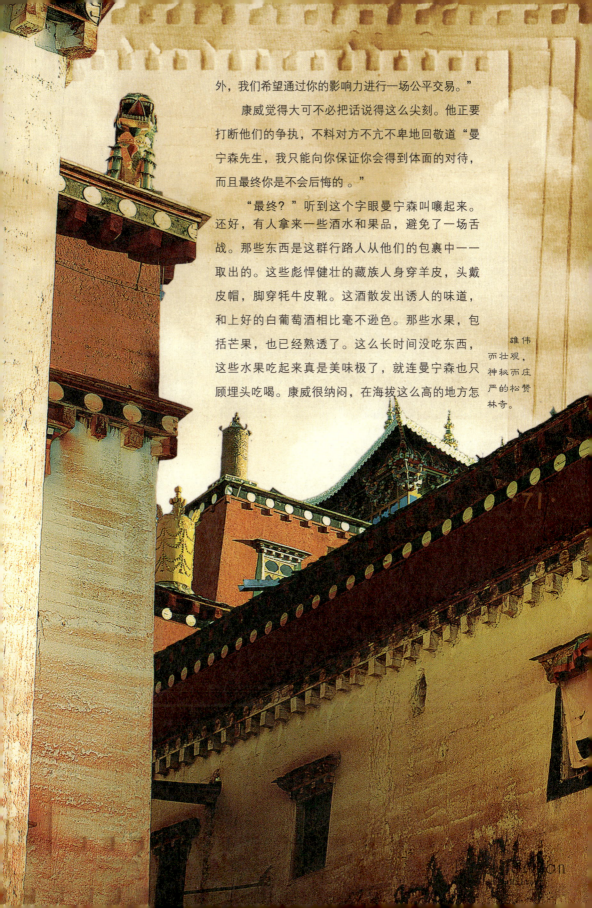

外，我们希望通过你的影响力进行一场公平交易。"

　　康威觉得大可不必把话说得这么尖刻。他正要打断他们的争执，不料对方不亢不卑地回敬道"曼宁森先生，我只能向你保证你会得到体面的对待，而且最终你是不会后悔的 。"

　　"最终？"听到这个字眼曼宁森叫嚷起来。还好，有人拿来一些酒水和果品，避免了一场舌战。那些东西是这群行路人从他们的包裹中一一取出的。这些彪悍健壮的藏族人身穿羊皮，头戴皮帽，脚穿牦牛皮靴。这酒散发出诱人的味道，和上好的白葡萄酒相比毫不逊色。那些水果，包括芒果，也已经熟透了。这么长时间没吃东西，这些水果吃起来真是美味极了，就连曼宁森也只顾埋头吃喝。康威很纳闷，在海拔这么高的地方怎

雄伟而壮观，神秘而庄严的松赞林寺。

梅里雪山一天中气候变化十分频繁，以至于人们根本无法预知下一分钟天气会如何变化，这种变化的不可预知性给这座雪山增添了神秘气氛。

么会产芒果。他刚刚才从担忧中缓过神来，再不愿忧心忡忡。他对山谷那边的那座山更有兴趣。不管从哪个角度看，这都是一座令人眩目的山峰。他感到奇怪，有个旅行家在他写的西藏导读的书中并没怎么提这座山。他凝望着山峰，已经开始了神游。他的思绪顺着山坳与隧道攀缘而上。突然曼宁森的叫喊把他带回到现实之中。他回头四顾，发觉那个中国人正关切地望着自己。"你看着这山都出神了吧，康威先生？"他问道。

"真是令人神往。我想，它该有个名字吧？"

"这山就叫卡拉卡尔。"

"我还未曾听说过，它很高吧？"

"两万八千多英尺吧。"

"真的吗？我原来都不知道，除喜玛拉雅山之外还有这么高的山。有人测量过吗？这个数据是谁测的？"

"你想让谁测呢？亲爱的先生，难道寺院喇嘛的方法会违背三角学的定理吗？"

康威回味了一下这句话的意思，答道："噢，不会的。"然后谦和地笑了笑。他感到这玩笑开得可不怎么高明。不过，玩笑也自有它的妙处。不久，他们就踏上了前往香格里拉的路途。

整个上午，他们都在往山上爬，尽管山的坡度并不太陡，但爬得很慢，在这么高的地方行走，体力消耗很大，哪有人还有力气说话。这中国人舒舒服服地坐在轿子里，但他似乎有失绅士风度，居然毫不在意让布林科洛小姐在这队人马里走着。整个场面看上去有点荒唐。比起其他几个人，康威在空气稀薄的地方感觉要稍好一点，可那几个抬轿人偶尔的交谈却让他听得很费神。他只懂一小点藏语，只能猜得出那些人很高兴要返回喇嘛寺了。尽管他很想和他们的领头人继续聊上几句，但是显然不可能。他的脸半遮在布帘后面，闭着眼睛。他似乎有什么诀窍能利用片刻时间睡上一觉。

这时，阳光暖洋洋的。空气纯净得仿佛来自另一个星球，每吸一口都异常珍贵。他们即使没有吃饱喝足，饥渴也已经减缓了许多。人们都得使劲吸气，虽然起初让人有点儿尴尬，可过了一会儿又让人感到心旷神怡，身心俱静。他们的身体随着呼吸的节奏向前挪动。人的肺不再是那个无须关注的呼吸器官，它似乎受过训练能够与思维和肢体协调合作。伴随着一缕疑问，康威的心头涌起一阵莫名的感觉，但他并没有因为这种感觉而苦思冥想。有那么一两次，他还和曼宁森开了几句玩笑，可这位年轻人却只顾费力地往上爬，伯纳得已是气喘吁吁，而布林科洛小姐则已是上气不接下气了，却又不想让人看出来。"我们就快到山顶了。"康威对她说了句鼓励的话。

彪悍健壮的藏族青年。

·73·

"有一回我跑着去赶火车，就是这种感觉了。"她回答道。就算是这样吧。康威想总有一些人拿苹果酒当香槟酒。这和人的鉴赏力有关！

他惊奇地发现，除了迷惑不解之外，他竟然没有感到一丝担忧和不安，甚至对自己的安危也没有丝毫担心。生活中就有这样的时刻，当一场夜宴结束时你发现价格奇贵但同时又非常新奇时，虽然你的钱包瘪了许多，但你大开了眼界。那天早晨，当他气喘吁吁地看到卡拉卡尔山时，面对这种全新的体验，他的感觉就是如此，而且，他的付出是心甘情愿的。在亚洲的几个地方度过了十年之后，他对所到之处和所见之事都很挑剔，然而这一次，他不得不承认他的所见所闻非同寻常。

沿着山谷再走几英里，山路变得更加陡峭。这时太阳完全被乌云遮住了，一层银色的薄雾使眼前的景色变得更加朦胧。轰隆隆的雷声和雪崩的声音从山峰的上方回荡而来。空气陡然变得寒冷。随着山势的突然变化，天气冷得刺骨。突然一阵风刮过来，吹来阵阵的雨夹雪，把大伙儿都淋透了，让他们更不舒服。有一刹那就连康威都觉得不可能再往前走了，好在不久，似乎就到了山顶，因为这时，几个轿夫停下来调整着轿子。伯纳得和曼宁森都遭了不少罪，总是落在后面，而那些藏族人显然要急切地赶路，打着手势表明剩下的路途不会那样累人了。

听了他们的话大家宽慰了不少。可就在此时他们看到那些藏族人开始解绳子，这让人颇为失望。"他们是不是想把我们吊死？"伯纳得绝望地叫喊起来，看起来很滑稽。然而，不一会就看出这几个向导并没有恶意，他们只不过是要把大伙儿用绳子串在一起。这是爬山时常规的做法。他们注意到康威对绑绳子很有一手，就更加敬佩，于是就听任他摆布了。康威让曼宁森紧挨着他，他们的前后都是藏族人，伯纳得、布林科洛小姐，还有更多的藏族人走在更靠后的位置。他很快注意到这些人也愿意在他们的头领睡觉时让他来指挥一切。潜藏在他心里的领导欲苏醒了，如果发生什么不测，他将会尽其所能去做——那就是充满自信地定夺一切。当年他就是一流的登山运动员，毫无疑问，现在他仍然不逊当年。"你得照顾好伯纳得哟。"他半开玩笑半认

香格里拉是藏传佛教的集中地区，这里分布着许多寺院，有着典型的藏式寺庙建筑风格。

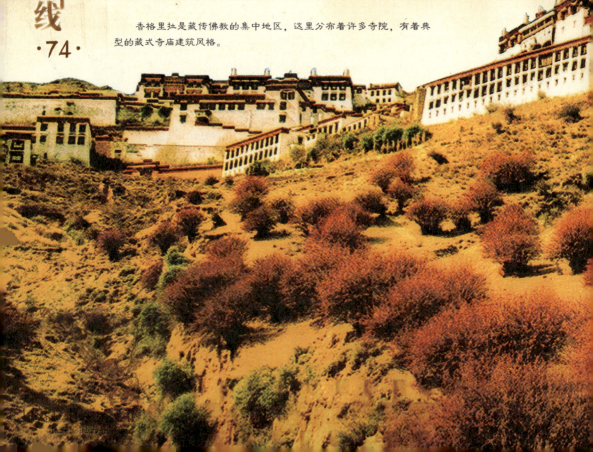

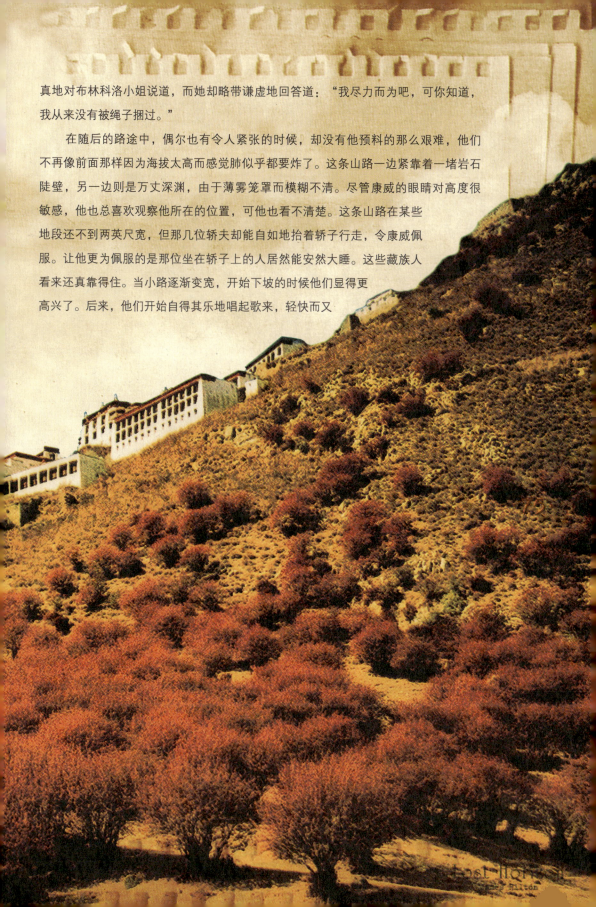

真地对布林科洛小姐说道，而她却略带谦虚地回答道："我尽力而为吧，可你知道，我从来没有被绳子捆过。"

在随后的路途中，偶尔也有令人紧张的时候，却没有他预料的那么艰难，他们不再像前面那样因为海拔太高而感觉肺似乎都要炸了。这条山路一边紧靠着一堵岩石陡壁，另一边则是万丈深渊，由于薄雾笼罩而模糊不清。尽管康威的眼睛对高度很敏感，他也总喜欢观察他所在的位置，可他也看不清楚。这条山路在某些地段还不到两英尺宽，但那几位轿夫却能自如地抬着轿子行走，令康威佩服。让他更为佩服的是那位坐在轿子上的人居然能安然大睡。这些藏族人看来还真靠得住。当小路逐渐变宽，开始下坡的时候他们显得更高兴了。后来，他们开始自得其乐地唱起歌来，轻快而又

在峡谷的深处，人们为自己找到了一片属于自己的居住地。图为澜沧江峡谷中的村落。

香格里拉地区有着典型而独特的藏式民居建筑，图为藏式"土掌房"和在房中安宁生活的藏族。

粗犷的旋律让康威想起马萨尼特为藏族舞剧谱写的管弦乐曲。雨停了，天气渐渐暖和起来。"可以肯定，我们自己是找不到路的。"康威说着，竭力表现得轻松，可曼宁森并不觉得他的话令人宽慰，实际上他被吓得够呛，尽管大部分路程已经走完了，他还是心有余悸。"我们会不会越走越远呢？"他尖刻地说到。山路继续延伸而下，下坡的路更陡了。康威还在一处发现了雪绒花——这说明他们所在的地方海拔不那么高了。这可是个喜人的兆头。可是，当他告诉大家他的发现时，曼宁森更是烦躁不安，"天哪，康威，你以为你是在阿尔卑斯山闲逛吗？我想知道我们到底要去什么鬼地方？到那以后又有何打算?我们到底要干什么？"

康威平静地说道："如果你也有过和我一样的经历，你就会明白，有些时候，生活中最舒服的事就是什么都不做。事情既然发生了，你只有听天由命了。战争就是如此。在这种情况下，如果你能用一点新奇的感觉来排遣一下这不快的话，那也很幸运！"

"我看，你这人可真想得开呀。在巴斯库那会儿，你可没有这份心情。"

"当然是了，因为当时还有可能通过自己的行动来改变局势。可现在，至少眼下是不可能的。如果你要一个理由的话，那就是反正我们已经在这儿了，既来之则安之。我发现这样想心里就宽慰多了。"

"我还以为你已经意识到了，我们要按原路返回将会极其艰难。我注意到了这一小时我们一直是沿着一座陡峭的山峰前进。"

"我也注意到了。"

香格里拉地区特殊的地理条件下，物资与信息的交流很大程度上依靠马帮来完成，"茶马古道"就有很长一段穿过这个地区。马队在崇山峻岭间穿过，他们时而盘旋在几千米高的雪山上，时而蜿蜒在近千米深的谷底，为了生存，他们有时会付出生命的代价，电影《喜马拉雅》中就有耗牛和马匹在悬崖上艰难穿行的镜头。

"是吗？"曼宁森因为激动咳起来，他接着说道："我敢说我的话令人讨厌，可我还是要说。我怀疑这一切。我觉得我们正按照这些家伙设计好的在做，他们正在把我们诱入圈套。"

"即便如此，也只能这么做，否则就只有等死。"

"我明白听上去很合情理，可无助于事。简直不敢相信两天前我们还在巴斯库的领事馆。对那以后所发生的一切我想都不敢想。对不起，我紧张过头了。这让我明白我能躲过战争有多幸运。我想我看问题大概有些神经质吧。我周围的这个世界好像发了疯似的。我这么跟你说话一定很粗鲁吧。"

康威摇摇头，"没有，小伙子。你只有24岁，而你现在所在的地方海拔有两英里半，你有这样的想法也是正常的。能经受住如此严峻的考验，我觉得你已经相当不错了，我在你那个年纪时可远不如你。"

"可是，难道你不觉得整个事情很荒唐吗?我们先是飞过那些大山，然后在狂风中

Lost Horizon
James Hilton

苦等，紧接着那个飞行员也死了，最后又碰上这些家伙。回头一想，难道你不觉得像是一场恶梦吗？真像是在做梦。"

"的确如此。"

"我真不知道你怎么能如此冷静地面对每件事。"

"你真的想知道吗？如果你愿听，我就告诉你。不过你可能会认为我玩世不恭，因为我能回想起的好多事情也都像恶梦一般。曼宁森，这个地方并不是世界上唯一的荒诞之地，如果你非要提巴斯库的话，你肯定记得在我们离开那儿之前，那些革命者是怎么折磨俘虏以得到情报吗？无非就是行讯逼供。当然了，非常奏效。我从没有见过比这更可怕的事情。还有，你还记得在我们与外界失去联络之前传来的最后一个消息吗？那是从曼彻斯特一家纺织公司来的，问在巴斯库有没有销售紧身胸衣的商业渠道！难道这还不够荒唐吗？相信我，我们到这里后，发生的最糟的事情无非是我们从一个疯狂的世界到了另一个疯狂的世界。说到战争，如果是你，在那种情况下，你也会像我一样去做，那就是学会咬紧牙关坚持到底。"

他们边走边谈，不知不觉走上了一段斜坡，坡不长但却很陡。他们立时呼吸急促起来，只不过才走了几步就已经和先前一样费力了。只走了一小会儿，地势就渐渐平缓起来。他们终于穿过迷雾，来到了一个空气清新，阳光明媚的地方。就在前方不远处矗立着香格里拉的喇嘛寺。

第一眼看到这喇嘛寺的时候，就给康威一种荒凉孤寂的感觉。这种感觉使人透不过气来。这种亦真亦幻的感觉非常奇特。只见半山腰悬立着几座色彩斑斓的亭子，它们丝毫没有莱茵兰城堡那种刻意雕琢的味道，更像是开放在悬崖之上的自然天成的朵朵花瓣，看上去精致而又高贵，不由得让他产生了一种肃然起敬的感觉。康威的目光从青灰色的屋顶投向高处灰色的岩石堡垒。这城堡如同格林沃德岛上的威特霍恩般壮美。极目远眺，巍峨耸立着令人炫目的卡拉卡尔峰。康威想这大概就是世界上最险峻的雪山奇景了吧!他想象得出来，这陡峭的岩壁就像一堵巨型的墙一样承受着冰雪产生的巨大压力。也许有那么一天，卡拉卡尔峰会突然崩塌，它一半的冰雪都坠落到山谷中。他甚至想也许些许风险再加上点恐怖感会是多么刺激的事。

冰雪奇葩雪莲花。

向下望去，景色就不那么诱人了。近乎垂直的山崖形成一条裂缝，这可能是远古时期某一次地质活动的杰作。远处的山谷里一片翠绿，令人赏心悦目。背着风，又有喇嘛寺的庇护，在康威看来，这儿倒真不失为一块风水宝地。只是，即使住满了人，这儿的村落也肯定由于根本无法攀越的高山而与世隔绝。看来通向喇嘛寺的道路也就只有这一条了。凝望着峡谷，康威心头突然涌上一丝惆怅。或许曼宁森的担心还是有他的道理的。然而这种感觉也只是一时之思。康威的心头很快就涌上另一种更加强烈，亦真亦幻的感觉：他们终于到达了世界的某个地方。一种归宿感油然而生。

他根本记不清楚他们是怎么到达喇嘛寺，寺里的人又是怎么接待他们，怎么给他们解开绳索，怎么把他们引进寺庙里的。稀薄的空气与青灰色的天空相互映衬，让人有一种如梦似幻的感觉。随着每一次呼吸和每一次注视，他渐渐沉入一种近乎麻木的平静。他对曼宁森的焦躁不安、伯纳得的连珠妙语以及布林科洛小姐的故作姿态一概都无动于衷。布林科洛小姐似乎已为最坏的情况做好了充分准备。康威强打起精神。他惊讶地发现寺院里面很是宽敞，温暖，而且非常干净。还没来得及多看，那个中国人就已经下了轿子，领着他们穿行于各个厅堂之间。此时他非常友善地说道："很抱歉，在路上我没能关照你们。我

消失的地平线

·80·

也是自顾不暇，因为我本人也很不适应那种旅行。我想你们也累了吧？"

"我们真是尽了全力了。"康威笑着回答。

"真是不错。现在，请各位跟我来，我领你们去你们的房间。"

这时，伯纳得仍然有些喘不上气来。他气喘吁吁地笑着说："我不怎么喜欢这儿的气候——胸口被空气堵得难受——不过，从前窗看出去，这景色还真不错。洗澡得排队吗？这里不会像是美国的旅店吧？"

"伯纳得先生，我想你会发现这里的一切都会令你满意的。"

布林科洛小姐一本正经地点头说道："希望如此。"

这中国人接着说，"如果你们随后愿与我共进晚餐的话，我将不胜荣幸。"

康威彬彬有礼地接受了邀请。只有曼宁森在面对这意想不到的待遇时还无动于衷。同伯纳得一样，他也因高原反应吃了不少苦头。此时，他已经缓过劲来。他大声叫道："之后呢，如果你不介意的话，我们要为我们的返程做点准备了。而且对我而言，越快越好。"

云南松赞林寺又名归化寺，始建于公元1679年，模仿西藏布达拉宫设计建造，其大寺为5层藏式碉楼建筑，大殿可容纳1600人打坐念经。寺内汇集了藏传佛教文化的精华，历代珍品众多。它以卓绝不凡的气度雄踞于香格里拉地区，这里是云南最大的藏传佛教圣地，被誉为"小布达拉宫"。

远眺松赞林寺，这座寺庙就像小说中最高喇嘛的神秘住所。

消失的地平线

·82·

金沙江畔，峡谷深处，隐藏着著名的奔子栏。藏语意思是"金色的沙子"，卧在一处此峡谷间的一方高坡，这里是典型的干热河谷地带，在谷底的缓坡上种植着丰富的农作物，被誉为迪庆的鱼米之乡。

奔子栏是茶马古道上的要津，历史上曾经繁华一时，那时的马帮到达这里后就要翻越白茫雪山。

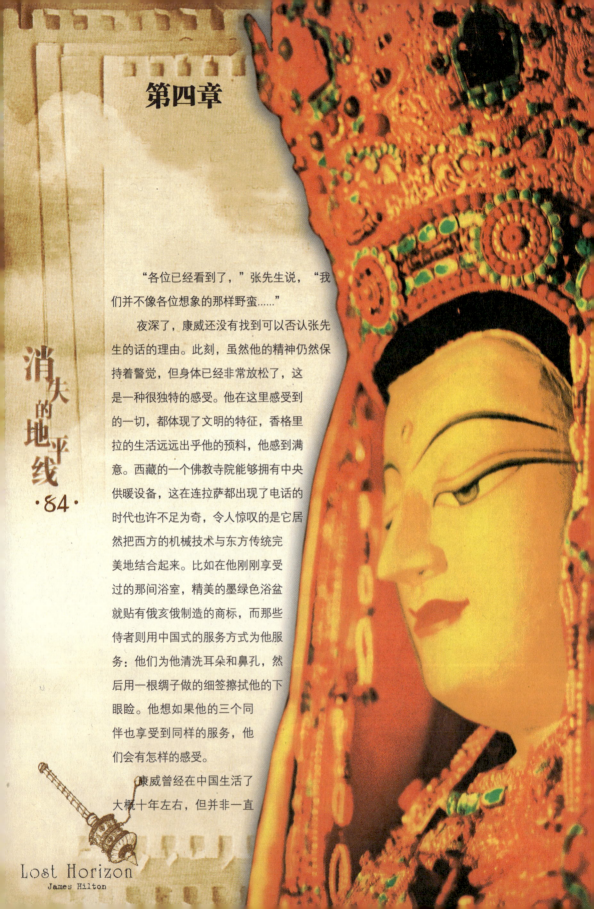

第四章

　　"各位已经看到了，"张先生说，"我们并不像各位想象的那样野蛮……"

　　夜深了，康威还没有找到可以否认张先生的话的理由。此刻，虽然他的精神仍然保持着警觉，但身体已经非常放松了，这是一种很独特的感受。他在这里感受到的一切，都体现了文明的特征，香格里拉的生活远远出乎他的预料，他感到满意。西藏的一个佛教寺院能够拥有中央供暖设备，这在连拉萨都出现了电话的时代也许不足为奇，令人惊叹的是它居然把西方的机械技术与东方传统完美地结合起来。比如在他刚刚享受过的那间浴室，精美的墨绿色浴盆就贴有俄亥俄制造的商标，而那些侍者则用中国式的服务方式为他服务：他们为他清洗耳朵和鼻孔，然后用一根绸子做的细签擦拭他的下眼睑。他想如果他的三个同伴也享受到同样的服务，他们会有怎样的感受。

　　康威曾经在中国生活了大概十年左右，但并非一直生活在大城市，这是他一生中最美好的时光。他喜欢中国人，喜欢中国悠闲自在的生活方式，尤其喜欢味道精美、令人回味无穷的中国菜。在香格里拉的第一顿饭让他感受到了一种久违了的热情与亲切感，但他也怀疑这些菜中放了某种调理呼吸的草药，因为不仅他自己有种异样的感觉，很明显，他的其他几个同伴也已经轻松了很多。他注意到张先生除了一小盘蔬菜色拉外，几乎没有吃任何东西，也没有喝酒。在开始用餐的时候，张先生就跟大家做了解释："请各位多多见谅，我的饮食必须严格控制，这对我的身体有好处。"

这个理由他以前已经强调过了，康威觉得可能是有什么病在折磨着他。此刻他和张先生坐得很近，才发现很难猜出他的年龄。他瘦削的脸庞、纹理粗糙渗着油脂的皮肤，让康威觉得他既像一个早衰的青年，又像一个保养得很好的老人。他是一个充满魅力的人，在他的身上有着受过良好训练却又不易被人发现的谦逊。他穿着有刺绣图案的蓝绸长衫，长衫从下摆的侧边开叉，长衫下面是裹紧脚踝的裤子，全身上下都是天蓝色。康威发现他很欣赏张先生这种冷静沉稳甚至有些生硬的魅力，但他也知道并不是所有人的看法都和他一样。

实际上这里的氛围更多的是充满了汉族而非藏族情调，这种氛围给了康威一种回家般惬意的感觉。这一点他的同伴不一定有同感。布局巧妙、装饰着丝织挂毯和漆器的房间让他满意，从纸灯笼中静静泄下的宁静柔和的灯光也让他感到舒适和放松。他渐渐清醒的头脑或许因为药物的关系起不到多少作用，但是，管它

香格里拉地区分布着许多的喇嘛寺院，这些寺院在蓝天、雪山下显得那么的超凡脱俗，那么的纯净安宁，修炼者也似乎显得那么的超脱。

是什么东西，如果真有这种药的话，它毕竟使伯纳得的气喘病和曼宁森的狂躁焦虑减少了许多。他们吃得津津有味，两人都懒得讲话，把精力都用在了对付食物上。康威也非常饿，但他并不认为按照礼仪逐步用餐是一种遗憾，他向来不愿意在轻松舒适的环境里把自己弄得狼狈不堪，这里的氛围真是再适合他不过了。于是，他点上一根烟，优雅地把问题引到了自己感到好奇的的事情上。他对张先生说："看来你们是一群幸运的人，非常好客，对陌生人充满热情，我想你们这里很少有客人来吧？"

"非常少，"张先生的语气稳重而颇有分寸，"这里可不是游客能够经常到达的地方。"

康威笑道："你的话一点也不夸张，在我看来，此地是我到过的最偏远的地方。这里独特的文化蓬勃发展，没有受到外界的污染。"

"你说'污染'？"

"我所说的污染是那些乐队、影剧院、霓虹灯广告等等东西。你们的抽水马桶非常先进，我认为只有那些真正实用有益的东西才值得从西方引进。我常想罗马人是幸运的，他们的文明到了能够让他们建造热水浴室却又可以不用受一点机械技术污染的程度。"

康威停顿了一下。他一直在侃侃而谈，但这不是作秀。他最擅长营造一种融洽的气氛，并控制谈话的场面。考虑到在这样的场合下应有的礼仪，他不想过多地显露出自己的好奇。

但是布林科洛小姐考虑的却没有这么多，她毫不客气地问道："你能给我们介绍一下这个寺庙吗？"

张先生皱了皱眉头，非常儒雅地表示了自己对这种草率的提问方式的不满，"当然可以，小姐，只要是我知道的。你想了解哪些方面的情况呢？"

"寺庙里有多少人？都是些什么民族？"她的思路像在巴斯库的修道院一样清晰有条理，而且三句话不离本行。

"我们有五十多个专职喇嘛，"张先生回答说，"还有少数人没有完全皈依，比如我就还没有完全皈依。不过再过一段时间我们就可以如愿以偿

精美绝伦的藏传佛教造像。

精美绝伦的藏传佛教造像。

了。皈依以后我们算半个喇嘛，类似你们的教徒。至于这里的民族，有很多种，主要是汉族和藏族。"

"我知道了，这是一座本土寺庙。"布林科洛小姐一向爱下结论，即使是一个错误的结论，"那你们的主持是藏人还是汉人？"

"都不是。"

"这儿有没有英国人？"

"很少。"

"哦，上帝！简直不可思议。"布林科洛小姐停顿了一下，吁了口气接着又说，"我还想知道你们的信仰。"

康威向后靠了靠，猜测会有一些有趣的事情发生，他向来喜欢从争论双方的思想交锋中发现乐趣。布林科洛小姐身上那种女权主义者的直率与喇嘛教哲学遭遇，一定很有意思，但他并不希望主人被这种质问所惊吓，便顺势说："这可是个很大的问题。"

布林科洛小姐并没有罢休，那令大家精神放松的美酒似乎给她注入了一股特别的活力，"我信仰真正的宗教，但是我也很大度，能够包容和接纳其他人——我指的是外国人，他们对自己的信仰总是非常地虔诚。当然，我并不指望自己的见解在一个喇嘛庙里被接受。"她宽容地说。

她的话语使得张先生非常正式地给她鞠了一个躬，他用地道的英语问道："为什么不被接受呢，小姐？难道只要我们认定一种宗教是真的，其他宗教就一定是假的吗？"

"当然，这不是显而易见的吗？"

康威再一次打岔说："我认为最好不要再争了，不过我想我和布林科洛小姐一样都很想了解建造这个与众不同的寺庙的动机。"

张先生的回答很缓慢，就像是自言自语一样："简单地说，尊敬的先生，我们的信仰是奉行适度的原则。我们一直提倡的美德，就是杜绝那些过激的言行，甚至包括美德——也许你很难理解，美德本身也有一个'度'。在你们见到的这个山谷里，有几千居民生活在我们的规则之下。我们知道适度的原则可以给我们带来幸福，我们用这个原则来规范我们自己，并且我们也赞赏适度的教权及其管辖下的教徒。我觉得可以这么说，我们的人民过着适度节俭的生活，适度地保持纯洁，并且适度地做到诚实厚道。"

　　康威笑了起来。他认为张先生说得很好，而且这些话也很合他的性情。"我想我能理解，"康威说，"上午我们遇到的那些人就是山谷里的居民吧？"

　　"是的，路上他们没有怠慢你们吧？"

　　"没有，绝对没有。我很满意，他们非常值得信赖。你真是细心。顺便问一下，适度原则对他们很适合，那我是否可以这样认为，这一原则同样也适合你们的喇嘛呢？"

　　张先生摇摇头说："对不起，先生，我不想谈论这个话题。我只能告诉你我们这个群体有着各种各样的信仰和习俗，但我们大多都能适度地看待这些习俗和观念。非常遗憾，我实在不能多谈。"

　　"不用客气，你所说的已经足够我去回味的了。"康威发现自己的声音、身体的

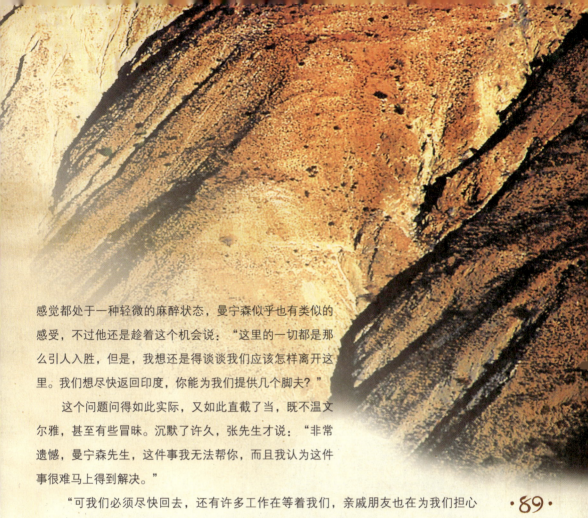

感觉都处于一种轻微的麻醉状态，曼宁森似乎也有类似的感受，不过他还是趁着这个机会说："这里的一切都是那么引人入胜，但是，我想还是得谈谈我们应该怎样离开这里。我们想尽快返回印度，你能为我们提供几个脚夫？"

这个问题问得如此实际，又如此直截了当，既不温文尔雅，甚至有些冒昧。沉默了许久，张先生才说："非常遗憾，曼宁森先生，这件事我无法帮你，而且我认为这件事很难马上得到解决。"

"可我们必须尽快回去，还有许多工作在等着我们，亲戚朋友也在为我们担心呢。在这里受到的礼遇，我们万分感谢，可是我们不能在这里停留过久。如果可能，我们明天就走。我想会有很多人愿意护送我们的——我们会重赏他们的。"

曼宁森略为不安地停了下来，希望不用太过直白就可以得到答复。但是，张先生只是用平缓却略带责备的语气回答说："你应该了解，你所说的一切都已经超出了我的权限范围。"

东竹林寺是香格里拉著名的寺院之一，它始建于清康熙六年，"文革"期间被毁，1985年重建，虽历经岁月磨难今天依然非常兴旺。

图为山谷中雄立的寺院建筑群。

"是吗？可是，无论如何，有些事情对你来说并不难。如果你能给我们一张此地的大比例地图，将会给我们很大的帮助。我们看来将要有一段很漫长的路途——这也是我们希望早点出发的理由。我想你们有地图，是吗？"

"是的，有很多。"

"那么，如果你不介意，我们想借几张，看完以后就会还回来。我想你们和外界有一些联系，如果能够给家人捎个信让他们放心就好了。离这里最近的电报局有多远？"

张先生那张略有皱纹的脸上满是耐心和宽容，但他并不作出回答。

过了一会儿，曼宁森又接着说："那如果你们需要一些东西时，你们如何与外界联系呢？我指的是那些文明先进的东西。"他的声音和神色可以让人感觉到他的焦虑与慌张，突然间，他一推椅子站了起来，面色苍白。他用手来回搓着他的前额，环顾左右，断断续续地说："我很累。你们没有一个人愿意帮我。我只是问了一些简单的问题，很明显，你知道答案！你们有这么先进的浴室，这些东西是

1865年，为逃离杀戮的法国传教士亚历山大·迪朗和杜贝尔纳带着一批教众来到此地并修建了教堂。最初他们来到这里时村子里只有24户人家，两名法国传教士用西医的方法帮助当地人战胜了天花，创造了奇迹，当地人接受了天主教教义，不断地迁来了很多人。

在教堂后面花园里，法国传教士还带来了法国葡萄种子，他们在这里培育出了葡萄植株，这就是现在的"香格里拉藏秘葡萄酒"的原本所在。

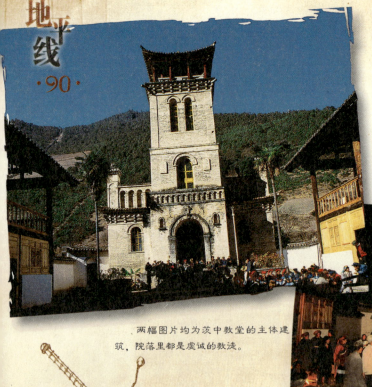

两幅图片均为茨中教堂的主体建筑，院落里都是虔诚的教徒。

Lost Horizon
James Hilton

圣诞夜茨中教堂内的教徒在祈祷

左右二图均为梅里雪山卡瓦格博峰下盛大的藏历水羊年祭典活动。

如何从外面运输进来的？"

回答他的是一段长长的沉默。

"看来你并不想回答我的问题。我认为这就是你们所有秘密的一部分。康威，你真他妈窝囊，为什么不弄清楚事情的真相？我实在太累了。不过，千万记住，明天，我们一定要走。"

他差点滑倒在地板上了，康威及时扶住了他，把他扶到椅子上。他渐渐平静下来，没有再说话。

"明天会好的，"张先生温和地说，"这里的空气会给初到此地的人带来一些不适，不过很快就会适应的。"

康威这时仿佛从恍惚中清醒过来，"有些事让他感到恼火，"他平静而略带怜悯地为曼宁森开脱，接着他尖锐地加了一句，说："我想大家都有同感，但是现在最好不要再谈论此事，大家该睡觉了。伯纳得，你照顾一下曼宁森，好吗？布林科洛小姐，你需要好好睡一觉。"这时，随着一声招呼，侍者出现了。"是的，我们都得休息——晚安！晚安！——我随后就来。"他差不多是硬把他们几个推出了屋子。然后他几乎是很不礼貌地转过身来，面对着张先生，和先前的态度完全不同。曼宁森的话刺痛了他。

"现在，先生，直截了当地说吧，我不想浪费你的时间。我的朋友是有些冲动，但我并不想责怪他。他不过是想把事情弄清楚，这原本无可厚非。我们回去的行程应该有一个计划，我们需要你和这里的人的帮助。当然，明天就走并不可能，但我希望在这里只是作短暂愉快的停留。也许我的其他同伴并不这么想。如果真像你所说，你帮不了我们，就请让我们与能够帮得上忙的人联系。"

张先生说："你比你的朋友聪明，我亲爱的先生，也没有他那么急躁。我很高兴！"

小憩片刻的藏族老人，手里还拿
着经书。

"这并不是回答。"

张先生勉强地笑了笑，这让康威见识了中国人在尴尬时刻为保住面子而强装的笑脸。"我认为你们没有必要为此事担心，"过了一会儿，张先生说，"毫无疑问，我们会按你们的要求给你们提供帮助。你们也知道，有很多实际困难，但只要我们把事情处理好就可以了，不要操之过急。"

"我并没有催促你的意思，只不过想打听一下有关向导的情况。"

"先生，这又是另一个难题了。我觉得你们很难找到愿意长途跋涉的人，他们在山谷安居乐业，一般都不愿意到离家那么远的地方去作漫长艰苦的旅行。"

"我想我们是可以说服他们的。再说，今天早上他们不就护送你到那个地方了吗？"

"今天早上？嗨，这是两回事。"

"为什么？我和我的朋友们遇到你时，你们不是在旅行吗？"

张先生没有回答。康威平静地说："我明白了，那根本不是一次偶然的巧遇。事实上，我一直都有些怀疑。如此说来，你们是有计划地去中途拦截我们的。这也就是说，你们事先就知道我们的到来。但令人感兴趣的是，你们是如何知道的？"

他的话给这宁静的谈话氛围注入了一丝紧张的气息。在纸灯笼柔和光线的映照下，张先生的脸平静得像雕塑一样。突然，他用一个轻微的手势打破了这个僵局。他掀开一块丝织挂毯并打开一扇朝向走廊的窗户，然后碰碰康威的胳膊，领着他走到屋外清凉的空气中。"真聪明，"他梦呓般地说道，"只是你猜的并不全对。我真诚地劝告你不要用不切实际的议论让你的朋友们担心。相信我，你们在香格里拉不会有任何危险。"

"可我们担心的不是危险而是耽误时间。"

Lost Horizon
James Hilton

"我知道。不过耽搁肯定是无法避免的。"

"如果仅仅是无法避免的短时间的停留，我们一定会尽可能地忍耐的。"

"这是非常明智的！我衷心地希望您和您的同伴们能愉快地享受留在这里的每一分钟。"

"那可真不错！正如我对你说的，就我个人而言，我并不在意留在这里。这是一种全新的、充满趣味的经历，而且，不管怎样，我们也确实需要做一些休整。"

康威抬头凝望着卡拉卡尔山那闪耀着银色光辉的金字塔般的山峰。此刻，月光如水，在广袤的蓝天的映衬下，雪峰是如此的明亮醒目，似乎伸手可及。

"明天，"张先生说道，"你们会发现这里更为独特的地方。如果你们疲倦了想要休息，这个世界上没有多少地方比这儿更好了。"

松赞林寺中精美的壁画。

确实，当康威继续凝视卡拉卡尔山时，壮美的景象占据了他的全身心，一种更为深邃的宁静渐渐地蔓延开来，传遍了他的全身。这里没有一丝风，同前一天夜里高原上肆虐的狂风形成了鲜明的对比。他发现整个山谷就像一个内陆港湾，被犹如一座灯塔似的卡拉卡尔山环抱着。他想来想去，也想不出更好的词句来形容它了。卡拉卡尔山顶皎洁的冰峰放射着的光芒，是冰雪的蓝光与月光交相辉映产生的结果。一种莫名的冲动促使他询问起"卡拉卡尔"的本意来，张先生的回答如同耳边的低语："卡拉卡尔，在本地土语中的意思是'蓝月亮'。"

康威没有把自己的猜测透露给任何人，他认为，对于当地人来说他和他的同伴们来到香格里拉在某种程度上是意料中的事情。他把这想法埋藏在心底，他必须这么做，他意识到此事非同寻常。可是当清晨来临之际，那些一直困扰着他的烦恼变得微不足道了。他坚信这个地方很奇怪，而昨天夜里张先生的态度也无法让他安心。他们几个人实际上已经成了囚徒，除非当地政府为他们提供帮助。作为英国政府的一个代表，很显然，他有责任去交涉，迫使他们作出处理，而作为收容他们的藏传佛教寺院，如果拒绝他的任何合理要求都是极其不公正的……这无疑是一个官员应有的态度，而康威又是一个公认的标准官员。没有人能在任何场合都表现出强者的风范，而在撤离前的最后几天，他所表现出来的沉着冷静，完全可以写一部名为《康威在巴斯库》的小说，并可以获得骑士小说奖和亨利学院奖。在巴斯库激进的排外者煽动的暴乱中，他让市民们包括妇女和儿童到他那小小的领事馆避难，还说服那些被蒙骗的革命者允许他们全部乘飞机离开。这可是个不小的功劳。也许，凭借他在战乱中与各方的协调沟通能力以及不间断的书面报告，他就能够获得明年新年的荣誉勋章。而且，这一切也使他赢得了曼宁森的敬重。遗憾的是，现在这年轻人对他更多的是失望。这可真是糟糕，而康威已经渐渐习惯了人们因为不了解他而喜欢他的这一事实。他不是一个意志坚强、坚定勇敢、不屈不挠的帝国缔造者。他所做的一切微不足道，不过是命运的安排让他在这样的外事活动中有了一次又一次的表演机会，而他所获得的不过是同一本小人书页数差不多的薪水。

目前最现实的问题是香格里拉之谜和他自己怎么会来到这里，这些问题让他困惑，并且不断地缠绕着他的思绪，但无论如何，这一切都不会让他感到担心害怕。他的政府官员的职业角色总会把他带到世界上的各种古怪地方。似乎已经成为一种习

喜形于色的僧侣们。

horizon
James Hilton

惯，越是古怪的地方，他就越少感到枯燥无聊。所以此时又何必去抱怨什么呢？让他来到这世界上最偏僻的角落的原因是意外事故而不是白厅的调令。

而实际上，康威很少抱怨。清早起床，当他透过窗户一眼望见那柔和的宝蓝色天空时，他知道他再也不想到世界上其他任何地方去了，不论是白沙瓦还是皮可迪利。他高兴地发现，经过一个晚上的休息，其他几位伙伴的精神也好了许多。伯纳得又能兴高采烈地拿床铺、浴室、早餐以及当地友好的接待礼节开玩笑了，布林科洛小姐承认在费尽千辛万苦才得到的套房里，无论她如何挑剔也没有发现存在任何缺陷，甚至连曼宁森也不再是一脸阴沉，而露出一副自以为是的神色。"总之我想我们今天是走不了啦，"他嘟囔道，"除非有个办事麻利的人来办这件事。这些家伙是典型的东方人，你根本无法要求他们快捷高效地办事。"

康威同意他的观点。曼宁森离开英国还不到一年，但毫无疑问，已经足以看得出他对事情的判断，这种思维方式也许在二十年后还会重复。当然从某种角度来说，他的观点是对的。但是在康威看来，东方人做事并不是特别的磨蹭，反倒是英国人和美国人常常用一种十分荒唐可笑的狂热心态不断地对世界指手画脚。他并不指望其他西方人会同意他的这个观点，可是，随着他的年龄和阅历的不断增加，他越来越相信这一点。从

另一方面来讲，张先生的的确确是一个敏锐的诡辩家，所以曼宁森不耐烦也是有一定道理的。康威也有点希望自己对此无法容忍，这样的话也许会让那小伙子松弛一些。

他说："我认为我们最好等等看今天会怎么样。如果我们指望他们昨天晚上就去做点什么的话，那也太乐观了。"

曼宁森恼怒地看着他："我想，你把我的这种急切地想要离开此地的想法看作是自欺欺人吧？我已经忍无可忍了！我觉得那个中国人真他妈可疑，我坚持这样认为。我去睡觉后你从他那里套出点儿什么了吗？"

"你们走后我们没谈多少。他对很多事情仍然是模棱两可、闪烁其辞。"

"那今天将会很有意思，我们还要继续和他玩猫捉老鼠的游戏。"

"这是毫无疑问的，"康威表示赞同，但很明显他对这个想法并没有什么热情，"这早餐很不错。"早餐为他们精心准备了柚子、茶和煎饼，侍者的服务也非常周到。在他们快要吃完的时候，张先生进来了，他向大家微微鞠了一个躬，然后礼貌地用英语进行冗长的礼节性的问候。康威更喜欢用汉语交谈，但迄今为止他还不想让他们知道他会讲中国话，他觉得这是自己手中的一张王牌。他认真地听完张先生的客套话，然后告诉他说自己睡得很好，感觉也很不错。张先生对此表示欣慰，然后说："是啊，正如你们英国的一个诗人所说：'忧虑是扯烂的衣袖，用睡眠可以织好'。"

张先生渊博的学识并没有得到很好的回应。曼宁森一副不屑一顾的样子。他认

雪山下水草丰茂的牧场。

"唐卡"为藏语音译，其意为卷轴画。绘制唐卡大多用丝绸、绢或布料来做材料。很多都绘制成高1米左右的大小，大幅的有几米高，甚至有的达到百米，十分壮观。

图为喇嘛们在晒唐卡。

为任何一个正常的英国青年都熟悉这些诗句，他冷冷地说："我猜你是说莎士比亚吧，我可不知道你引用的这一句，但我知道有另外一句这样说，'与其站着等待出发的命令，不如马上行动'。这可不是无理取闹，而是我们几个都想这样做。要是你不反对的话，今天早上我就到附近去找一些脚夫。"

这个汉人神态自如地听完曼宁森的最后通牒，慢条斯理地回答说："我很遗憾地告诉你，这样做恐怕没有什么用处，我估计没有人会愿意离开他们的家陪你们走这么长的路。"

"我的上帝，先生，这不是你要给我们的答复吧？"

"我感到万分抱歉，但我的确没有任何其他建议。"

"你似乎昨天晚上就已经准备好了这些说辞，"伯纳得插话说，"这么说你对这件事情完全束手无策了。"

"在你们经过了如此艰苦漫长的跋涉后，我不希望在你们疲倦不堪的时候让你们再感到失望。现在，经过一夜的恢复，我想你们会通情达理地看待这些事情。"

"你看，"康威尖刻地插了进来，"这样含糊其辞毫无用处。你知道我们不可能在这里作无限期停留，同样很明显，我们也不可能靠我们自己的能力离开这里。那么对此你有何高见呢？"

张先生露出一个显然只是给康威的灿烂笑容，回答说："亲爱的先生，我非常愿意把我心里的想法说出来，只是像你的这些朋友的态度是无法得到回答的。不过，对一个明白事理的人提出的要求我肯定是会满足的。你还记得昨天你的朋友提到我们一定偶尔与外界有联系的事吧，的确是这样，我们时不时从远方的市场购买一些东西，一般都是用预订的方式提取。至于用什么方式提取，诸位就不必费心了。重要的是这些货物都能很快地按时送到，而送货人也就随后返回。我觉得你们应该设法做一些安排与他们取得联系。事实上除此之外我想不出更好的办法，我希望——等他们到达时……"

"他们什么时候到？"曼宁森鲁莽地打断了他的话问道。

"确切的日期很难预料，你们自己也亲身经历过了在这个地方进出的重重困难，无数意想不到的危险随时都可能遇到，比如恶劣的天气……"

康威插话道："让我们先弄清楚这一点，你建议我们雇那些很快就要到这里的送货人当脚夫，真是这样的话，这倒是个好主意。但我们需要了解更多与此相关的情况，首先是我们已经问过的问题，这些送货人预计什么时候到达？其次，他们将会把我们带到哪里？"

"这个问题你得问他们。"

"他们能带我们到印度吗？"

"这个问题我无法回答。"

碧融峡谷位于香格里拉县至乡城公路103公里处，山高谷深，谷底两侧壁立千仞，从谷底到山顶高程达1000～2000米。
希尔顿在小说中描写的"蓝月亮山谷"，其景色与此如出一辙。

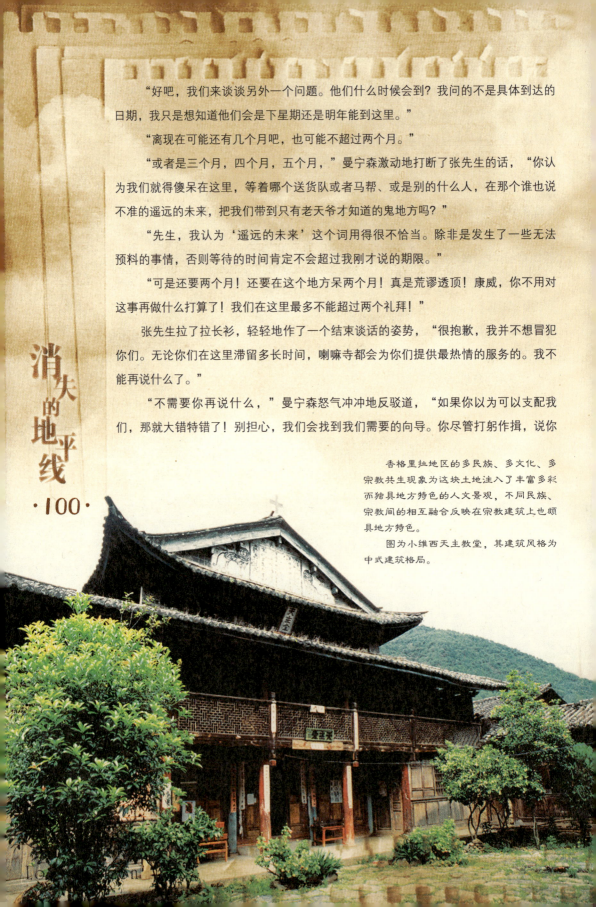

　　“好吧，我们来谈谈另外一个问题。他们什么时候会到？我问的不是具体到达的日期，我只是想知道他们会是下星期还是明年能到这里。”

　　“离现在可能还有几个月吧，也可能不超过两个月。”

　　“或者是三个月，四个月，五个月，”曼宁森激动地打断了张先生的话，“你认为我们就得傻呆在这里，等着哪个送货队或者马帮、或是别的什么人，在那个谁也说不准的遥远的未来，把我们带到只有老天爷才知道的鬼地方吗？”

　　“先生，我认为‘遥远的未来’这个词用得很不恰当。除非是发生了一些无法预料的事情，否则等待的时间肯定不会超过我刚才说的期限。”

　　“可是还要两个月！还要在这个地方呆两个月！真是荒谬透顶！康威，你不用对这事再做什么打算了！我们在这里最多不能超过两个礼拜！”

　　张先生拉了拉长衫，轻轻地作了一个结束谈话的姿势，“很抱歉，我并不想冒犯你们。无论你们在这里滞留多长时间，喇嘛寺都会为你们提供最热情的服务的。我不能再说什么了。”

　　“不需要你再说什么，”曼宁森怒气冲冲地反驳道，“如果你以为可以支配我们，那就大错特错了！别担心，我们会找到我们需要的向导。你尽管打躬作揖，说你

　　香格里拉地区的多民族、多文化、多宗教共生现象为这块土地注入了丰富多彩而独具地方特色的人文景观，不同民族、宗教间的相互融合反映在宗教建筑上也颇具地方特色。
　　图为小维西天主教堂，其建筑风格为中式建筑格局。

想说的……"

　　康威拉着他的一只胳膊想要制止他。曼
宁森的脾气像小孩儿一样，想到什么就说
什么，从来不管场合、礼仪。康威觉得在
这样的环境下，他的这种态度是可以理解的，
但是康威也担心曼宁森会刺伤张先生的感情。
好在此时张先生已经自行离去，用一种令人钦
佩的方式及时避开了这尴尬的场面。

Lost Horizon
James Hilton

书松尼姑寺中念经的僧人。

第五章

　　整个上午他们都在谈论这件事情。如果没有出现这次意外，正常情况下他们四人现在应该在白沙瓦，享受俱乐部的繁华喧闹、礼拜堂的宁静庄严，可是现在他们却要在西藏的一座喇嘛寺中呆上两个月，这当然让他们很震惊。可现在，他们刚到这里时的愤怒和震惊已经渐渐平息了，甚至连曼宁森在爆发完以后也平静了下来，陷入一种迷茫的宿命情绪中。"我不想再为这件事争吵了，康威，"他说着，神经质地吐了一口烟，"你明白我的感受，我一直认为这事可疑，这其中一定有鬼，现在我不愿意再谈这件事情。"

"我能理解，"康威回答道，"但现在不是我们想还是不想的问题，而是我们必须要忍受。坦率地说，如果这些人不愿意或者不能够提供给我们脚夫，我们只有等待那些送货人到来，此外别无他法。我不得不遗憾地承认，在这件事情上，我们是如此地孤立无助。"

"你的意思是我们必须在这里呆上两个月？"

"我实在想不出其他办法。"

曼宁森弹了弹烟灰，神情冷漠地说，"那么，好啦，等两个月。现在让我们为此欢呼吧。"

康威接下去说道："我认为在这里呆两个月并不会比在其他任何偏僻的地方呆上两个月更糟糕。干我们这种工作的人，常常会被派到一些偏僻的地区，我觉得我们几个的情况都差不多。当然，这对我们的亲戚朋友来说会很严重，在这一方面我比较幸运，没有什么牵挂，我的工作也很轻松，任何人都能取代我。"

他转向其他几个人，似乎想让他们也说说自己的情况。曼宁森没说什么，但康威大致知道一些他的情况，他的父母和女友都在英国，这使得事情有些困难。

位于香格里拉县城里的中心镇公堂又称"藏经堂"，始建于1724年，几度损毁几次重建。其建筑风格为汉藏合璧，外观古朴。它是全城藏民议事、集会和举办各种藏传佛教活动的重要场所。

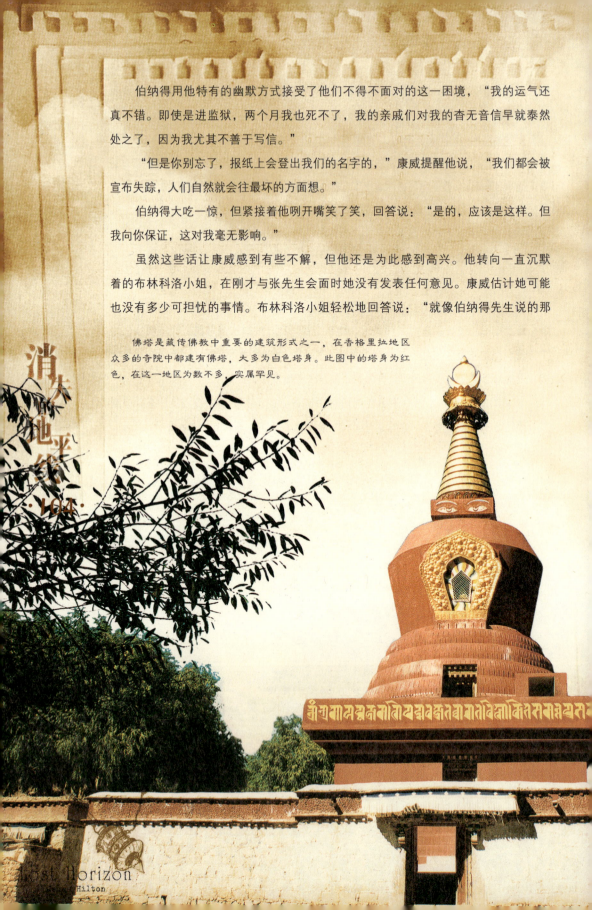

伯纳得用他特有的幽默方式接受了他们不得不面对的这一困境，"我的运气还真不错。即使是进监狱，两个月我也死不了，我的亲戚们对我的杳无音信早就泰然处之了，因为我尤其不善于写信。"

"但是你别忘了，报纸上会登出我们的名字的，"康威提醒他说，"我们都会被宣布失踪，人们自然就会往最坏的方面想。"

伯纳得大吃一惊，但紧接着他咧开嘴笑了笑，回答说："是的，应该是这样。但我向你保证，这对我毫无影响。"

虽然这些话让康威感到有些不解，但他还是为此感到高兴。他转向一直沉默着的布林科洛小姐，在刚才与张先生会面时她没有发表任何意见。康威估计她可能也没有多少可担忧的事情。布林科洛小姐轻松地回答说："就像伯纳得先生说的那

佛塔是藏传佛教中重要的建筑形式之一，在香格里拉地区众多的寺院中都建有佛塔，大多为白色塔身。此图中的塔身为红色，在这一地区为数不多，实属罕见。

样，在这儿呆上两个月也没什么值得大惊小怪的。无论在什么地方都是为主服务，我认为是主的旨意把我派到这里来的。"

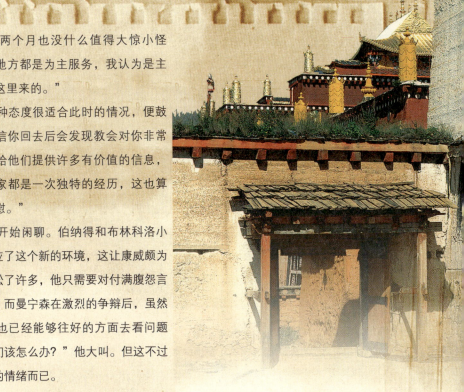

康威觉得这种态度很适合此时的情况，便鼓励她说："我坚信你回去后会发现教会对你非常满意，你还可以给他们提供许多有价值的信息，这件事对我们大家都是一次独特的经历，这也算是一个小小的安慰。"

然后，他们开始闲聊。伯纳得和布林科洛小姐很容易地就适应了这个新的环境，这让康威颇为吃惊。他感到轻松了许多，他只需要对付满腹怨言的曼宁森就行了。而曼宁森在激烈的争辩后，虽然还是很郁闷，但也已经能够往好的方面去看问题了。"天啊，我们该怎么办？"他大叫。但这不过是借此调整自己的情绪而已。

"最重要的一点就是不要互相制造紧张的情绪，"康威回答说，"这个地方看起来很大，人也不多，除了侍者，迄今为止我们只见过一个本地人。"

伯纳得还找到一个乐观的理由，"无论如何，我们不会挨饿，我们这几顿饭还相当不错呢。康威，如果没有足够的资金，这地方是不可能维持下去的，像那些浴室，肯定得花不少钱。而我看不出这里的任何人可以挣钱。除非是生活在山谷里的那些人有工作，但是即便如此，他们也没有足够的产品可以出口。我倒想知道他们是不是有一些什么矿藏。"

"这个鬼地方的确非常神秘，"曼宁森应声说道，"我敢肯定他们把一罐罐的金币藏了起来，就像耶稣会一样。至于那些浴缸，很可能是一些腰缠万贯的赞助者送给他们的。不过，这些东西根本不会打动我，我只要离开这里。我承认这里景色不错，如果不是这么偏僻，这儿倒是一个很棒的冬运场所。我不知道能否到远处那些山坡上去滑雪？"

康威盯着他，轻松地打趣道："昨天我发现火绒草的时候，你提醒我说这儿不是

LOST HORIZON
James Hilton

阿尔卑斯山。现在轮到我来说这话了，这里可不适合表演温根·谢德基的滑雪特技。"

"我认为这里的人肯定还没有见过高台滑雪。"

"冰球赛就更不用说了，"康威开玩笑地说，"或许你可以组建一支球队，来一场'绅士队'对'喇嘛队'的比赛怎么样？"

"那得从教他们怎么打球开始。"布林科洛小姐颇为幽默地插了一句。

这时午餐已经准备好了。菜上得很快，而且都非常有特色，让人胃口大开，但当张先生进来的时候，餐桌上的空气有些凝固了，但张先生就像什么事也没有发生过一样，仍旧对大家都非常温和友好，于是这四个异乡人也就顺水推舟地接受了。张先生提出如果大家想去参观喇嘛寺，他会非常乐意给大家当向导，四人都高兴地同意了。伯纳得说："我们是得去认认真真地看一看，这个地方我们以后也许难得再来第二次。"

"我们坐上飞机离开巴斯库时，我做梦都没想到我们会到这样一个地方来。"布林科洛小姐喃喃自语道。他们在张先生的陪同下出了门。

"而且还无法知道为什么我们会来到这里。"曼宁森对他的问题始终念念不忘。

康威不是一个种族歧视者，但有时在那些特别讲究种族、肤色的地方比如夜总会或者火车的一等包厢里时，他会假装自己是，特别是在印度，这让他省去很多麻烦。而康威也确实是一个善于审时度势、避免麻烦的人。但在中国他就不必这样，他有很多中国朋友，他从未将他们视为下等人，因而在同张先生交往时，他并没有先入为主。在他看来，这位颇有风度的老先生虽然不是完全可靠，但是绝对是一个博学多才的人；而曼宁森则是完全凭着直觉和想像来看待张先生的；至于布林科洛小姐，在对待那些无知的异教徒的问题上，态度一向都很尖刻；而在伯纳得看来，张先生就像一个被调教得很好的机智幽默而又温和的管家。

但是这次游览深深地吸引住了他们，令他们根本无暇顾及这些。康威以前也参观过一些寺院，可是这个喇嘛寺尽管地处偏僻，但无疑是他所见过的最大、也是最特别的一个，他们仅仅参观厅堂和院落就用了整整一个下午。康威注意到他们从许多公寓式的房屋前经过，但是张先生没有让他们进去。但不管怎么说，这次游览更加坚定了他们各自的看法。伯纳得更坚定地认为喇嘛们很富裕，布林科洛小姐则找到了更多的证据说明他们道德败坏，而曼宁森在新鲜感过后，认为在这里的游览与在低海拔风景区的游览相比，一点也不轻松，而这些

喇嘛恐怕也不是他心目中的英雄。

　　只有康威为香格里拉独特的魅力深深地陶醉了，这里是如此地优美、雅致，如此地纯净、和谐，令人心旷神怡、目不暇接，还从来没有一个地方如此地吸引他。他费了很大的功夫才把自己从艺术家的迷狂之境拉回到鉴赏家的理性判断中来，他认出那些物品都是各大博物馆和百万富翁们竞相购买的稀世珍品，像宋代精美的珍珠蓝瓷器，珍藏了一千多年的中国山水画，绘有蓬莱仙境的漆器笔触细腻、意境幽远。美轮美奂的瓷器，釉彩的光泽辉映出一个无与伦比的精美世界，让人的情感在刹那间变得纯净无比。没有一丝一毫的夸张，没有刻意营造的对观赏者的情感撞击，一切都是自

书松尼姑寺中正在擦拭酥油灯的尼姑。

·107·

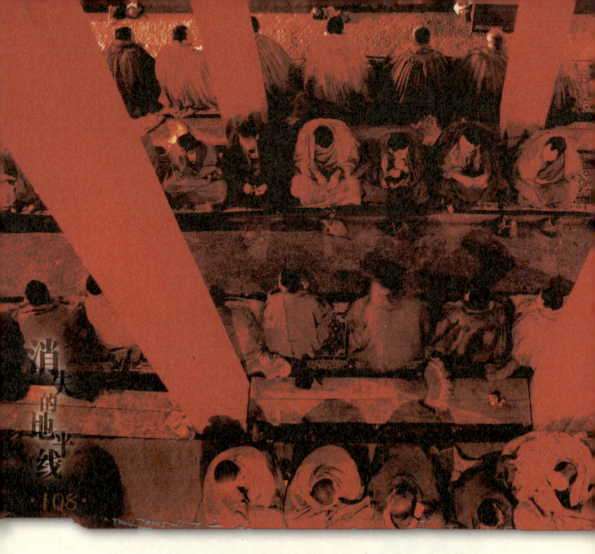

松赞林寺因其重要的藏传佛教地位在香格里拉地区举足轻重，因此寺中僧侣众多，香火旺盛。图为寺中的喇嘛在大殿上诵经颂典。

然而然。这些稀世珍品飘散着如同荷花般高雅的气息，它们一定会让收藏家发狂的。康威不是收藏家，他既没有钱也没有占有欲，他对中国艺术的热爱乃是源自一种心灵感受。在这个日益喧嚣和复杂的世界，他越来越沉醉于那些给他带来宁静、单纯、精致的物品之中。他穿过一间又一间厅室，想到卡拉卡尔山无比雄伟的雪峰竟然包藏着如此脆弱的珍品，不由得感到一种难言的忧伤。

除了中国艺术宝藏以外，这个喇嘛寺还有许多特色，比如它的图书馆。那是一间非常令人满意的图书馆，高大宽敞，卷帙浩繁。如此众多的书籍冷清地躺在壁龛和书架中，显示出一种智慧、大气的氛围。康威浏览了其中的一些书架，非常惊奇地发现这里竟然藏有许多世界上最优秀的文学作品，以及许多深奥玄妙得令他无法判断的典籍。此外，这里还有大量的英文、法文、德文、俄文版书籍以及中文和其他东方文学著作。康威最感兴趣的是有关西藏的著述，他在这里发现了几部珍本，像安东尼奥·安德拉塔著的《NoVo Descubrimento de gro catayos Regos de Tibet》（里斯本，1626年），修斯·克切尔的《中国》（安特卫普，1625年），赛文纳特的《Vo yage a la chine des Peres Grueber dt d'Orville》以及贝里盖提的《Relazione Inedita di un Viaggio al Tibet》。当康威认真地翻看这几本书时，他注意到张先生温和而惊奇的目光，"您是个学者？"张先生这样询问道。

康威觉得难以作答，就他的牛津经历而言，他是一个学者，他知道"学者"的称谓是中国人对他人的最高评价，但对英国人来说，这个词却让人有自命不凡的感觉。他要顾及几个同伴的感受，所以他否认了，他说："我喜欢读书，只是这几年由于工作的原因让我没有时间搞学术研究。"

"您希望作些学术方面的研究吗？"

"哦，我不能肯定，不过我深知它的魅力所在。"

曼宁森拿起一部书打断了他们的谈话："这里有些东西值得你进行研究，康威，这儿有张这个地区的地图。"

"我们收藏了数百张地图，"张先生说，"它们全部都可以提供给你们查阅。不过，为了不让你们白费力气，我得告诉各位，你们在任何一张地图上都不可能找到香格里拉。"

"不可思议，"康威说，"我很想知道这是为什么？"

"理由很充分。我只能说这么多。"

康威微微一笑，但曼宁森却又恼怒起来，"古里古怪，故弄玄虚，"他说，"到现在我们也没看出来你们究竟有什么东西值得隐瞒！"

"你不带我们去看看那些修炼的喇嘛吗？"布林科洛小姐好像突然从全神贯注的思考中清醒过来，她的声音又细又尖，把大家吓了一大跳。布林科洛小姐给人的感觉是有点迷迷糊糊，满脑子装的可能都是些本地的手工艺品、跪毯、织物或者某些既原始又别致的东西，这些可以作为回去之后的谈资。她有一种非同寻常的能力，无论遇到什么事情总是能够镇定自若，但是她又常常会流露出愤愤不平的样子。她的这种性格使得她能够平静地对待张先生的回答，

寺院中各种佛事用品一应俱全，琳琅满目。

张先生说："我很抱歉，这是不可能的。那些喇嘛从不、或者应该说极少让外人看到。"

"我估计我们根本没机会见到他们。"伯纳得说，"实在是非常遗憾，你不知道我多么想见见你们的住持。"

对此张先生庄重地表示了谢意，可布林科洛小姐并不肯就此罢休，她继续追问道："喇嘛们都干些什么？"

"他们都在静心修炼，小姐，为了获得更高的智慧。"

"可那并不算是在做事。"

"当然你可以认为他们无所事事，小姐。"

"我认为的确如此。"接着她总结道，"好了，张先生，今天的参观非常愉快，只是

消失的地平线

Lost Horizon
James Hilton

位于德钦县境内的达摩祖师洞中的活佛经堂。

你没能让我确认这里的的确确做了一些真正的善事，我更宁愿看一些实际事例。"

"或许你想喝一点茶？"

起先康威以为张先生的这句话是在讽刺布林科洛小姐，后来他发现并不是这样。一个下午过得很快，张先生是个典型的中国人，在吃方面非常简朴，但却酷爱喝茶，一般每天下午都要喝上几杯。布林科洛小姐也承认参观艺术画廊、博物馆是件让人头痛的事情，于是大家便一致赞成这个喝茶的提议。他们几个人跟着张先生穿过了一个又一个庭院，突然眼前一亮，好像走进了画中的风景。沿回廊的石阶下去是一个花园，池塘中，荷花静静地绽放，茂盛的荷叶片片相接，如同一块温润碧绿的地毯。池塘四周装饰着狮子、龙、麒麟等动物铜像，威武凶猛，神态各异。这些雕像不但没有破坏这里清幽的景致，相反在它的衬托下，四周的环境显得愈发宁静祥和。整个园林的布局是如此的完美，令人目不暇接，留连忘返。尤其是这里的景致，如此的浑然天成、妙合无垠，就连蓝瓦屋顶上方直插云天的卡拉卡尔山峰都被巧妙地融合进了这幅精美绝伦的天然图画中。"多么精致美丽的地方。"伯纳得赞叹道。张先生把他们引到一个亭子里，这里越发让康威感到心旷神怡。亭子里放着一张古琴和一台现代钢琴。康威觉得这是整个下午所见到的众多奇怪的事情中最为奇怪的事。对于康威的疑问，张先生极其坦率地作了回答。张先生解释说喇嘛们特别喜爱西洋音乐，尤其是莫扎特的作品；他们收集所有的欧洲经典名曲，而且喇嘛中还有许多人精通各种乐器。

伯纳得对此地的运输能力仍然不太相信，"你是说这台钢琴也是从我们昨天来的那条路上运进来的吧！"

"是的，除此之外没有其他的第二条路。"

"不可思议！"伯纳得说，"你们这里如果再有一台留声机和收音机，就应有尽有了，虽然你们可能不太喜欢流行音乐。"

"确实如此。我们已经写了报告，但是他们说大山深处接收不到无线电波。至于留声机，之前我们就已经建议过了，他们认为不用这么着急。"

"就算你不说我也知道，"伯纳得说，"你们的信条就是'别着急'。"他大笑

小说中希尔顿提到了香格里拉藏有大量的外文书籍，而且香格里拉人可以随心所欲地借此做研究，这样的描写证明了香格里拉文明的高度和自由和谐的人文环境。如今在香格里拉确实存有大量的外文书籍，这与小说的描写不谋而合。

香格里拉地区的藏民都是虔诚的信仰者，宗教物品随处可见。图为用彩砂和盐精制而成的宗教曼荼罗——坛城。

了起来。过了一会儿他又接着说：“具体地说，假如某个时候你的上司们决定要一台留声机了，那要经过一些什么样的程序才能买到呢？可以肯定的是，制造商不会把货送到这里。你们一定有代理商，在北平、上海或者其他什么地方。我敢打赌，你们收到的每件货物都得花掉很多的钱。”

张先生并不比先前多讲点什么，“你很善于推测，伯纳得先生，只是对此我不能多说。”

康威发觉他们现在又一次触摸到了那似隐似现、若有若无的线索边缘。尽管不断有一些奇特的事情发生，拖延了揭开真相的时间，但他相信凭着他的判断力和想像力，很快会将这条线索理出来的。这时，侍者已经将清香四溢的茶送了上来。在这些灵敏的侍者进来的同时，一位穿着汉族服装的姑娘轻盈地走了进来，没有引起大家注意。她亭亭袅袅地走到钢琴前面，开始演奏拉莫的一首加沃特舞曲。美妙的音符拨动了康威的心弦，一种欣喜的感觉从他心中泛起，向全身弥漫开来，空气中洋溢着一种18世纪法兰西的气息。悠扬的琴声回荡在典雅华贵的宋代瓷瓶和精巧雅致的漆器之间，回旋在如诗如画的荷塘上空。这种特殊的气息萦绕着他们每一个人，似乎要穿透时空将这些内在的精神世界完全不同的人们连接起来，送达至一个永恒之境。

转经筒。

　　康威的眼光落到那个演奏的姑娘身上。这是一个典型的满族姑娘，鼻子细长，颧骨略高，肤若凝脂，头发乌黑。她的长发梳到脑后编成一个优雅的辫髻，看上去是那么娇小玲珑、美丽动人。她的嘴唇如粉红色的牵牛花般鲜嫩，她静静地坐着，动人的音乐从她的纤纤细指中缓缓流出。一曲终了，她站起身来，盈盈一礼就离开了。

　　张先生微笑着目送她走远，然后略为得意地问康威："不错吧？"

　　"她是谁？"康威还没来得及回答，曼宁森就迫不及待地问道。

　　"她叫洛珍，精通西洋键盘乐器。和我一样她也还没有完全皈依。"

　　"我想的确还没有，"布林科洛小姐惊叫道，"她看上去还是个孩子。你们还有女喇嘛？"

"我们这儿没有性别之分。"

大家一时无语。过了一会儿，曼宁森傲慢地评价到："你们的喇嘛制度真是让人匪夷所思。"此后大家一直都没有再说什么，只是静静地喝茶。琴声的余韵似乎还飘荡在空气中，久久未曾散去，给大家留下了深刻的印象。过了一会儿，张先生领着他们离开了亭子，他希望这次游览能够让大家感到愉快。康威代大家表示了感谢。张先生表示自己也很愉快，他还告诉他们，在逗留期间可以随时使用音乐室和图书馆，康威对此再次表示了衷心的感谢。"可是那些喇嘛怎么办？"他又加了一句，"他们不用吗？"

"他们很乐意让给贵客们使用。"

"真大方。"伯纳得说，"这也说明喇嘛们知道我们在这儿。但是不管怎么说，这里让我感到像回家一样。张先生，你们这里一定有一群第一流的人才。刚才那位小姑娘的钢琴弹得实在太好了，请问她多大了？"

"这个我不能告诉你。"

伯纳得笑道："你们这里并没有隐瞒女士年龄的习俗，是吗？"

手持转经筒的朝圣者。

"是的。"张先生微微一笑，回答道。

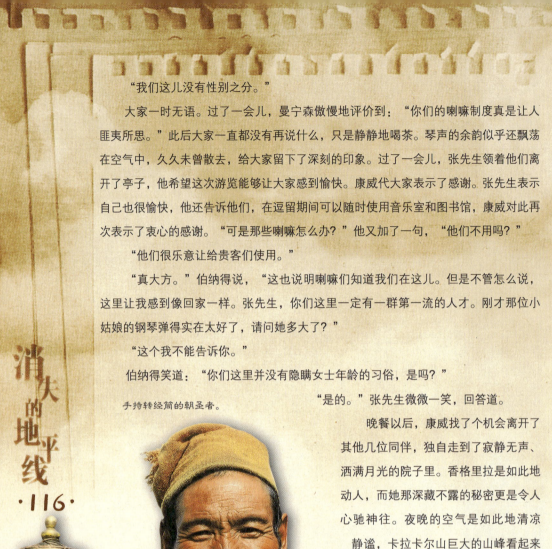

晚餐以后，康威找了个机会离开了其他几位同伴，独自走到了寂静无声、洒满月光的院子里。香格里拉是如此地动人，而她那深藏不露的秘密更是令人心驰神往。夜晚的空气是如此地清凉静谧，卡拉卡尔山巨大的山峰看起来似乎比白天更近了。康威感到身轻体健，心情愉快，精神舒畅。但是他的理智却并不平静，他有些激动，也有些迷惑。那条路线的秘密开始渐渐清晰起来，但很明显这只是一个不可思议的背景。这一系列的怪事竟然会那么碰巧地发生在他和三个偶然相遇的同伴身上，令人费解。这些谜团缠绕着大家，成为大家的一块心病。尽管现在

他还无法揭开这层迷雾，但他相
信一定会真相大白的。

　　他沿着回廊来到可以俯瞰
山谷的房屋平台上。空气中是
淡淡的晚香玉的清香，像一个
充满美好想像的梦。在中国，
晚香玉还被称作"夜来香"——
月夜的味道。他想如果月光也
有声音的话，那声音应该就像下午听到的拉莫的乐
曲。这不由使他想起那位满族小姑娘来。他根本没有
想到在香格里拉会有女性，人们很难把她们与喇嘛寺
的修行联系在一起。当然他并不认为这是令人难以接
受的变革。事实上，在任何一个可以
"适度地对待异教"的地区，这样的
女钢琴家都是一笔财富。

　　他凝视着山谷尽头蓝黑色的夜
空。这里的落差可能有一英里左右，置身其中，给人一种如真似幻的感觉。他不知道他
们是否允许他到下面的山谷去，和本地人谈谈话、了解了解他们的山谷文明。这深藏在
崇山峻岭不知名的地域内的文化，被一种不知名的神权政治统治着。他像一个历史系学
生一样对这一切充满了兴趣，这不仅是好奇，毕竟这喇嘛寺有着很多古怪的秘密。

　　突然，康威好像隐约听到一些奇怪的声音，仿佛是随风从下面遥远的山谷吹来
的一样，凝神静听，好像是锣和唢呐的声音，其中似乎还夹杂着恸哭声。或许是幻
觉，这些声音一会儿随风飘来，一会儿又消逝得无影无踪，声音断断续续，时有时
无。这些从山谷深处飘来的充满生命活力的气息给香格里拉更增添了一种庄严与安
宁。寂寞的庭院和冷清的亭台沉浸在宁静祥和的氛围中，一切烦恼都随风而逝，只留
下一片静寂。他的目光不经意地停留在平台高处的一扇亮着橘红色灯光的窗户上，灯
光下喇嘛们是在打坐静修、追求智慧？还是已经大彻大悟、得道成佛？要得到问题的
答案似乎只要走近那边的那扇门在走廊上看一看就知道了，但他明白根本没有这种机
会，他的行动一直都在别人的监视之下。这时，两名喇嘛轻轻地从平台走过，在护墙
周围散步。他们看上去挺风趣幽默的，穿着鲜艳的僧袍，一边的肩膀裸露在外面。当
锣声和唢呐声再次传来的时候，康威听见一个喇嘛问了他的同伴一些问题，他听到了

另一个喇嘛的回答："他们已经把塔鲁埋了。"尽管康威懂的藏语不多，但他仍然希望他们能继续讲下去，仅凭一句话他是无法猜出什么意思的。过了一会儿，那个刚才提问题的喇嘛又开口讲话了，这次的回答康威听懂了：

"他死在了外面。"

"他去执行香格里拉头人的命令。"

"是一只大鸟带着他飞越雪山回来的。"

"他还带回来了一些陌生人。"

"塔鲁不惧怕外面的风霜，也不惧怕外面的严寒。"

"虽然他很久以前就到外面去了，可蓝月亮山谷的人们仍然记得他。"

其他的话康威就听不懂了。过了一会儿，他回到了住处。这些话已经足够为他揭开谜底了，许多让康威百思不得其解的谜团一下子真相大白，而且是这样的合情合理，甚至于连他自己都不敢相信。他曾经有过这样的怀疑，可这个念头仅仅只是一闪而过，这种想法实在是太荒唐了。

他们的飞机从在巴斯库起飞到在这里迫降，这一切并不是一个疯子毫无目的的举动，这是一个有周密计划的行动，而且得到了香格里拉的支持。这里的人都知道那个死去的飞行员，他是他们中的一员，他们为他的死而悲伤。一切现象表明，这次意外其实是一次非常高明的、有目的、有预谋的行动，甚至连飞行这段路程的时间都已经被认真估算过了。可他们到底有什么打算呢？是什么原因让他们把这四个在英政府安排撤离的飞机上偶然相遇的人带到喜玛拉雅山东南面的深山里来的呢？

康威被这个事实惊呆了，但并没有感到不满。事情既然已经发生了，那他只有沉着自信地去接受挑战。就在此刻他作出了决定，这残酷的真相无论如何也不能说出去，无论是他的同伴还是这里的主人，这件事没有人能够帮助他。

Lost Horizon
James Hilton

碧塔海峡谷的丹霞地貌

玉女瀑布

香格里拉高原湿地

夏络草甸及温泉

高山冰川

黎明千龟山

中甸依拉草甸

第六章

"有时候人们不得不去适应新环境。"伯纳得总结自己在香格里拉一个礼拜的感受，这也是他们得到的众多教训中的一个。现在，大家已经安定下来，每天生活都比较有规律。在张先生的帮助下，刚开始那种枯燥无聊的感觉渐渐消失了，大家慢慢适应了这里的气候和水土。他们发现只要不做剧烈运动，自己身上就随时充满活力。这里温差很大，白天温暖夜间寒冷。喇嘛寺的位置是个很好的避风港。卡拉卡尔山一般在中午时会发生雪崩。山谷出产一种上等的烟叶，这里的食物、酒、茶都很好。他们每个人都有自己不同的偏好。他们就像四个刚上学的小学生，常常有人神秘地缺席。张先生总是想方设法地安排一些充满趣味的活动为大家解闷，领着他们四处游览，提一些有关消遣的建议，给他们介绍书籍。无论在用餐还是其他情况下出现尴尬的冷场，张先生都会用他特有的温和流畅的语言、彬彬有礼的举止很好地化解掉。但他谈话的范围分得非常清楚，有的话题他很乐意与大家娓娓道来，而有些话题却是三缄其口。他不想因失言而激起大伙的不满，当然其中不包括暴躁易怒的曼宁森。康威常常想把他谈到的一些内容记下来，丰富他那些不断积累而得的资料。伯纳得常常跟张先生开玩笑："张先生，你这儿真是个很差劲的旅馆，你从未让人送过报纸来吗？我宁愿用你的整个图书馆的书去换一张今天的《先驱者论坛报》。"虽然没有必要，但张先生总是严肃地回答："伯纳得先生，我们有两年前的《时代》合订本。只是很遗憾，是伦敦出的《时代》。"（中文译名为《泰晤士报》——译者注）

康威高兴地发现要到山谷去并不是根本不可能，尽管下山的路十分难走。在张先生的陪伴下，他们在绿色的山谷里游览了一整天。站在悬崖边上，山谷中美丽的景色赏心悦目，尽收眼底。在康威看来，他们的这次意外旅程情趣盎然。他们坐在竹轿上，被人抬着摇摇晃晃地翻过悬崖峭壁，一路上惊险万分。这里的路在某些神经质的人的眼里根本不能叫路，而轿夫们却健步如飞、如履平地。当他们终于来到绿树葱葱的山脚时，喇嘛寺得天独厚的地理位置就显露无余了。山谷被群山环抱，土地肥沃，数千英尺的垂直高度形成的温差使得这一地区横跨温带和亚热带。山谷中生长着各种各样的农作物，没有一点闲置的土地，大约有十多英里长，1～5英里宽。虽然山谷地形狭长，但是每天都有长时间的日照。在没有太阳直射的时候，气候也非常温和；从雪山上流下的雪水形成的小河可以浇灌山谷肥沃的良田。康威仰望卡拉卡尔那如同屏障一般的雄伟的雪峰，他再次感到这美景的壮观与险峻。看得出这个山谷过去是个湖泊，周围的雪山、冰川 化成雪水源源不断地汇入其中。现在的山谷贯穿着几条小河和溪流，河水淙淙流过，最后注入水库，灌溉农田和种植园。这种构思可以说就是一个天然的环保工程，整个的设计规划独具匠心。在漫长的岁月中，在历经无数的地震和

澜沧江峡谷中梦幻般的村庄。

·121·

山崩后，这一布局的基本框架结构被完整地保留下来。

不管未来是如何地渺茫、不可预知，眼前的一切让人们更加珍惜现在。康威再一次被香格里拉别具一格的迷人风格和魅力深深打动，这也使得他在这里的日子比别人更为开心。环抱山谷的雄伟山川，与山谷中的青青草地、精致的花园形成了鲜明的对比，溪水边到处是涂着鲜艳油漆、色彩斑斓的茶馆，如同玩具一般的房屋。这里的居民融合了汉藏文化的特点，看上去更加敏捷健美，只是因为居住范围的限制使得他们稍稍吃了一点近亲通婚的苦头。当他们从这几个被人扛在肩上的陌生人身旁走过时，都忍不住哈哈大笑。他们都友好地向张先生问好。这些原住民性情豪爽，幽默厚道，喜欢打听但很讲礼貌。他们无忧无虑，虽然有无数的活计但却是怡然自得、悠闲自在。总之，康威认为这是他所见过的最令人向往的一个社会群落，就连一直想发现异教徒堕落迹象的布林科洛小姐也承认从表面来看这里所有的一切都很不错。她非常欣慰地发现当地人衣着整齐，妇女们也穿着扎紧裤脚的中式裤子，她充分发挥想像力对佛教寺院进行了详细调查，结果也没有发现带有原始生殖崇拜特征的物体。张先生说这些寺庙都有自己的喇嘛，香格里拉对他们非常宽松，也没有什么必须遵循的教条。沿着山谷往前走，稍远一点的地方还有一座道观和一座孔庙。张先生说："宝石是多面体的，很多宗教都有其适度的真理。"

"我完全同意这个观点，"伯纳得也赞同道，"我不相信宗教间的敌意。张先生，你是一个真正的哲学家，我会谨记你说的'很多宗教都有其适度的真理'。你们山上那些智者一定都明白这一点。我十分肯定，你说得非常对。"

"但是，"张先生梦呓般地说，"我们也只是适度的肯定。"

布林科洛小姐对此却无动于衷。这里的一切在她看来都过于懒散，她紧抿着嘴，固执地说："我回去以后，就要求教会派一个传教士来这里。如果他们认为花费太

云遮雾罩的山谷中，草甸上的羊群和藏家升起的袅袅炊烟把香格里拉衬托得更加安详、宁静，俨然一幅世外桃源的景色。

希尔顿曾把这些景色写在了字里行间，现实的世界与书中的描写有很多吻合的地方，人们更愿意相信香格里拉确实存在。

大，我会不断地逼迫他们，直到他们同意为止。"

这种心态显然是正常的。就连极少对传教机构抱有好感的曼宁森，都不禁对她颇感钦佩，"他们应该就派你来，"他说，"当然，如果你喜欢这里的话。""这根本不是喜欢不喜欢的问题，"布林科洛小姐反驳道，"没人会喜欢这里，这很自然——怎么会有人喜欢这里呢？这只是自己应该做什么的问题。"

"我想，"康威说，"假如我是个传教士，我宁愿选择这里而绝不选择其他地方。"

"如果这样的话，"布林科洛小姐迅速地说道，"很明显，在这里不会有什么成就。"

"可我并没有想过什么成就。"

"那可不行，不能仅仅凭着自己的喜好去做事，你看看这里这些人！"

"看上去他们所有人都很逍遥自在。"

"的确如此，"她有些狂热地回答道，"无论如何，我必须马上开始学习当地的语言。张先生，你能借一本这方面的书给我吗？"

张先生用优美流畅的英语回答说："当然可以，女士，我万分荣幸。我认为这是个非常妙的想法。"

那天傍晚，当他们上山回到香格里拉后，张先生立刻就像对待一件重要的事情一样马上为她找来了书。起初，那部19世纪德国人编的厚厚的大砖头着实把布林科洛小

·123·

姐吓了一跳，她原本可能希望是一本比较轻松的"藏语速成"之类的小册子。但是，在张先生的帮助和康威的鼓励下，她有了一个很好的开始。很快，布林科洛小姐在学习中得到了莫大的满足。

康威也是一样，除了那些吸引他的古怪问题外，康威还找到了不少乐趣。在阳光灿烂的日子，他常常会整天泡在图书馆和音乐室里，更加深了对喇嘛们良好文化修养的印象。喇嘛们的兴趣非常广泛，图书馆里有各种各样的书，从古希腊语的柏拉图著作到英文版的奥玛学说，从尼采的哲学到牛顿的科学理论，这里还有托马斯·莫尔、汉纳·莫尔、托马斯·穆尔、乔治·穆尔甚至有奥尔德·穆尔等等的著作。康威估计全部图书可能在两三万册之间。他们是如何选择这些内容丰富的书籍？又是如何把它们运到这里来的呢？他也曾试图去了解近来新书增加了多少，但没问到什么，只是发现了一本近期出版的简装书。在后来的一次拜访中，张先生告诉他，有一批30年代

香格里拉是历史上"茶马古道"的必经之地，马帮曾经辉煌一时。事过境迁，如今现代的交通工具替代了古老的马帮，不过在香格里拉的一些偏远地方依然还有马帮活跃。

中期出版的书将要上架。很显然,这部分书是最近新进的,而且已经如期到达。"你看,我们一直都紧跟时代。"张先生说道。

"有些人未必会这样认为",康威笑着回答说,"你知道,去年以来,世界上发生了许多事情。"

"没什么了不起,我亲爱的先生,那些1920年无法预知的事,到了1940年人们也未必能很好地理解。"

"那么,你对最近席卷全球的危机发展情况也不感兴趣?"

"我当然感兴趣,非常感兴趣——只是还不到时候。"

"张先生,我觉得我已经开始有些了解你们了。你们的生活方式与众不同,与大多数人相比,时间对你并没有太大的意义。要是在伦敦,我根本不会想看昨天的旧报纸,而在香格里拉,大家最多看看一年前的旧报纸。这两种态度在我看来都挺现实的。顺便问一下,你们的上一批客人来到这里离现在有多长时间了?"

"很遗憾,康威先生,你又提了一个我无法回答的问题。"

谈话常常就是以这样的方式结束。康威并不因此感到气恼,相反,有时张先生滔

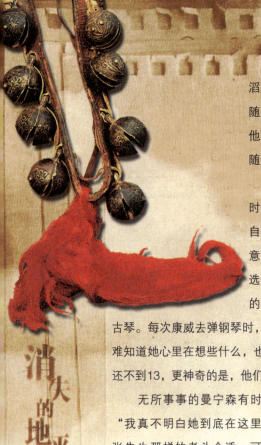

滔不绝、没完没了地发表他的高见，才是最让他头疼的。随着他们交往次数的增多，他越来越喜欢张先生。只是让他百思不解的是他几乎没有见过一个喇嘛，就算喇嘛不能随便接近，难道他周围就再没有其他的信徒了吗？

当然，还有，就是那个满族小姑娘。他到音乐室去的时候常常会看到她，可她不懂英语，他也不想让他们知道自己会说汉语。他不能确定她是因为喜欢而弹琴，还是有意进行演奏练习。她的演奏、指法、姿势都非常正规，她选择的大多是那些经典名曲，像巴赫、卡累利、斯卡利特的作品，偶尔也会选莫扎特的曲子。比起钢琴，她更喜欢古琴。每次康威去弹钢琴时，她总是神情恭敬地认真聆听，流露出一种欣赏表情，很难知道她心里在想些什么，也无法猜出她的年龄。康威怀疑她已经年过30，又觉得她还不到13，更神奇的是，他们无法从她的相貌特征中发现蛛丝马迹。

无所事事的曼宁森有时也来听听音乐，他觉得她是个让人难以琢磨的女孩。"我真不明白她到底在这里干什么，"他不止一次地对康威说，"当喇嘛也许对张先生那样的老头合适，可一个小姑娘为什么也想当喇嘛？我真想知道她来这里有多长时间了？"

"我也想知道，不过这肯定也是一个他们不愿回答的问题。"

"你觉得她喜欢这里吗？"

"我看她不像是不喜欢这里。"

"她似乎对一切毫无感觉，我觉得她不太像人，倒更像一个象牙做的玩具娃娃。"

"是啊，充满魅力，让人着迷。"

"就她来说。"

康威笑了笑，"远远不止这些，曼宁森。你看这个象牙娃娃气质高雅，穿着得体，面目姣好，弹得一手好琴。她不像那些打冰球似的满屋乱窜的女孩，依我看，在西欧，缺乏德行的女性太多而像她这样举止端庄的女性太少。"

"康威，你对女人也太挑剔了。"

康威对这种指责已经习以为常。他与异性交往不多，在印度时，偶尔到山中的避暑山庄休假，他挑剔的名声就传播开了。他曾经与几个女性有过一些美好的时光，而且只要他求婚她们谁都乐意嫁给他——可是他没有。他有一次差不多要在

《早邮报》上刊登结婚启事了，可那姑娘不愿意到北京生活，而他也不愿去坦布瑞基威尔士，互相勉强迁就了一阵，最后发现双方都无法离开自己居住的地方。总之，他对女性的经验，其实只是尝试性的，断断续续的，而且都是没有结果的。由此可见，他并不是真的对女性很挑剔。

他笑道："我37，你24，这已经能够说明一切了。"

沉默了一会儿，曼宁森突然问道："那你说，张先生有多大年纪？"

"说不准，"康威轻松地答道，"49到149岁之间的任何一个岁数都可能。"

诸如此类的猜测让这几位初来者对很多事情持怀疑态度，而他们的好奇和疑问又常常得不到满意的解答，于是，这就使得张先生一直想要说的很多事情变得扑朔迷离。其实这其中并没有什么秘密，比如说，康威一直对山谷里的习俗很感兴趣，这些东西应该可以写成很有价值的学术论文。就像学生特别关注突发事件一样，他对山谷的管理模式也特别感兴趣。从考察到的情况看，他们实行一种相当松散而且富有弹性的独裁统治，由喇嘛寺以一种仁慈得近乎应付的方式进行管理。这种制度运行得非常成功，这一点在每一次下山到那美丽富饶的山谷里去时都可以得到证实。令康威不解的是，这里的法律和秩序的基础是什么？很明显，这里没有军队也没有警察，但是肯定有相应的规则和措施对付那些恶习难改的不法之徒。张先生回答说这里的犯罪非常少，因为只有非常严重的行为才算是犯罪，其次是在这里每个人的合理要求都会得到充分的满足。此外，喇嘛寺中的任何人员都有权把罪犯赶出山谷——这是最严厉的惩罚，只有在万不得已的时候才这么做。张先生接着解释说，蓝月亮山谷的良好秩序主要得益于头领们的良好风范，他们让人们了解有些事情是不能做的，否则就会失去地位和尊严。"你们英国人不也灌输同样的思想吗？"张先生说，"在你们的公立学校不也是这样。比如说，我们山谷的居民觉得不能怠慢陌生人，不能发生激烈的争执，

香格里拉地区的民居形式多样，其中最具特色的是土掌房、土墙房、木楞房，这些房屋冬暖夏凉。图为富庶的小中甸原野上的藏族民居。

不能和别人争夺利益等等。你们英国校长们所谓的模拟战争，在他们看来纯粹是野蛮举动，是弱智者寻求的一种不负责任的刺激。"

康威问这里是不是从来没有为女人而引发的争执。

"非常少，横刀夺爱在这里被看作是一种不道德的行为。"

"如果这人非常疯狂地想得到她，而将道德置之脑后呢？"

"那么，我亲爱的先生，另外那个男人把她让给他也是一种美德，当然前提是女方愿意。康威，这可能会让你感到吃惊，可如果大家都讲谦让和礼貌，事情就会圆满地解决。"

在参观山谷的过程中，康威的确发现了这里的许多美德——亲切友善，知足常乐，他所了解的行政手段和管理制度都无法达到这样的境界。他对此发出了由衷的赞叹，可张先生却说："你知道，我们一向认为良好的管理就是不要管得太多。"

"你们有没有什么民主制度，像选举什么的？"

"噢，没有没有。如果公开宣布这样正确那样错误，会吓坏我们的老百姓的。"

康威笑了笑，这真是一种闻所未闻的想法，他对他们不由有些同情。

这段时间，布林科洛小姐在藏语学习中获得了很大的满足，曼宁森又开始发牢骚，而伯纳得却始终保持着难得的镇静，不管这镇静是不是真的。

"坦率地说，"曼宁森对康威道，"这个得意洋洋的家伙令我火冒三丈。尽管我知道他是嘴上逞强，可他那些没完没了的无聊玩笑真让我恶心。对他我们可得小心防范。"

有时候，康威也对这个美国人表现出来的这种平静心态感到有些奇怪，不过他回答曼宁森说："他能够把事情处理得这么好，对我们来说不是很幸运吗？"

"我真的觉得这家伙古里古怪的，康威。你到底了解他多少？我的意思是说他是个什么样的人。"

"我并不比你多了解他，我只知道他从波斯来，可能在那里干石油勘探。他一向不把事情放在心上——在我们乘飞机撤离之前，我费了很多口舌去说服他。直到我告诉他美国护照抵挡不了子弹，他才勉强同意跟我们一起走。"

"那你见过他的护照吗？"

"可能吧，我记不清楚了。怎么了？"

曼宁森哈哈笑道："也许你会认为我多管闲事，可我有什么办法呢？如果我们几个有什么秘密，在这里的这两个月足够让所有的事情真相大白。听我说，就这件事情来说，完全是一次偶然。我没有跟任何人透露只言片语，甚至觉得连你也不能说，可现在我们既然谈论这个话题，我认为还是告诉你为好。"

"当然。可我不太明白你的意思。"

"是这样，伯纳得一直都在用假护照旅行，他根本不是伯纳得。"

康威非常关心地皱了皱眉头。他喜欢伯纳得，因为这个人给他带来各种各样的联想，尽管如此，他从来没有想过他到底是不是伯纳得。于是他说："那你认为他是谁？"

"他是查莫尔斯·布瑞安特。"

"可恶！你怎么知道的？"

"今天早上他落下了一个皮夹子，张先生捡到了以为是我的，就把它交给了我。我打开看了看，发现里面全是剪报

——我一打开皮夹，里面的剪报就有一些掉了下来。我不以为意，随便翻看了一下，剪报并不是什么隐私的东西，或者说里面应该不会有什么不愿为人知晓的隐私，可一看，里面全是有关布瑞安特的报道和缉拿他的通缉令，其中一份还登了一张照片，除了没有小胡子外，活脱脱的就是伯纳得。"

"你跟伯纳得谈过这事吗？"

"没有。我只把东西还给了他，什么也没说。"

"那你所说的这一切，证据仅仅只是报纸上的一张照片？"

"是这样。"

"就我而言，我觉得不能仅凭这个就断定这个人有罪。或许你是对的——我不是说他完全不可能是布瑞安特，如果真是他的话，这也就可以很好地解释为什么他在这里是如此的心满意足——他找到了一个非常好的藏身之所。"

曼宁森似乎有些失望，他本来以为这是个重大的发现，可是却得到这种漫不经心的对待。"那你现在打算怎么办？"他问道。

康威沉吟不语，过了一会儿他回答说："我也没什么办法，也许什么事也没有。再说，在这种情况下，我们又能做什么呢？"

"但如果他真的是布瑞安特……"

"亲爱的曼宁森，就算这人是尼禄，现在与我们也没有多少关系！不管他是圣人还是无赖，只要我们在这里，我们就得尽量保持友好的关系。我认为，没有必要对这件事表明自己的态度。当然，如果还在巴斯库时我就怀疑他的身份，我肯定会联系德里的有关部门调查他——这是我的职责所在，可在目前这种情况下，我觉得我已经不需要承担什么职责了。"

"你不觉得这种看法太消极了吗？"

"我不管它是否消极，因为这更符合实际。"

"我想，你的意思是让我忘掉自己的发现？"

"也许你无法做到，但我认为我们俩在这件事情上应该保持一致，无论他是伯纳得、布瑞安特还是其他什么人，最重要的是当我们离开这里时如何避免令人尴尬的困境。"

"你的意思是我们应该睁一只眼闭一只眼？"

"不，我的意思是我们应该让别人去抓捕他。当你与一个人友好相处了几个月之后，再给他带上一副手铐，这好像不太合适。"

"我认为不是这样。这家伙是个大骗子——我知道他骗走了很多人的钱财。"

康威耸了耸肩膀。他喜欢曼宁森善恶分明的单纯性格；公立学校的道德教育虽然过于浅显，但却非常明确，如果有人犯了法，所有公民都有义务把他送交司法机关——这是每一个人都必须遵守的法律。布瑞安特涉嫌金融诈骗。虽然康威对这个案件不太感兴趣，但在他印象中这是一起非常恶劣的金融犯罪。据他所知，纽约的庞大的布瑞安特集团破产了，损失上亿——这个破产记录即使在世界金融破产史上都是非常罕见的。从某种意义上讲，康威认为（康威不是一个金融家）布瑞安特一直混迹于华尔街，最后终于被政府通缉追捕。布瑞安特逃到欧洲，追捕他的通缉令也遍布欧洲的许多国家。

最后康威说："好了，如果你愿意听从我的劝告，那以后就不要再谈这件事了，这不是为他而是为我们着想。你以后得注意一点。当然，你别忘了，他也许根本就不是布瑞安特那家伙。"

然而伯纳得就是布瑞安特，那天晚饭之后终于真相大白了。张先生离开后，布林科洛小姐马上就去学习她的藏语，三位男士则一起在咖啡和雪茄的烟雾中打发时间。刚才

小喇嘛。

在晚餐桌上，他们的交谈就不止一次地出现了尴尬的沉默，凭借着张先生的机智和风趣才使晚餐的气氛变得融洽轻松起来。他刚一离开，他们就又陷入一种令人不快的沉默之中。伯纳得第一次不再开玩笑。康威也很清楚要让曼宁森像什么也没发生过一样地对待伯纳得，的确太为难他了，而伯纳得显然已经意识到发生了什么事。

突然间，这个美国人扔掉了手中的雪茄，"我想你们都已经知道我是谁了。"他说。

曼宁森的脸一下子涨红起来，但康威仍用平静的语调回答道："是的，我和曼宁森都知道了。"

"这都怪我太大意了，把那些剪报到处乱放。"

"每个人都会有疏忽的时候。"

"怎么回事，你们竟然如此平静。"

接下来是长时间的沉默。终于布林科洛小姐尖利的声音打破了长长的沉默："我的确不知道你的真实身份，伯纳得先生，但我一直认为你旅行中所用的名字并不是你的真实姓名。"他们几个非常吃惊地看着她，布林科洛小姐接着说："我记得当康威曾说过我们的姓名都会出现在报纸上时，你说这对你毫无影响，我当时就想伯纳得很可能不是你的真名。"

这个罪犯勉强笑了笑，点上一支雪茄，"女士，"他终于说，"你不仅是一个精明的侦探，而且你还为我找到了一个很婉转的说法——我在隐姓埋名地旅行。你说的一点都不错。至于你们，二位先生，你们发现了我的身份，从某种角度来说，我并不觉得遗憾。如果你们什么都没发现，我还可以想想其他办法。但想想我们的困境，我不能再跟你们吹牛了。你们对我都很友好，所以我也不想给大家惹麻烦。我们必须团结一致互相帮助，才能共同面对今后无论是更好还是更糟的日子。至于以后会发生什么，我们也只能听之任了。"

康威觉得伯纳得的话很有道理，他怀着极大的兴趣关切地看着伯纳得，甚至带着一些发自内心的欣赏——尽管在这样的时候这种情感可能有些古怪。真是让人难以置信，这个肥胖、幽默、像个慈祥的父亲的人竟然是一个顶级骗子。他看上去更像那种受过良好教育、受人尊敬的学校校长。虽然他轻松愉快的笑容背后隐约会流露出一丝紧张和不安，但并不是说他的轻松愉快是勉强装出来的。很显然，他就是那种从表面上看，人们公认的如绵羊般温和的好人，而实际却从事着鲨鱼一般的职业的人。

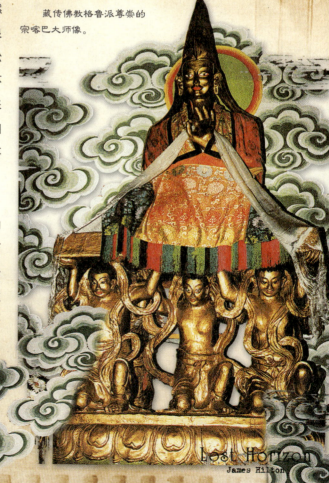

藏传佛教格鲁派尊崇的宗喀巴大师像。

康威说："是的，我也认为这样最好。"

于是伯纳德哈哈一笑，似乎他所有的幽默感现在才全部表现出来。"上帝，这可是太奇妙了，"他大叫着伸展开四肢躺在椅子上，"整件事我真他妈倒霉。我横穿欧洲，经过土耳其和波斯到那个小镇！警察一路跟踪我，差点在维也纳把我抓住！刚开始的时候，被人追踪的感觉还真是刺激，但不久

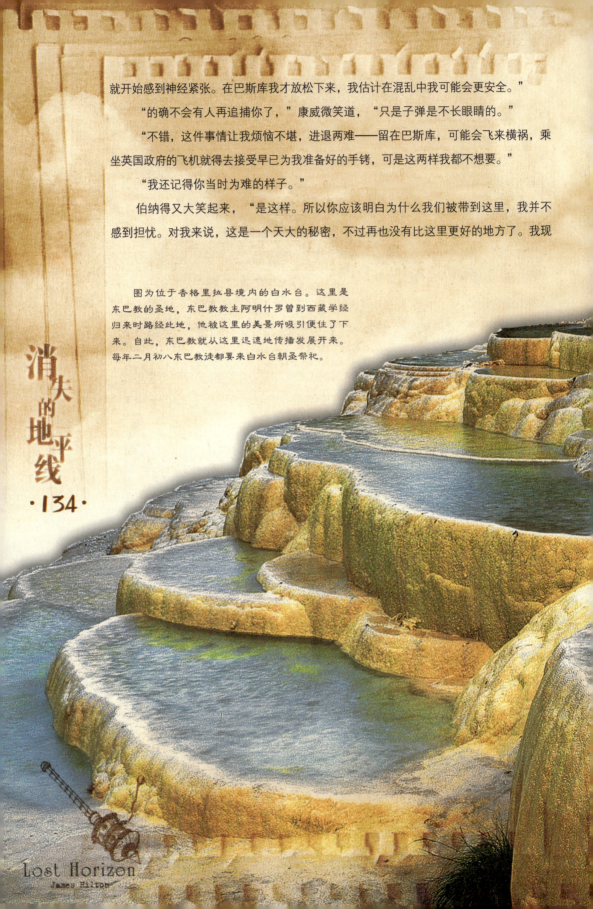

就开始感到神经紧张。在巴斯库我才放松下来，我估计在混乱中我可能会更安全。"

"的确不会有人再追捕你了，"康威微笑道，"只是子弹是不长眼睛的。"

"不错，这件事情让我烦恼不堪，进退两难——留在巴斯库，可能会飞来横祸，乘坐英国政府的飞机就得去接受早已为我准备好的手铐，可是这两样我都不想要。"

"我还记得你当时为难的样子。"

伯纳得又大笑起来，"是这样。所以你应该明白为什么我们被带到这里，我并不感到担忧。对我来说，这是一个天大的秘密，不过再也没有比这里更好的地方了。我现

图为位于香格里拉县境内的白水台。这里是东巴教的圣地，东巴教教主阿明什罗曾到西藏学经归来时路经此地，他被这里的美景所吸引便住了下来。自此，东巴教就从这里迅速地传播发展开来。每年二月初八东巴教徒都要来白水台朝圣祭祀。

Lost Horizon
James Hilton

在真的是心满意足，我还有什么可抱怨的呢。"

康威真诚地笑道："你很聪明。只是我认为你的表现有些过头，正是因为你太过于心满意足了，所以我们才对你产生了怀疑。"

"我的确是心满意足。生活适应了以后，就觉得这是个很不错的地方。刚开始感觉天气有些冷，可毕竟不可能所有的事都十全十美。可以说我是换了一个优美宁静的

Lost Horizon
James Hilton

环境。每年秋天，我都去棕榈滩疗养，只是那地方永远无法让你满意，那里总是熙熙攘攘、热闹非凡。而这里，我认为就是我的医生认为最适合我的环境。现在，我的饮食和从前完全不一样，我不能看录像，我的经纪人也无法与我联系。"

"我相信他非常希望能够和你联系上。"

"这是肯定的。我知道我们有一大堆麻烦事要处理。"

他说得如此轻描淡写，康威忍不住回敬道："我可不了解高额融资这样的问题。"

这个美国人非常坦率地说："所谓高额融资，那全都是些空话。"

"我也常常这样怀疑。"

"是这样，康威。比方说，一个人干他的工作很多年了，还有其他的一些人也干着同样的工作，可是市场行情风云突变，形势对他非常不利，他别无他法，只有强打精神，等待机会。但是这一次机会并没有到来，他损失了一千万美元。他在某张报纸上看到，一个瑞典教授认为这是世界的末日。我问你，你认为这样的情况能够对市场有利吗？当然，这对他是一个致命的打击，可他还是不能罢手，直到警察找上门来，他才不得不匆匆逃掉。我就是这样逃走的。"

"那你觉得所有的这一切都是因为你运气不好的缘故？"

"正是这样，我本来是非常有钱的。"

缅茨姆峰下的村庄。

刻在兽骨上的经文。

"你还诈骗了别人的钱财。"曼宁森严厉地插了一句。

"不错，我拿了。可为什么会这样呢？因为他们全都想不劳而获，而自己又没有本事。"

"我不同意你的看法。他们这样做是因为他们信任你，相信他们的钱交给你是安全的。"

"安全？这个世界上根本就没有什么安全，那些以为安全的人全都是些傻瓜，一群想在伞下躲避台风的傻瓜。"

康威安慰他说："我们知道你是无法对抗经济大萧条这样的台风的。"

"甚至我连假装自己能对付它都不可能，就像我们离开巴斯库以后，对所发生的一切你也束手无策一样。在飞机上我发现你镇定自若而曼宁森却在那儿狂躁不安，我知道你非常清楚你对这件事已经完全无能为力了，就像我的企业破产时一样的感觉。"

"胡说八道！"曼宁森勃然大怒，"任何一个人都不应该去诈骗，这就是游戏的规则。"

"可是一旦整个游戏都陷入混乱了，这些规则就很难起到作用，更何况这个世界上没有一个人清楚什么才是真正的规则，我想无论是哈佛还是耶鲁的教授都无法说清楚。"

曼宁森轻蔑地反驳道："我指的是日常生活中那些简单的行为规则。"

"那么，我想你说的日常生活规则不包括'信任伙伴'这一条吧？"

康威急忙打断他们，说："不要争吵，有话好说。我丝毫也不反对你把你的情况拿来与我相比。毫无疑问，我们前不久的那次被迫飞行，的确是完全出乎我们的预料。可是我们现在全都来到了这儿，这才是最重要的。我也同意你所说的，发牢骚很简单，但是仔细想想这事，令人感到非常蹊跷。四个素不相识的人偶然坐上了同一架飞机，却被绑架到千里之外的地方，而其中的三个竟然能够在这个事件中找到一些安慰：你需要一个疗养兼藏身之所，布林科洛小姐感到这是主召唤她给这些尚未被教化的藏民宣讲主的福音。"

"你所说的第三个人是谁？"曼宁森插嘴道，"我希望不是我。"

"我说的是我自己，"康威答道，"三个人中我的理由最简单——我喜欢这里。"

争论结束不久，康威同平常一样到那个平台和荷花池边散步。漫步在平台上、荷花池边，他感到全身上下非常放松，无论肉体还是精神都得到了一种奇妙的解脱。的确是这样，他非常喜欢香格里拉。她平静安宁的氛围，使她的神秘充满了神奇的冲击力，让人心醉神迷。近些天来，康威对喇嘛寺及其居民渐渐有了一些明确而独特的看法。他的大脑一直在不停地思考，而他的内心深处却是一片安宁。他就像在探索深奥难题的数学家一样，为遇到的难题而苦恼，但这种苦恼却是平静的，不受个人情感的摆布。

至于布瑞安特，康威觉得还是继续把他当作伯纳得比较好。至于他的经历、身份，可以渐渐被忘掉，只有那句"整个游戏都陷入混乱了"仍然深深地印在康威的脑海中，而且比这个美国人所想表达的还更加意味深长。在康威看来，伯纳得的这句话不仅仅只是指美国金融信托公司的经营管理情况，也是在说巴斯库、德里、伦敦以及像战争部署部门、帝国事务处、领事馆、贸易租界以及政府的晚宴等场合的真实情况。这个刚刚复苏的世界弥漫着死亡与毁灭的气息，伯纳得的惨败也许只是比康威的经历多一点戏剧性的意味而已，整个游戏现在已经混乱不堪，而幸运的游戏者却不会因为游戏失败而按规则受到审判，不幸的只是金融家们。

但在这里，香格里拉，一切都沉浸在深深的宁静中。没有月亮的天空群星闪烁，卡

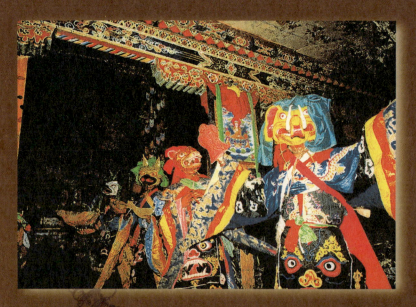

拉卡尔山积雪的顶峰笼罩在淡蓝色的光辉之中。康威想如果计划发生变化，山外面的脚夫很快就到这里，他是不会因此欣喜若狂的，伯纳得也不会。他发自内心地笑了笑，真有意思——突然，他意识到他仍然喜欢伯纳得，不然的话，他就不会觉得这很有趣。应该说，把一个损失了上亿美元的人送上法庭，这本来就是合情合理的，如果他仅仅只是偷了别人的一块表就好了。可是，一个人又怎么可能会丢失一亿美元呢？也许只有像某位大臣那样不经大脑地脱口而出，说他的财产已经捐给了印度，只有这样才说得过去。

康威再次开始盘算与送货的脚夫一起离开香格里拉的时间。他设想着漫漫长路的艰苦跋涉，终于到达锡金或巴基斯坦的某个庄园时的欣喜若狂，以及可能会随之而来的失落怅惘。接下来，就是初次见面礼节性的寒暄和自我介绍，客厅回廊下的美酒佳酿，被亚热带阳光晒成古铜色的面孔，怀疑探究的目光。在德里，肯定得和总督或者司令见面，接受仆从们的致意。还有数不清的需要起草和呈送的报告，也许还需要回一趟英国，去一下白厅，受到副国务大臣的接见；接受报社记者的采访，听女人们生硬而做作的如同性饥渴式的惊叫——"是真的吗？康威先生，那个时候你在西藏……"毫无疑问，在以后的一个季度，他都得在餐桌上讲述他的神奇经历。可是他真的愿意吗？他记得戈登总督临终前在喀土穆写下了这样的话——"我宁可像苦行僧一样生活，与救世主玛赫迪同在，也不愿天天在伦敦混饭吃。"康威只是隐约觉得自己厌恶这样的生活，总是谈论和回忆已经过去的岁月会让他感到厌烦，而且也会给他带来一些淡淡的忧伤。

羌姆舞者组图。

消失的地平线
·140·

他深深地陷入了沉思之中。突然他发现张先生向他走了过来，"先生，"张先生温和、轻柔的声音略微有些急促，"我很荣幸地给你带来了重要的消息。"

果然不出所料，送货人提前到了。说来奇怪，他最近心里老在想着这件事。刹那间，他心里涌起一股难言的悲哀，尽管他早就有思想准备。"是吗？"他说。

张先生看起来激动万分，"亲爱的先生，祝贺你。"他说，"我很高兴能为你做一点事——经我多次力荐，最高喇嘛决定要立刻召见你。"

康威瞪大了眼睛，说："你的话不像往常那样清楚明了，张先生，出什么事了吗？"

"最高喇嘛派我来找你。"

"真如我所愿。可是，这有什么值得大惊小怪的？"

"因为，这是非同寻常甚至可以说是前所未有的——我一直希望能够这样，但根本没想到机会来得这样快。你来这里还没有两个星期就被他

相传，达摩祖师云游至香格里拉地区的维西县，见到此地有一山洞甚合佛心，便在洞中面壁10年，终悟成佛。至今洞中仍印有当年他面壁而形成的影像，洞前一石板上印有一对他得道后留下的脚印圣迹。

上图为达摩祖师洞洞口。
下图为达摩祖师的脚印圣迹。

召见！这么多年以来，从来没有人这么快被召见！"

　　"我想我有些糊涂了。你知道，我要去见大喇嘛——那真是好极了，除此之外还有别的什么事吗？"

　　"这难道还不够吗？"

　　康威笑了，"绝对不够。请不要认为我很无礼，实际上是因为我脑子里冒出了一个完全不同的想法。好啦，现在不需要再在这里胡思乱想了。能够亲眼见到这位先生，我感到万分荣幸。什么时候见面？"

　　"现在，我是被派来叫你的。"

　　"是不是太晚了？"

　　"这没什么。尊敬的先生，你很快就会明白很多事情。我真的非常兴奋，这段时间——总是让人觉得比较尴尬——现在终于就要结束了。相信我，很多时候我是不得不对你们隐瞒一些情况，我已经非常厌倦了。现在我是发自内心地感到高兴，那些不愉快的事情再也不会发生了。"

　　"你真是个怪人，张先生，"康威答道，"不过，还是看事态的发展吧。不用再说什么了，我已经做好了思想准备。我非常感谢你的善意，请带路吧。"

苯教经书。

藏族民居组图

第七章

　　康威的内心本来非常平静，但当他在张先生的陪伴下，走过那午夜寂寂的院落时，渐渐产生了一种越来越强烈的渴望。如果说张先生的话有什么特别的意义，那就是他马上就要了解事实的真相了，而且他很快就会知道他的那些推理和判断有没有合理之处。

　　毫无疑问，这将是一次很有意义的见面。他丰富多彩的生活经历，让他有机会见识过各种稀奇古怪的头领。他不但对他们颇有兴趣，而且还能客观公正地对他们作出评价，他甚至还可以用他懂得不多的当地语言与他们寒暄客套。不过，今天这种场合他也许只能当一名听众。他注意到张先生领着他穿过的这些院落，以前他从来没有看见过，在灯笼柔和的光线下它们是如此地朦胧、美丽。然后，张先生领着他沿着楼梯爬上楼，走到一扇门前轻轻地敲了敲。门立刻被一个藏族仆人打开了，康威觉得他似乎早就站在门后面等候着了。这里是喇嘛寺的最高点，装饰得同其他建筑一样雅致，只是这里比其他地方要干燥闷热，仿佛所有的窗户都紧紧关着，而供暖系统却在开足马力地运行。他觉得每向前迈一步，空气好像就更闷热。最后张先生再次在一扇门前停下，康威感觉自己就像被带进了一间土耳其浴室里。

鸢尾花。

　　"最高喇嘛要单独接见你。"张先生的声音如同耳语一般。他为康威打开门，再轻轻地关上，然后悄无声息地离去。康威有些犹豫地站在那里，四周闷热幽暗。过了一会儿，他的眼睛渐渐适应了房间里的昏暗。这时他才看清这

Lost Horizon
James Hilton

是一间窗帘紧拉房顶很低的房间，屋里只是简单地摆了一张桌子和几把椅子，其中的一把椅子上坐着一个个子矮小、面色苍白、满脸皱纹的人。他凝固不动的身影在幽暗的背景的衬托下，如同一幅用明暗法绘制出的褪了色的肖像画。如果现实中真有这种风格的画，那就应该是这样的一种情形，充满了古典与庄严的气息。康威对看到的这一切产生了一种非常奇妙的感受，他不知道此时此刻是真真实实的存在还是因为这里闷热的空气让自己产生了幻觉。老人凝视着他，那种古老深邃的日光令他手足无措，尴尬万分。他本能地向前迈了几步，椅子上的老人的形象不再那么模糊，但是仍然不像个血肉之躯。老人身材矮小，穿着汉族的服装，衣服的褶子和花边松松垮垮地耷拉在他骨瘦如柴的身躯上。"你就是康威先生？"他用纯正的英语轻声问道。

他的嗓音非常平静，带有一丝淡淡的忧郁，在康威听来如同主的福音一样，不过他仍然觉得这是因为闷热的空气在作怪。

"是的，我是。"他答道。

老人又接着道："很高兴见到你，康威先生。我派人把你找来是因为我觉得我们最好一起谈谈。请坐到我旁边。不要害怕，我只是个老人，是无法伤害别人的。"

康威回答说："能够见到您我感到万分荣幸。"

"谢谢，亲爱的康威——我该按你们英国人的习惯这样称呼你，对我来说，能与

消失的地平线
·144·

图为梅里雪山卡瓦格博峰下盛大的藏历水羊年祭典活动。

你见面我感到非常愉快。我的视力不太好，但请相信我，我的心可以和眼睛一样看清楚你。你在香格里拉的这些日子过得还算愉快吧？"

"是的，非常愉快。"

"听你这么说我很高兴。张先生肯定尽力为你们做好了安排，他也非常愿意为你们效劳。他告诉我你们一直在问关于我们这个社群以及与之相关的一些情况。"

"我对这些情况非常感兴趣。"

"如果你能给我一点时间，我很乐意简单明了地给你介绍一些我们这个地方的情况。"

"我不胜荣幸。"

"过去我有一个愿望……不过在我们谈话之前……"

他轻轻地做了个手势，甚至连康威都没察觉到，一个仆人端着一套雅致的茶具出现在他们面前，涂漆的托盘上薄如蛋壳的茶杯里盛着近乎无色的茶水。康威熟悉这种礼节。这时，老人接着说："你很熟悉我们的礼节，是吗？"

康威情不自禁地回答说："我在中国生活过一些年。"

"你没有告诉张先生。"

"是的。"

"那么，我为什么会如此荣幸呢？"

·145·

康威很少有无法解释自己动机的时候，可是这时候他想不出任何理由。最后他回答说："我没有什么特别的理由，只是觉得必须告诉你。"

"这是最好的理由，而且我认为我们将会成为朋友……现在，请告诉我，这茶的味道怎么样？中国的茶有很多个品种，而且香味浓郁，但这种茶是我们这个山谷的特产，我认为它与其他种类的茶不相上下。"

康威端起茶杯细细品尝了一口，茶的味道是如此神秘，回味是如此地悠长。他说："非常好，味道很特别。"

"是的，就像我们山谷中的很多药草一样，这种茶既独特又珍贵，你该细细地品味——不要仅仅只是为了礼貌，要最大限度地去感受喝茶的乐趣，这可是一千五百年前的顾恺之的至理名言。他吃甘蔗时，总是不肯立刻去啃那多汁的精华部分，他解释说要'渐入佳境'。你研究过中国伟大的古典名著吗？"

康威回答说只是略微了解一点。他知道这种闲聊一般要到茶杯撤下为止，但是看来品茶不会很快结束。他是如此渴望知道香格里拉的历

寺院和喇嘛组图。

史，而大师却是不慌不忙。

最后，大师做了一个神秘的手势，仆人无声无息地进来立刻又出去了。这时，大喇嘛开始了他的讲述：

"亲爱的康威，也许你对西藏的历史有许多了解。我听张先生说，这些天来你们充分地利用了我们的图书馆，那你肯定研究过这个地区的历史，这些记载虽然粗略但却非常有趣。你应该清楚，中世纪时聂斯托里派基督教在亚洲流传很广，在它衰落以后的很长一段时间，它的影响仍然很大。17世纪，罗马掀起基督教复兴运动，那些勇敢的耶稣会传教士跋山涉水，四处传教，他们的经历比圣保罗的历史还有趣。教会渐渐在各个地方站稳了脚跟，这可是件了不起的事，只是直到今天很多欧洲人都不知道，那个时候基督教会在拉萨其实已经存在了三十八年。1719年，天主教的四名方济各教士从北京出发，到偏僻落后地区寻找可能仍然幸存的聂斯托里派信徒。

"他们往西南方向走了好几个月，到了兰州和青海一带，旅途的艰难令人难以想像。途中三个人丢了性命，第四个也是奄奄一息。他无意中被绊了一跤，摔进了那条至今仍是进入蓝月亮山谷唯一的岩石通道中。在那儿他意外地发现了一群亲切友善、生活富足的人，他们用最古老的方式热情款待了这个来自异乡的陌生人。很快，他恢复了健康，并开始传道。这里的人虽都信奉佛教，但他们都愿意听他宣讲教义，就这样他的传教获得了巨大的成功。那时候，这座山上还有一座古老的喇嘛寺，只是它已经非常衰败了。随着这位教士传教成果日益丰硕，他产生了一个想法，希望在这个喇嘛庙的原址上建一座基督教教堂。在他的督促下，人们对旧建筑进行了修缮和大规模的重建。他在1734年住到了这里，当时他五十三岁。

"现在让我告诉你关于他的一些事情。他叫佩劳尔特，出生在卢森堡。在致力于远东传教之前，他曾在巴黎大学、布罗格纳大学和其他几所大学学习。他应该说是个学者，有关他早年生活的记录非常少。不过这并没有什么可奇怪的，毕竟他那时是那样的年龄和职业。他热爱音乐和美术，对语言有很强的领悟力，在献身宗教之前，他已经尝遍了所有的生活乐趣。他年轻时参加过战争，了解战争和侵略的罪恶。他体格健壮，刚到山谷的那几年，和其他人一样自己下田劳动，养花种菜，与本地居民互相学习。他发现这个山谷中有很多金矿，但他并不感兴趣，吸引他的是本地的植物和药材。他的性格谦虚温和，从不固执己见。他反对多妻制，但赞同本地人对一种叫"檀佳斯"的浆果的喜爱，因为这种果子被认为具有治疗功能。其实果子受欢迎的原因主要是因为它带有一定的麻痹作用，佩劳尔特自己也有些上瘾了。就这样，他用自己的方式习惯了本地的生活，他发现这不但没有什么坏处，而且给他带来了很多快乐。作为回报，他把西方基督教的神圣教义传给了这里的人们。他不是个禁欲者，他热爱世界上一切美好的事物。他认真地把烹饪知识以及教义精神传授给他的那些皈依者。我想让你有这样一个印象，他是个真诚、勤劳、智慧、纯朴的人，随着时间的流逝，他那颗争强好胜的心渐渐平静下来。毕竟，竞争是属于年轻人的，而佩劳尔特，当他的寺院建造好的时候，年纪已经非常大了。有一点你得谅解，从严格意义上来讲，他不是一个一举一动都严格按照教规行事的人。虽然罗马教廷远在千里之外，但是山谷里的老百姓们仍然非常信任他、热爱他并服从他。随着时间的推移，人们越来越崇拜他。每到一定的时候，他总是把报告寄给远在北京的主教，但一般都是

落日余晖下的佛塔与经幡。

雅鲁藏布江干裂的河床。

无法送达，可能是送信人在这艰难的旅途中遭遇到了不幸。佩劳尔特不愿让他们再去冒险，大约在十八世纪中叶，他完全放弃了派人呈送报告的努力。不过原先的一些信件肯定是寄到了，对于他的做法，引起了很多争论。1769年，一个陌生人带来了一封写于十二年前的信，信中要求佩劳尔特去罗马。

"如果这个命令在路上没有被耽搁，他收到的时候应该是七十多岁，而他实际收到时已经八十九岁了。翻越高山、在高原上艰苦跋涉已经无法想像，他从来没有经历过在荒郊野外忍受狂风的折磨和刺骨的严寒。于是，他寄了一封回信，委婉地说明了情况，至于那些信是否能够翻越重重大山的阻碍，就无法知道了。

"这样，佩劳尔特留在了香格里拉，不是有意违背主教的命令，而是因为根本就没有可能去执行。他已经是个老人，死神随时可能给他的生命画上句号。这时，他创建的这座寺院的机构开始发生了一些微妙的变化，这似乎有些可悲，但并不让人感到震惊。很难想像，一个孤立无援的人竟然能够长久地影响着一个地区的习俗和传统。他希望在他自己精力不济的时候能有一个西方的同事来接替他和支持他。把这个修道

这是藏传佛教寺院中祭典活动上的羌姆面具舞蹈。

羌姆面具制作尊崇的是佛教的造像规制，其依据两套系统一种是"寂静像"，另一种是"愤怒像"，羌姆面具遵循的是后者。

院修建在这个铭刻着如此之多与基督教教义完全不同的古老印记的地方也许的确是个大错误，但要求一个风烛残年、饱经风霜的老人在九十多岁时会认识到自己的错误，也实在太过分了，所以佩劳尔特始终都没有意识到这一点，他实在太老也太幸福了。山谷里那些追随者们即使已经忘掉了他的教诲，但仍然无比虔诚地忠实于他。因此，当他们又回到从前的传统和习俗中去时，他并不放在心上。他仍然思维活跃、才思敏捷。九十八岁时他开始研究那些以前的僧侣们留在香格里拉的佛经，他决心要把自己的余生全部投入进去，编写一本抨击佛教固步自封的书。他确实完成了这项工作（我们有他全部的手稿），然而抨击的语气非常温和，因为那时他已经整整一百岁了，到这个年纪，所有的尖锐与刻薄都已经随风而逝了。

"这个时候，他的很多早期弟子都已经去世了，继承他的事业的只有很少几个人。老方济各会的门徒也在逐渐地减少，从最早的八十多个，减少到二十个，最后只剩下十二个人，而且他们中的绝大部分人都已很老了。这时佩劳尔特的生活非常地平静，他不过是在静静地等待最后时刻的来临罢了。他已经非常老了，没有疾病和欲望的困扰，永久的长眠才是他所需要的。他并不惧怕死亡。山谷中的善良的人们给他送来食物和衣物，他有时到图书馆去看看书。他已经非常虚弱，但仍然能保持旺盛的精力去处理公务。剩余时间他常常是在书本或者回忆中静静地度过。他的神智仍然非常清晰，他甚至还练习一种神秘的功夫，这种功夫被印度人称为'瑜珈'。'瑜珈'是运用各种特殊方法进行呼吸的，对一个如此高龄的人来说，这种运动似乎是有害无益。果然，不久之后，也就是那个值得记忆的1789年，佩劳尔特快要死去的消息传遍了蓝月亮山谷。

"他当时就躺在这间屋子里，亲爱的康威。在这里，他可以透过窗户看到卡拉卡尔山，虽然在他那视力衰弱的眼睛里只是一片模模糊糊的白色，可在他心里，山峰的形象却是如此地清晰，与半世纪前他第一眼看见的那精美绝伦的形象一模一样。接着，他曾经经历过的人世沧桑一件件浮现在他的眼前：穿越沙漠和高原的漫长旅程，西方大城市熙熙攘攘的人群，马尔勃拉夫公爵无比辉煌的军队……他的内心如白雪般宁静，他已经做好准备，静静地等待着死亡的降临。他把朋友和仆人召到身边与他们告别，然后要求单独呆在这里。在孤寂之中，他的身体一直往下沉，他的意识开始向上飘去，他希望自己的灵魂也得到解脱……可是他并没有死去。他只是一言不发、一动不动地躺了几个星期，然后渐渐开始恢复，那时他一百零八岁。"

老人静静的讲述稍微停顿了一下。康威感到有些激动，最高喇嘛如同行云流水般的讲述如同一场遥远而神秘的梦。过了一会儿，大喇嘛接着说：

"像那些在死亡的门槛上等待了很长时间的人一样，佩劳尔特被赋予某种神奇的能力返回了人间。究竟是些什么样的能力我们以后再讲。现在我先说说他的行为举止。他的行为举止变得很古怪，他并没有休息疗养，你根本想不到，他立刻投入到极其严格的苦修之中，并且使用一些麻醉剂。他沉迷于药物和'瑜珈'训练，非常渺视死亡。可是，事情却是这样：1794年，最后一位喇嘛去世了，而佩劳尔特却依然活着。

"可以说这对所有的香格里拉人都具有非同寻常的意义。这位满脸皱纹的方济各教士从此不再衰老，甚至比十二年前还要年轻，再加上他一直坚持的神秘仪式，在山谷居民的眼中他变得越来越神奇，人们把他看作是隐居在陡峭山崖上具有超自然能力的隐士，但是对他仍然怀有长久以来形成的那种敬意。人们认为爬上香格里拉，留下一些供品或者在那儿帮忙干点儿体力活，就可获得称赞并带来好运。佩劳尔特对所有

的朝圣者都给予祝福，他们看起来就像是迷途的羔羊。直到今天，山谷的寺院中仍然同样可以听见'阿弥陀佛'和'喃嘛呢叭咪哞'。

"随着新世纪的到来，这个传说渐渐演变成了一个神奇的民间故事：佩劳尔特变成了一个无所不能的神，人们认为他会在某些夜晚飞到卡拉卡尔山的山顶，手执燃烧的蜡烛照亮天空；说是每到月圆之夜，卡拉卡尔山峰上总会有一个白色的人影。我没有必要向你去证明什么，其实无论是佩劳尔特还是别的什么人，从来没有人到达过卡拉卡尔山顶，但是却有一大堆不可靠的证据在证实佩劳尔特曾做出过许多常人不可能做到的事情。比如说，有人说他能够腾云驾雾，就像佛经里记载的许多神奇故事一样。事实上他的确曾经做过很多次诸如此类的试验，但都没有成功。不过，他的确发现人们可以用新的意念来削弱旧有的意念，他因此掌握了心灵感应术。这也许真的很

小说中这样描写道，"在几千英尺垂直壁立的山谷正好横跨于温带与亚热带之间，各种不同的稀有植物极其丰富。"

图为春夏时节，香格里拉高原上到处可见斗雪怒放的杜鹃花，看上去如同仙境一般。

·153·

了不起，虽然他并没有刻意寻找一种能够使身体得到治疗和康复的方法，但对那些身患疾病的人来说他本人就是一个很好的范例。

"你肯定很想知道他是怎样打发这些完全出乎意料的日子吧。这么说吧，由于他没有在理应死去的年龄死去，所以面对未来的日子他觉得手足无措，无所适从。等到他终于明白自己不同于常人，并且相信这种反常可能会持续下去，当然也可能随时结束，他不再患得患失。他开始了一种他一直渴望却根本不可能实现的生活。在历尽人世沧桑、世事浮沉之后，他的内心仍然保持着学者般的宁静。他的记忆力惊人，似乎已经完全摆脱了身体的束缚，达到了一种澄明之境。他似乎可以非常轻松地学好任何东西，比年轻的时候还要容易。很快，他不再需要书本，除了那几本他一直在用的工具书，这几本书你一定感兴趣，是《英语语法词典》和佛罗里欧翻译的《蒙田随笔》。靠这几本书他掌握了英语，我们图书馆里现在还保存着他第一次做语言练习时的手稿，是翻译蒙田的散文——这毫无疑问是一部绝无仅有的译作。"

康威笑道："如果可以的话，我真想看看。"

"当然可以，不胜荣幸。你知道，这个成就非同寻常，但是佩劳尔特也到了人们难以想象的年纪。如果无事可干的话，他会非常孤独寂寞的。直到1803年，这一年对我们寺院来说是具有重要历史意义的一年。就在那一年，蓝月亮山谷迎来了第二个欧洲人，一个叫亨舍尔的奥地利小伙子。亨舍尔曾经在意大利当过兵，参加过讨伐拿破仑的战斗。他出身于贵族家庭，学识渊博，风度翩翩。战争毁了他的财产，他带着一种模模糊糊的念头，希望能够重新找回失去的一切。他从俄罗斯一路漫游到了亚洲，至于他是怎样来到这片高原的，他自己也说不清楚。和佩劳尔特当年一样，他来到山谷时已经差不多快要死了。香格里拉再次张开温暖的怀抱，很快这个年轻人就恢复

Lost Horizon
James Hilton

了——然而山谷从前单调的生活从此就被打破了。佩劳尔特已经渐渐被当地居民同化，改变了宗教信仰，而亨舍尔很快就被金矿吸引了，他雄心勃勃，打算发财以后尽快返回欧洲。

"但他并没有回去。奇怪的事情又一次发生了——从那以后这种奇怪的事情就经常发生，所以我们也就习以为常了。这个山谷的宁静祥和，远离尘嚣的自由自在，深深地吸引住他，让他一次又一次地改变行期。直到有一天，他听到了当地的传说以后，他来到了香格里拉，见到了佩劳尔特。

"说实话，他们的这次见面具有历史性的意义。佩劳尔特那宽厚的胸怀，那远比人类的友谊、慈爱更为伟大的情感，让这个年轻人如同久旱逢甘霖，被深深地触动了。我不想详细地描述他们之间的默契。总之，他们之中，一个崇拜得五体投地，另一个则觉得找到了一个知音，可以与他一起分享他的知识，他的痴迷，他的狂野之梦——现实世界留给他的唯一希望。"

最高喇嘛讲到这儿稍微停顿了一下，趁这个空隙，康威轻轻地说："非常抱歉打断了您，我想我不太明白。"

"我知道。"大师安静地回答，声音中有一种悲天悯人的情怀，"如果马上就明白了，那是不太可能的。这个问题我想放在最后再谈。如果你不介意，我先跟你讲一些简单情况，你会感兴趣的。亨舍尔开始收集中国艺术品，并为图书馆筹集书籍，为音乐室筹集乐器。他历尽艰辛去到了北京，并在1809年带回来了第一批货物。此后他再也没有离开过山谷。他足智多谋，设计了一套复杂的购物方式，使喇嘛寺从此能够从外界购买需要的任何物品。"

"我猜你们是用黄金来进行交易的。"

"是的，我们有幸拥有这种被外部世界的人们视为珍宝的金属矿藏。"

"黄金是如此珍贵，你们非常幸运，躲开了淘金热。"

大喇嘛点了点头表示赞同，"亲爱的康威，那正是亨舍尔最担心的，他非常小心，从不让那些运送书籍、艺术品的人太靠近山谷。他让他们把货物卸在距离山谷有一天左右路程的地方，然后再由山谷里的居民们去搬运回来。他甚至在进入山谷的入口处布置了岗哨，让人日夜把守。不过很快地，他又想到了一种更方便更安全的防护方法。"

155·

"是吗?"康威的声音有一点紧张。

"你知道,这里绝对不会有军队来侵扰,这全依赖于这里得天独厚的自然条件和边远偏僻的地理位置。能够进到山谷里来的最多就是几个迷路的漫游者,即使他们身上带有武器,也很可能因为身体极度虚弱而根本不会构成危险。于是,他们决定,从此以后陌生人可以自由进入山谷,但是必须答应一个重要的条件。

"很多年过去了,这样的异乡人的确来了,是一群汉族商人。他们冒险进入高原,在穿越众多的崎岖峡谷时,误打误撞进入了山谷。习惯游牧生活的藏人,在与自己的部落失散后到处游荡,有时也会迷了路疲惫不堪地来到这里。他们都受到了热情的款待。虽然有些人来到山谷后就死了。滑铁卢战争那年,有两个英国传教士想从陆路到北京,在穿越一个不知名的峡谷时非常幸运地来到了山谷,就像是应邀到访一样。1820年,一个希腊商人在他那些饥寒交迫的仆人们的陪伴下来到这里,人们在山谷高处的路口发现他们时,都已经奄奄一息了。1822年,三个西班牙人隐约听到了一些有关黄金的传闻,想方设法来到这里,在山谷中四处寻找,失望而归。还有一次是在1830年,来了一大群人,其中有两个德国人,一个俄国人,一个英国人和一个瑞典人。他们受当时逐渐增多的科学探险活动的影响,历尽千辛万苦翻越了天山,继续往南走而抵达的。在他们来到香格里拉时,我们对客人的态度有了一些改变——这时,偶然进入山谷的客人不仅会受到欢迎,而且他们来到一定的地点之内时,还有人去迎接，这已经成了一种惯例。这样做的理由我们后面再谈。不过，关键的一点是，这说明了喇嘛寺对待客人的态度不再是看似宽和实际冷漠了。这里非常需要新的来访者。事实上，随后的几年里，常有探险队碰巧来到这里，他们第一眼瞥见卡拉卡尔山时，总会感到无比荣耀。当他们与我们热情的信使不期而遇时，往往很少拒绝蓝月亮山谷的邀请。

　　"于是，喇嘛寺渐渐开始呈现出了目前这样的特征。我必须强调的是，亨舍尔的确非常能干而且天资聪颖。香格里拉之所以能有今天，他和香格里拉的创建者一样功不可没。是的，他是当之无愧。这里的每一个部分，每个时期的每一点发展，都得益于他强有力的双手。可惜，他还未完成他为之奋斗一生的事业就去世了，失去他的损失是无法弥补的。"

　　康威一下子抬起头，下意识地重复道："他死了！"

　　"是的，非常突然，他是被杀的。在你们印度军队叛乱的那一年。他死前一位汉族画家给他画过素描，我可以给你看看——画像就在这间屋子里。"

　　白茫雪山位于德钦县境内，主峰扎拉雀尼峰海拔5640米，终年积雪。这里保存有完整的高山针叶林，闻名于世的滇金丝猴就繁衍生息在这里。

消失的地平线

·158·

·159·

希尔顿在小说中有这样的描写，"有一小片云围绕在金字塔般的边缘，使其看起来更加生动活泼。"

大喇嘛再次轻轻地做了一个手势，仆人走了进来。康威出神地看着这个仆人掀开屋子尽头的小布帘，把灯光摇曳的灯笼放在中间。他听见大师低沉的声音请他过去，但是非常奇怪，康威觉得自己好不容易才站了起来。

他有点站立不稳。他调整了一下身体然后大步走进了烛光里。这是一幅很小的素描，像一幅袖珍彩墨画，但却有着蜡像般细腻的纹理和质感。人物面貌非常秀美，脸型如同少女一般，康威觉得，这俊美的形象背后透着一种极具个性的魅力，这种魅力甚至超越了时间、死亡和技巧的限制。但最令人觉得不可思议的是，当他从无限的景仰中回过神来，他才注意到这是一张年轻的面孔。

他一边往后退回来一边结结巴巴地说道："可是……你说过……这幅画像是他去世前画的……"

"是的，画得非常像。"

"您的意思是说他就是在那一年死的？"

"是的。"

"您告诉我他1803年来到这里，当时他还很年轻？"

"是这样。"

康威陷入了长长的沉默中。他思考了好一会儿，然后问："您告诉我说他是被杀的？"

"是的，一个英国人开枪打死了他。这个英国人是那群探险者中的一个，他在到香格里拉几个星期后开

神奇壮丽的碧融峡谷。

Lost Horizon
James Hilton

枪打死了他。"

"为什么事呢？"

"因为一些脚夫的事他们吵了起来，亨舍尔不过是跟他讲了关于接待外来客人的一些限制规定，这些规定执行起来有些麻烦。自那以后，倒不是因为我已经老了，一旦要执行这一规定，连我自己都有些不自在。"

最高喇嘛又沉默了很长时间，这沉默中透出一些可以提问的暗示。当他再开始继续说话时，还特别加了一句："或许，你想知道那个规定是什么，亲爱的康威！"

康威压低声音缓缓地回答说："我想我已经猜到了。"

"是吗，你已经猜到了？在我讲了那么冗长的一个奇异故事后，你还能猜出些什么吗？"

康威试图尝试着去回答这个问题，但是脑海里一片混乱。整个屋子像是笼罩在一种螺纹似的影子里，那位慈祥的老人似乎就坐在影子的中央。他认认真真地听完了最高喇嘛的所有叙述，但他似乎还没有彻底弄清楚这叙述的言外之意。此刻，当他试图用语言把这个问题的答案表述出来时，整个人却被事实震惊得说不出话来。他快速整理着脑海中那些零碎、令他感到窒息的意识，"这似乎不可能，"他结结巴巴地说，"然而我却无法让自己不去想这事——这太让人吃惊了——太不可思议了——但我却不得不相信！"

"你想说什么，我的孩子！"

一种难以言说的情感传遍了康威的全身，他激动得全身颤抖，但他并不打算掩饰，他说："您还活着，佩劳尔特神父。"

小中甸藏族村落。

Lost Horizon
James Hilton

傈傈族"白鹤"舞

白水台彝族迎宾舞

傈傈族勒巴舞

尼西藏族情舞

藏族锅庄舞

第八章

谈话暂时停了下来。最高喇嘛需要休息一下以恢复体力。康威并不觉得奇怪，这么长时间的讲述肯定是非常费神的，而且他也希望能够暂时缓冲一下。他觉得这中场休息无论是从谈话艺术的角度还是从其他任何角度来说都非常必要，而喝茶和喝茶时的礼仪，就像音乐结束前悠长婉转的音符一样。仿佛是最高喇嘛"心灵感应"的一个例证（除非是巧合），大师开始和康威谈起了音乐。他说他很高兴康威的音乐品位在香格里拉得到了完全的满足。康威非常礼貌地回答说，当他发现喇嘛寺里收藏了如此完整的欧洲作曲家的作品时他非常吃惊。最高喇嘛静静地品着茶，对康威由衷的赞美表示感谢。"亲爱的康威，我们很幸运，我们中有一位天才的音乐家——他是肖邦的学生——我们的音乐室由他全权管理，你应该见见他。"

"我非常愿意。张先生曾经告诉过我，说您最喜爱的西方作曲家是莫扎特。"

"是的，莫扎特的音乐风格朴素典雅，听起来令人觉得如沐春风。我们的音乐家还建造了一座大小合适的房子，屋子的摆设非常有品位。"

他们的交谈一直到茶水撤走才停了下来。这时，康威平静地说："现在，回到我们刚才的话题，您可以继续接着讲吗？我们刚才谈到那个……我想起来了，那个极为重要不能更改的规定，是吗？"

"你猜得很对，我的孩子。"

"也就是说，我们必须永远留在这里？"

"我想，用你们英语中精彩的成语表述更为贴切，'永在此地'。"

"让我百思不解的是，这个世界上有那么多人，怎么会选中我们四个呢？"

大师又恢复了原先的态度，而且更加骄傲自负，他说："这可是个非常复杂的故事，如果你想了解的话。你知道，我们一直有意地保持人数的相对平衡，尽可能不断地补充新的成员——先不说别的理由，光是能够拥有这么多代表不同年龄、不同时期的人就已经是很让人高兴的事了。遗憾的是自从第一次世界大战和俄国十月革命爆发以来，到西藏旅行和探险的活动几乎已经全部停了。我们的最后一个到访者是日本人，他于1912年来到这里。坦率地说，他不是对我们很有价值的人。你知道，亲爱的康威，我们并不是骗子，但我们无法保证每次都会成功：有些人来到这里，但这里对他并没有任何有益之处；有些人只是活到一般人们所说的高寿时便死于一些小病小痛。一般来说，藏族由于比较习惯在高海拔地区的气候和环境条件下生活，他们不像外来的那些人那样敏感。再加上他们都非常有魅力，所以我们接纳了很多藏人，不过我怀疑他们当中活过一百岁的人不会太多。汉族稍好一点，但是我们已经接受了很多了。毫无疑问，我们的最佳目标，是欧洲的日耳曼人和拉丁人，也许美国人也一样有较强的适应性。幸运的是我们终于在你和你的同伴中找到了你们国家的人。再回到你的问题上，正如我一直解释的，我们已经差不多有二十年没有迎接新成员了，这段时

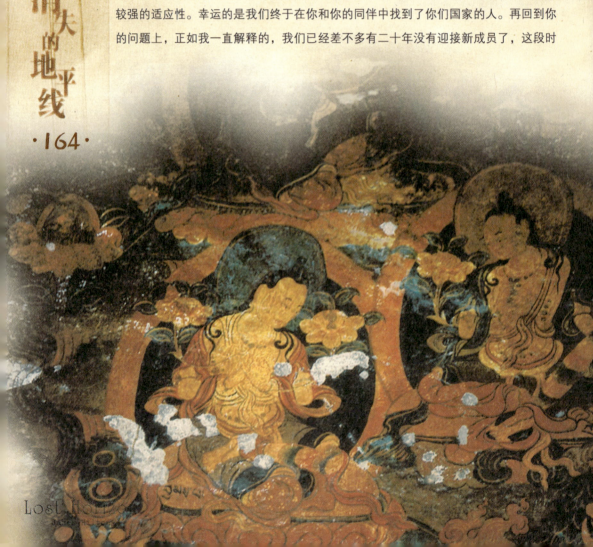

期我们中又有一些人相继去世。山谷的人员问题开始浮出水面。几年前，我们中的一个成员提出了一个很有创意的想法。他是我们山谷中土生土长的年轻人，绝对值得信赖，完全赞同我们的目标。他像山谷里所有的人一样，由于地域的原因无法得到远方来客那样幸运的机会。他建议由他离开山谷，设法到附近的国家，用以前从来没有用过的方法带回我们需要的人。从许多方面来看这都是一次很富创新意义的计划。经过慎重考虑，我们同意了这个计划。我们也得跟上时代，即使是在香格里拉。"

"您的意思是说，他是被派出去用飞机运送一些人进山谷里来的？"

"是的，你知道，他是一个很有天分、足智多谋的青年，我们都非常信任他。这个计划是他的主意，我们也让他自由地去实施。他所有的计划中我们明确知道的是他计划中的第一步：到美国的飞行学校学习飞行。"

"可是他到底是怎样做到后来这一切的呢？这些事情都是非常偶然的，而那架飞机也是碰巧在巴斯库的……"

"的确如此，我亲爱的康威，很多事情都很偶然，可是它发生了，而塔鲁又正在寻找这样的机会。即使这次没有找到，但一两年内他也会找到其他机会的。当然，也可能什么机会也没有。我承认，当哨兵传来他已经降落在高原上的消息时，我非常吃惊。航空技术的发展实在是非常迅速，我一直认为要制造出这种飞越群山的民用飞机还需要很长一段时间。"

·165·

"那可不是一架普通的飞机，它是专门为山区飞行而制造的。"

"又是一个巧合？我们这位年轻的朋友运气的确非常不错，可惜我再也不能和他谈论这件事了，我们都为他的死而悲伤。你会很喜欢他的，康威。"

康威轻轻地点了点头，他觉得很有可能。沉默了一会儿之后，他说："可这整件事情到底有什么意义？"

"我的孩子，你能这样问我非常高兴。在我漫长的人生历程中，还从来没有人用这么平静的语气跟我提问。每当揭开事情的真相时，所有你能想像到的态度我都可能会碰到，生气、忧伤、狂怒、怀疑、歇斯底里……除了今天晚上，还从来没有人如此感兴趣地谈论这一切。这是我最欢迎的态度，今天你只是感兴趣，以后你会关心，最终有可能你会把这当做一种使命。"

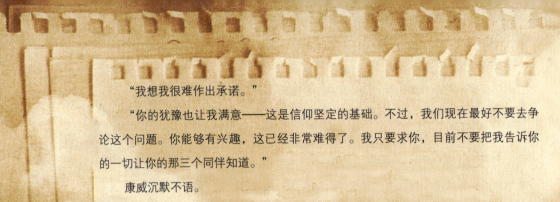

"我想我很难作出承诺。"

"你的犹豫也让我满意——这是信仰坚定的基础。不过，我们现在最好不要去争论这个问题。你能够有兴趣，这已经非常难得了。我只要求你，目前不要把我告诉你的一切让你的那三个同伴知道。"

康威沉默不语。

"总有一天他们会知道的，像你一样。但是由于他们自身的原因，这个时刻还是来得晚一点要好。我相信你会很明智地处理这件事情的，所以我并不要求你作出承诺，我相信你会做得很好……现在，让我为你勾勒一张令人满意的图画。按照人们的标准，现在你仍然算是一个年轻人。你的生活就像人们所说的一样，生活就在你的面前。在正常情况下，你将会在二十到三十年内逐渐衰老。这倒并不是就意味着前程惨淡，但这是一段灰暗、郁闷又狂躁的日子，也许你的看法和我的有所不同。你生命中的第一个二十五年年，显然是生活在懵懵懂懂中；而最后的二十五年，自然也将生活在衰老这种

字典中"香格里拉"（Shangri—la）一词解释为一个田园牧歌式的世外桃源，纯净的雪山，碧绿的草场，人们住在森林的边缘，面对这一切你找到心中的香格里拉了吗？

消失的地平线

Lost Horizon
James Hilton

更加黯淡的阴影之下；

而在这两个阶段之间，能够照亮

你的人生的阳光却是少之又少。不

过，你可能命中注定要比别人幸运，因为

按照香格里拉的标准，你最美好的岁月几乎还没有开始呢。这是完全可能的。
而且在今后的几十年，你也不会比现在老。你会像亨舍尔那样，青春常驻。但是这仅仅
只是表面现象而已。然后你会像其他人那样慢慢衰老，但是衰老的速度会非常地缓慢，
而且你将会达到一种无限宽广的境界。到了八十岁你还可以像年轻人一样去翻越峡谷，
可是到了这个岁数的两倍时，你就不要再指望这个奇迹还会继续下去。我们不是奇迹的
创造者，我们无法征服死亡，甚至面对衰老我们都能无为力。我们所要做的，或有时能
够做到的，仅仅是延缓生命衰老的速度。我们用一些在这儿非常简单而在别处绝无可能
的手段来达到目的。但毫无疑问，生命的落幕仍是我们每一个人难以逃脱的宿命。

　　"然而我为你描绘的人生还有另一种诱人的前景——你可以在宁静悠远的心
境中静静凝视落日的余晖，而外面世界的人们却只会听到丧钟正在为他们而鸣，根
本无法顾及夕阳之美。在周而复始的岁月中，你将会从情欲的享乐中升华到节制简朴

却同样满足的境地。你的情欲和食欲会渐渐消失，但你会得到平静、了悟、成熟、智慧以及清晰无比的记忆力。而尤为珍贵的是，你将会拥有时间——你们西方人苦苦追求的、世间罕见的最美好的东西。你会有充裕的时间阅读，而不必再一目十行地浏览，更不用因为担心浪费时间而回避对某些问题的研究。你有很高的音乐修养，而我们这里的乐谱和乐器，可以为你安宁、充实的生活带来最美好的精神享受。还有，我们觉得你的人缘很好——你的这种魅力能够让你……"大师的声音暂时停顿了下来，但是康威并不想去借机提问。

"亲爱的康威，你不想发表一点意见吗？请原谅我的长篇大论——我属于那种从不把雄辩看作缺点的年龄和民族。也许你牵挂着在外面世界的妻子、父母和孩子？也许你有着建功立业的雄心壮志？请相信我，可能刚开始的时候这种痛苦非常强烈，但是十年以后，你的内心一定会像平静的湖水不会泛起一丝涟漪。但是，如果我没有看错的话，你没有这种悲伤。"

康威被他准确无误的判断吓了一跳。"的确如此，"他答道，"我没有结婚，没有特别亲密的朋友，也没有什么宏伟抱负。"

"没有宏伟抱负？那么你是怎样从世间那些四处蔓延的歪风邪气中挣脱出来的？"

康威第一次感到自己确实在参与交谈。他说："我经常觉得在我的职业生涯中，大量成功的机会与我擦身而过，虽然这些机会可能超出我的能力，但它们确实无法让

人满足，我在领事馆干的工作并不是很重要，但是已经足够我去做了。"

"你并没有全身心地投入到工作上面，是吗？"

"别说全身心，我连一半的精力都没有花在那上面。我生性懒散。"

最高喇嘛的皱纹更深了，它们似乎重叠在了一起，过了好一会儿，康威才意识到他很可能是在笑。"在干蠢事时偷懒是一种伟大的美德，"他低声说道，"无论如何你都很难发现我们对这种事的严格标准。我相信张先生已经给你们讲过我们的适度原则，其中的一条就是我们始终要适度地行动。比如说我自己，我已经掌握了十种语言，而如果我毫无节制，十种就会变为二十种。但是我没有这样。在其他方面也是如此。你会发现我们既不放纵自己也不禁止欲望。当我们到了合适的年龄，我们会很高兴地享受食欲。对于年轻弟子们的欲望，山谷里的女人们也乐意用适度原则来对待她们的贞洁。所有的事情我们都考虑得非常周密，我相信你不用费多大功夫就能适应我们这里的生活。张先生对你非常赏识——经过这次会面后，我也同他一样持相同的看法。我必须承认，你身上有一种奇怪的品质，这是以前的任何一个来访者身上都不具备的。你既不是玩世不恭，也不是消极厌世，也许有一点幻想破灭，但是你的思维却异常清晰。我从来未曾预料到会在一个比我小一个多世纪的年轻人身上看到这种品质。这种品质，如果让我用一个词来概括，那就是'缺乏激情'。"

康威回答说："显然，您的概括非常到位。我不知道你们是不是都要把来到这里的人进行分类识别，如果真是这样的话，你可以给我标上'1914年－1918年'的标签。我认为我会成为你们博物馆中绝无仅有的古董——和我一起来这里的另外三个同

"整个开垦过的土地由宽变窄一直延伸到几十里远……"

伴就不属于这一类别。在我跟您提到的那些年中，我耗尽了大部分的激情和精力。我很少和别人讲这些，我只希望在这个世界上我能够自由自在，没有烦恼。这个地方有一种难以言说的宁静和魅力，它们深深地打动了我。正如刚才你所说的，毫无疑问，我会适应这里所有的一切。"

"这些就是你想说的吗？我的孩子？"

"不，我希望自己能够很好地适应你的适度原则。"

"你非常聪明，正如张先生所说，你很睿智。但是，难道你对我描绘的前景没有产生一点奇妙的想法吗？"

康威沉默了片刻，然后回答说："我对您讲的过去的故事印象非常深刻，坦率地说，您描绘的美好前景也很吸引我，但是这种感觉实在很抽象，我看不到那么远。如果说让我明天、下个星期或者是明年必须离开香格里拉，我肯定会感到无限遗憾。可是要说我对自己能够活到一百岁这件事有什么感受，我想，我能直面它，同面对未来将要经历的所有事情一样。但是要让我对活到一百岁产生一种渴望的心情，还需要给我一个理由。我常常怀疑生命是不是真的有意义，如果生命并无意义，那么这样长的寿命又有什么意义。"

"我的朋友，这座建筑既有佛教的传统又有基督教的特点，是完全可以信赖的。"

"也许是吧，但是我仍然无法理解人们向往长寿的原因。"

"有一个非常明确的理由，那就是人们之所以选择远离尘嚣在此地生活的理由。我们并不相信那些无用的实验和纯粹的胡思乱想。我们有自己的梦幻。这种梦幻第一次出现是在1789年，当时年迈的佩劳尔特奄奄一息地躺在这间屋子里等待死亡。在梦境中他回顾了自己漫长的人生经历，就像我跟你讲过的一样，他感觉似乎所有最美好的事物都是那么难以把握，稍纵即逝，而战争、贪欲和野蛮的暴行时时都在摧毁着这些美好的东西，总有一天它们会被毁得一干二净。他曾经亲眼目睹过的那些情景又一幕幕浮现在他的脑海中：那些强盛的国家，不是依靠智慧而是采取疯狂掠夺的手段不断壮大，这一切必将使国家走向毁灭；机械的威力在不断膨胀，已经到了随便一个全副武装的人就足以抵挡整个路易十四军队的地步。他预感到人们将会把大地和海洋都变成人类文明的废墟，然后他们就开始开发太空……你能说他的幻觉不真实吗？"

"非常真实。"

"但还不仅仅只是这些，他还预言将要那么一天，人类为杀人武器的进步欣喜若狂，这种技术会使全世界都狂热起来。人类的一切珍宝将要面临巨大的危险，书籍、艺术，所有和谐、美好的事物，两千多年来人类珍藏的精美的艺术瑰宝都会在瞬间被彻底毁灭。它们会像李维的著作那样散失殆尽，像被英国人洗劫过的北京圆明园那样所有东西荡然无存。"

"对此我也有同感。"

"理性的人类反对机械文明的理由是什么呢？相信我，老佩劳尔特的幻觉即将成为现实。我的孩子，这就是为什么我会在这里的原因，这就是你为什么在这里的原因，这就是为什么我们从四面八方来到这里希望能够摆脱毁灭、祈求永生的原因。"

"摆脱毁灭，获得永生？"

"是的。在你有我这个年纪之前，一切都会降临。"

"您认为香格里拉可以摆脱毁灭的命运吗？"

"可能吧！我们并不指望施舍和怜悯，可是我们可能会因为他们的忽略还剩下一线的生机。在这里，我们将与我们的书籍、音乐和思考为伴，保存走向衰落的文明精华，当人们的激情消耗殆尽需要智慧和平静时，我们会把我们为人类保存的遗产流传给后代。让我们努力去

争取直到那一天来临。”

“然后呢？”

“然后，我的孩子，当强权们相互毁灭的时候，基督教的伦理精神最终会大放异彩，然后那些谦恭忍让的人们将会继承这个世界。”

这种强调的语气出现在最高喇嘛低低的叙述中，康威不禁被这美妙的语句深深折服。他再次感到四周无边无际的黑暗向他袭来，就像外面世界正在酝酿着的那场即将来临的大风暴。他看到这位香格里拉的最高喇嘛情绪异常激动，他从他的座位上笔直地站了起来，如同一个若隐若现的神灵。康威本能地想过去搀扶他，可突然之间，一种深深的情感强烈地撞击着他，他做出了一个他从未做过的举动：他跪了下来，他也说不出是为了什么。

“我理解你，神父。”他说。

他不知道自己是怎样离开的。他长久地沉浸在一种梦幻般的感觉之中，这是他盼望了很久已经不抱幻想的时候出现的希望。他隐隐记得楼上的房间是温热干燥的，而到外面后，深夜的空气特别地寒冷。他还记得张先生又静悄悄地出现在了他的面前，他们一起穿过月光朦胧的庭院。香格里拉的迷人魅力还从来没有如此集中地展现在他面前过。蓝月亮山谷静静地依偎在山崖的怀抱中，就像是一个深邃宁静的湖泊，如此协调地与自己平和的心境融为了一体。此刻，康威已是心静如水。这漫长的谈话涉及内容如此广泛，已经再没有给他留下什么值得填补的空间。无论是对他的情感还是他的精神，这种融合都让他感到满足，疑虑全消。张先生没有说话，他也没有。夜已经很深了，所有人都已经酣然入睡。

在香格里拉地区众多的寺院中都绘有浓郁密宗气息的佛教壁画，其藏传佛教特征明显。这些绘画形象刚毅威严，造型奇诡，设色鲜宽，对比十分强烈。其间无不透露出神的超人能力，由此可以看出当地人对信仰的高度崇拜。

·173·

第九章

第二天早晨，康威仍然觉得有些恍惚，不能确定昨天晚上的奇遇究竟是自己的梦境还是真实的所见。

渐渐地，他回忆起了昨晚的一幕幕场景。当他出现在餐桌前的时候，他的同伴们像连珠炮似的向他提出了一连串的问题："昨天晚上你和他们的老板一定谈了很长时间。我们一直在等你，但是很晚了你还没有回来。他是个什么样的人？"伯纳得率先问道。

"他提起送货人的事了吗？"曼宁森迫不及待地问道。

"我希望你已经和他谈了在这里建立传教机构的事。"布林科洛小姐说。

接二连三的提问让康威本能地产生了一种戒备心，不过他马上就放松了。"恐怕我让各位都感到失望了，"他回答道，脑海中闪现出昨夜见面的一幕幕情景，"我们没有谈传教的事情，也没有谈送货人的事儿，至于他的外貌，我只能说他是一个非常高寿的老人，能够讲地道的英语，非常的睿智。"

曼宁森恼怒地打断了他的话："对我们来说最重要的是他是否值得信任。你觉得他会让我们离开这里吗？"

"他并没有给我留下不好的印象。"

"那你为什么不跟他谈谈送货人的事？"

"当时没有想起来。"

曼宁森满脸狐疑地看着他："康威，我觉得我都不认识你了。你在巴斯库事件中是如此的精明能干，而现在的你和从前完全判若两人。"

"非常抱歉。"

"不必说抱歉。你应该振作起来，想想我们身边到底发生了什么？"

"我想你误会了。我的意思是我很抱歉让大家感到失望了。"

康威的声音有些粗暴，他想借此掩饰自己内心复杂的情绪。他的样子让他的同伴们难以琢磨。连他自己都感到惊奇，他如此轻而易举地按照最高喇嘛的要求保守了秘密，他的同伴一定把他看做是一个叛徒，而他竟然能够坦然接受。这就像曼宁森所说的那样，这种行为与他过去的英雄形象可谓大相径庭。霎时间，他的心里充满了对这个年轻人的爱怜之情。但是他马上又硬起心肠告诫自己：所有崇拜英雄的人都必将经历幻灭的打击。在巴斯库，曼宁森还是个初出茅庐的孩子，把他当英雄一样崇拜。现在自己这个偶像在他的心目中已经摇摇欲坠了。尽管偶像是虚无飘渺的，但是幻想的破灭却总会令人感到悲伤。不过曼宁森的崇拜还是舒缓了他为了掩饰自己而绷紧的神经。只是这样隐瞒下去也不是办法。也许是因为海拔的原因，香格里拉的空气是如此的纯净，没有一丝杂质，任何虚假的行为在这里都将无所遁形。

·175·

康威说："曼宁森，不要再提巴斯库的事了。我的确和那时候不一样了，而我们的处境也和之前完全不同了。"

曼宁森回答道："在我看来，那是一个更为正常的环境，至少我们知道应该反对什么。"

"确切地说，那是屠杀和浩劫，而你竟然说那是一个更为正常的环境！"

曼宁森提高声音驳斥道："从某种角度上来说，的确是更加正常。我宁可面对杀戮和浩劫，也不愿意整天神神秘秘，鬼鬼祟祟。"突然他没头没脑地加了一句："像那个中国女孩儿，她是怎么到这里的，那家伙没告诉你吗？"

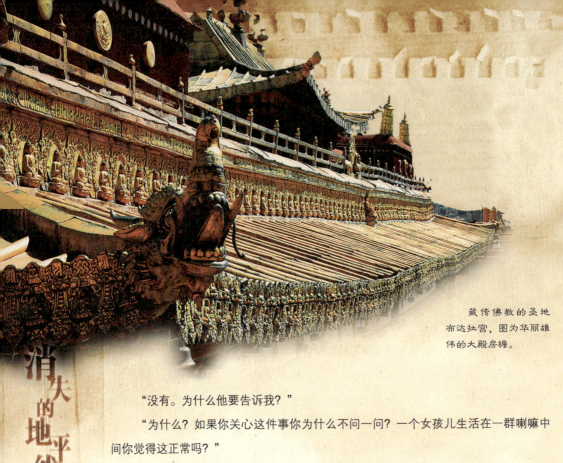

藏传佛教的圣地
布达拉宫，图为华丽雄
伟的大殿房檐。

"没有。为什么他要告诉我？"

"为什么？如果你关心这件事你为什么不问一问？一个女孩儿生活在一群喇嘛中间你觉得这正常吗？"

康威没有想到他会这样看待这件事，"这是一座与众不同的寺院。"他沉思了片刻，给出了一个最好的回答。

"上帝！的确如此！"

接下来是一阵沉默。显而易见，争论已经告一段落。对康威来说，去追究洛珍的来历并没有多少的意义，这个满族小女孩静静地存在于他脑海中的某一个角落，他甚至意识不到她的存在。当他们谈论这个满族少女时，连吃早餐都在研究藏语语法的布林科洛小姐突然抬起头，说女孩和喇嘛的话题使她想起了那些关于印度寺庙的风流韵事，这些故事由男传教士告诉他们的妻子，他们的妻子又告诉了自己未婚的女伴们。"当然，"她紧紧地抿着嘴唇说，"这个地方道德败坏——我们应该预料到的。"她转过头去看着伯纳得，似乎想得到他的支持。伯纳得咧嘴一笑，"我并不认为你的道德观念和我的一样，"他的语调不带一点感情色彩，"但我认为争吵并没有什么好处。既然我们还要在这里停留一段时间，就让我们都控制一下自己的脾气，让自己过得更舒服一些吧。"

康威认为这不失为一个好提议。但是曼宁森仍然不甘心，他意味深长地对伯纳得说："我相信你已经找到了比达特摩更舒服的地方了。"

"达特摩？哦，你们的那个大的监狱——我明白你的意思。是啊，我从来不羡慕住在监狱里的人，也不在意你用这种方式挖苦我。脸皮厚心肠软，我就是这么一个人。"

　　康威赞赏地看了伯纳得一眼，然后责备地看着曼宁森。突然之间他觉得，他们就像舞台上两个不明就里的表演者，只有他一个人知道真正内幕，而这个内幕又不能告诉他们。这种难以名状的心情使得他想独自清净一下，于是他跟他们点了点头，便走到了院子中。他抬头仰望着卡拉卡尔山，心中的疑虑和不安渐渐淡去，一种全新的认同感油然而生，这种感觉完全驱散了他对三位伙伴的歉疚之心。刹那间他豁然开朗：有时候，你越想弄清事情的真相，真相就越发地扑朔迷离。在这种情况下，你只有承认事情本来就该这样，因为不管是惊讶还是奇怪，对自己和同伴都无济于事。正因为这样，他处变不惊的性格在香格里拉得到了充分的体现，他在战乱时期练就的沉着冷静让他感到非常满意。

　　他需要冷静。只有冷静才能让他适应那不得不接受的双重生活。从此以后，一方面，他必须和他那些流落异乡的同伴一起，期待着有朝一日能同那些送货人一起离开这里返回印度。另一方面，他全新生活的大幕刚刚被拉起，时间在延伸，而空间在缩小。"蓝月亮"这个名字极具象征意义，似乎在未来的时光中，一旦有一些微妙的事情发生，只有在蓝色月亮中才能体会其中的奥妙神奇。有时候他也会感到困惑，这两种生活到底哪一

布达拉宫建筑群。

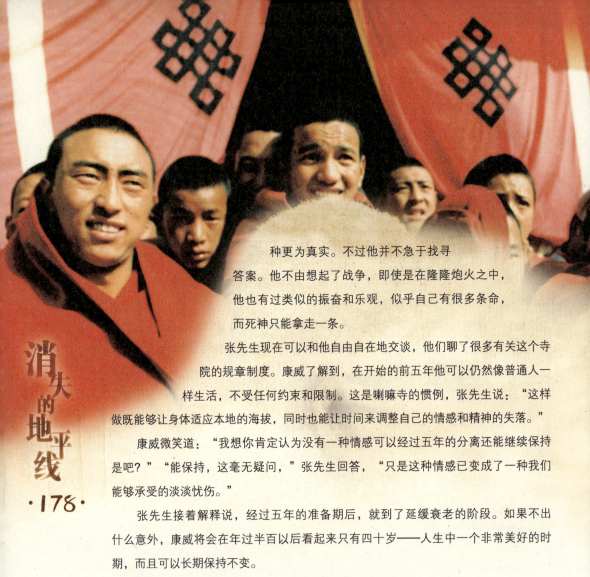

种更为真实。不过他并不急于找寻

答案。他不由想起了战争，即使是在隆隆炮火之中，

他也有过类似的振奋和乐观，似乎自己有很多条命，

而死神只能拿走一条。

张先生现在可以和他自由自在地交谈，他们聊了很多有关这个寺院的规章制度。康威了解到，在开始的前五年他可以仍然像普通人一样生活，不受任何约束和限制。这是喇嘛寺的惯例，张先生说："这样做既能够让身体适应本地的海拔，同时也能让时间来调整自己的情感和精神的失落。"

康威微笑道："我想你肯定认为没有一种情感可以经过五年的分离还能继续保持是吧？""能保持，这毫无疑问，"张先生回答，"只是这种情感已变成了一种我们能够承受的淡淡忧伤。"

张先生接着解释说，经过五年的准备期后，就到了延缓衰老的阶段。如果不出什么意外，康威将会在年过半百以后看起来只有四十岁——人生中一个非常美好的时期，而且可以长期保持不变。

"那你呢？"康威问道，"你是如何达到现在这样的状态的？"

"啊，亲爱的先生，我很幸运，我很年轻就来到了这里，那时我只有22岁。你可能根本想不到，那时我是一个军人，1855年我带领军队剿匪，在执行侦察任务时我们在丛岭中迷了路，在严酷的气候环境中，我的一百多个部下只有七个幸存下来，我被带到香格里拉时已经奄奄一息，幸好年轻体壮，我才得以活了下来。"

"22岁，"康威重复着，心中默默计算，"那么说你现在已经97岁了？"

"是啊！只要寺院许可，我就可以皈依了。"

"我明白了，你到一百岁就可以皈依。"

"不，我们没有固定的年龄限制，只是人们一般都会认为一百岁是一个所有的欲望和杂念都已经消除的年纪。"

"我也这样认为。那之后呢？你还需要等多长时间？"

"我希望成为一个喇嘛，而香格里拉为实现这个愿望提供了可能。这段时间也许只需要几年，也许会是下个世纪甚至更长。"

康威点了点头，说道："我不知道是否应该向你表示祝贺——你似乎获得了两个世界里最美好的东西：你渡过了漫长而愉快的青春岁月，而一个悠长而幸福的晚年就在你的面前。你是什么时候开始变老的呢？"

"70岁以后，一般都是这样。不过我看起来仍然比实际年龄要年轻。"

"确实如此。如果你现在离开山谷会怎么样呢？"

"死亡。即使能够再多活几天也不过是苟延残喘。"

"那么说这里的环境是永葆青春的关键所在喽。"

"只有一个蓝月亮山谷，还想再找到一个蓝月亮山谷的人对大自然也太过苛求了。"

"那么，如果你早些年就离开了山谷又会怎么样呢？比如说三十年前，也就是你还处于青春年华被延长的时期。"

张先生回答道："也许那时我就已经死了。不管怎么说，我会很快变得和实际年龄一样苍老。几年前我们这里就发生过这种奇特的事，这种事之前也发生过。我们的一个成员出山谷去迎接一队据说马上就要到达的队伍，他是个俄国人，早年来到这里，修行很好，将近80岁的时候看起来却不到40岁。如果他在一个礼拜内回来是不会发生什么变化的，可不幸的是，他被一个游牧部落的人抓到很远的地方囚禁起来。我们以为他出了意外迷了路。三个月后他逃回了蓝月亮山谷，可他已经完全变成了另外一个人，岁月的痕迹都刻在他的脸上，反映在他的举止上，很快他就去世了，同所有的老人一样。"

康威沉默了很久没有说话。他们是在图书馆进行这番谈话的，康威久久地盯着窗外那条通往外面世界的小道，一片白云缓缓飘过山脊。"真是一个残酷的故事，张先生，"他终于说道，"他给人的感觉是时间就像被阻拦的魔

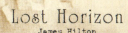

鬼，守候在山谷外面，随时准备扑向那些已经躲避了他很长时间的懒鬼。"

"懒鬼？"张先生疑惑地问，他的英语水平很好，但是对一些俚语还是比较陌生。

康威解释说："'懒鬼'是俚语，指的是无所事事的人，当然，用在这里不够严谨。"

张先生躬了躬身子表示感谢。他对语言有着浓厚的兴趣，尤其喜欢探究一些富有哲理性的新词。"值得探究，"张先生停顿了一下说，"你们英国人把慵懒看做是一种恶习，而我们恰恰相反，我们喜欢闲散的生活，不喜欢紧张的节奏。这个世界还不够紧张吗，如果'懒鬼'更多一些不是更好吗？"

"我同意你的意见。"康威用一种惹人发笑的神情严肃地回答。

在同最高喇嘛见面后一个星期左右的时间里，康威见到了几个他未来的同伴。张先生给他们做了介绍，既不热切也不勉强。康威感到了一种全新的、非常具有吸引力的氛围，在这样的氛围里，没有令人窒息的喧嚣，也没有令人厌倦的拖沓。"有些喇嘛可能在很长一段时间内不会和你会面——也许要好几年，但也不必奇怪，等到他们准备好了自然会与你见面的。他们不急于与你结识并不说明他们不愿意与你结识。"过去康威到外国领事馆拜会新到任的官员时也常有类似的感觉，所以他很能理解。

不过，他确实见到了一些人，会面非常成功，和这些比他年长三倍的人交谈他举止自如，根本没有在伦敦和德里感受到的那种被动接受的窘迫。他见到的第一个人叫梅斯特，是一个的和蔼可亲的德国人。梅斯特是一个探险队的幸存者，19世纪80年代来到了喇嘛寺。他的英语讲得很好，带着一点德国口音。大约两天后，他被引见给第二个人——阿尔方斯·布瑞克，一位矮小结实的法国人，看上去并不老，可是他声称自己是肖邦的学生。康威觉得他和那位德国人都很好相处。他下意识地进行分析，特别是经过几次深入的交谈之后，他得出了一个大致的结论：他见过的这些喇嘛虽然各有不同，但是他们都有一个共性，就是"青春永驻"。这些喇嘛都有沉着冷静的智慧，在他们全面而睿智的观点中这种智慧随处可见。与他们交谈时，康威总能做出准确的回应，

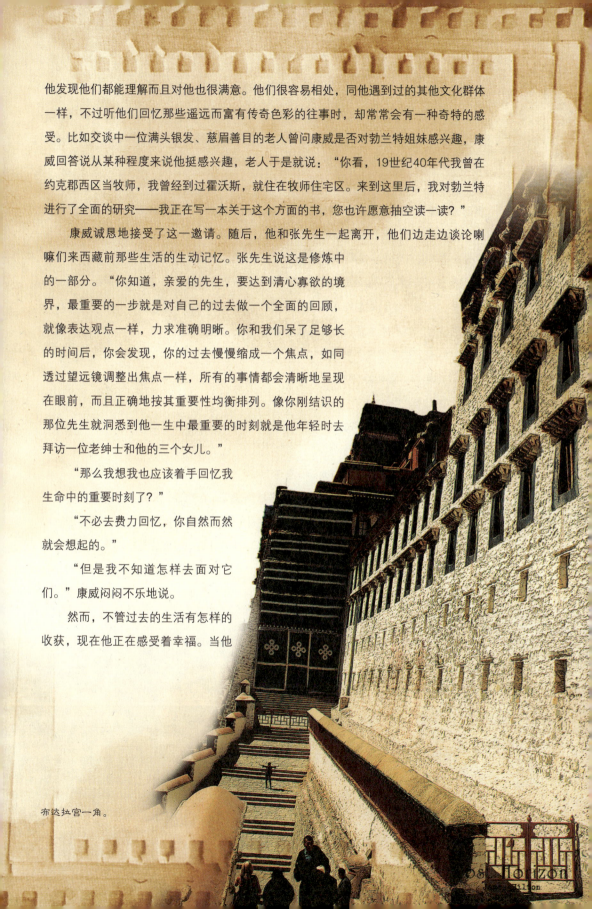

他发现他们都能理解而且对他也很满意。他们很容易相处，同他遇到过的其他文化群体一样，不过听他们回忆那些遥远而富有传奇色彩的往事时，却常常会有一种奇特的感受。比如交谈中一位满头银发、慈眉善目的老人曾问康威是否对勃兰特姐妹感兴趣，康威回答说从某种程度来说他挺感兴趣，老人于是就说："你看，19世纪40年代我曾在约克郡西区当牧师，我曾经到过霍沃斯，就住在牧师住宅区。来到这里后，我对勃兰特进行了全面的研究——我正在写一本关于这个方面的书，您也许愿意抽空读一读？"

康威诚恳地接受了这一邀请。随后，他和张先生一起离开，他们边走边谈论喇嘛们来西藏前那些生活的生动记忆。张先生说这是修炼中的一部分。"你知道，亲爱的先生，要达到清心寡欲的境界，最重要的一步就是对自己的过去做一个全面的回顾，就像表达观点一样，力求准确明晰。你和我们呆了足够长的时间后，你会发现，你的过去慢慢缩成一个焦点，如同透过望远镜调整出焦点一样，所有的事情都会清晰地呈现在眼前，而且正确地按其重要性均衡排列。像你刚结识的那位先生就洞悉到他一生中最重要的时刻就是他年轻时去拜访一位老绅士和他的三个女儿。"

"那么我想我也应该着手回忆我生命中的重要时刻了？"

"不必去费力回忆，你自然而然就会想起的。"

"但是我不知道怎样去面对它们。"康威闷闷不乐地说。

然而，不管过去的生活有怎样的收获，现在他正在感受着幸福。当他

布达拉宫一角。

坐在图书室里阅读时，当他在音乐房弹奏莫扎特的作品时，他常常会沉浸在一种神圣的情感之中，仿佛香格里拉就是生活的精华，从岁月的魔法中提炼而得、在时间与死亡的角逐中奇迹般地保存下来的精华。这种时候，他与最高喇嘛谈话的情景总会浮现在他的脑海，他感受到他的冷静和睿智渗透在每一次交流之中，无数次地回荡在耳际，打消你内心的疑虑。所以当洛珍弹奏深奥难懂的赋格曲时，他会在一旁静静地聆听，她微笑的嘴唇如同盛开的鲜花，康威很好奇这若有若无的微笑背后究竟隐藏着什么。洛珍的话很少，尽管现在她已经知道康威会讲她的语言。对偶尔也会来一下音乐室的曼宁森，她几乎是一言不发，但是康威能够感受到她在沉默无言中展现出的完美魅力。

他曾经问过张先生她的经历，了解到她出身于满清皇室。"她被许配给一个土耳其王子，在前往喀什葛尔与王子见面的途中，轿夫们在山中迷了路，要不是遇上我们外出的使者，他们的全部人马都必死无疑。"

"这事发生在什么时候？"

"1884年，那时她18岁。"

"才18岁？"

张先生点了点头："是的，她修炼得非常成功，这点你可以看得出来，她的进展也非常好。"

"她刚到这里时，是怎样对待这些事情的？"

"她可能比一般人更不能接受——虽然她没有直接抗拒，但是我们知道她痛苦了很长一段时间。这确实是很少见的事——拦截一位出嫁途中的新娘子……我们都迫切地希望她能够在这里感到快乐。"张先生温和地笑了笑，"爱的激情不会轻易消退，

不过，五年的时间已足够调整感情的失落。"

"我想她一定很爱她要嫁的那个人？"

"很难说，亲爱的先生，因为她从来没有见过他，他们的风俗就是这样。这种爱的激情并没有具体到某一个人。"

康威点了点头，对洛珍充满了怜惜之情。他的脑海中浮现出半个世纪前的图景：高贵美丽的洛珍坐在装饰华美的花轿里，轿夫们抬着花轿艰难地在高原跋涉，她的眼睛四下顾盼，在肆虐的狂风中寻找地平线。对于看惯了东方园林和荷花池的她，眼前这一切是多么地粗糙荒凉，不堪入目。想到这精致的人儿竟然被困在这里这么多年，他忍不住叹了口气："可怜的姑娘！"对她过去的了解得使得他对她的文静和沉默充满了爱怜。她就像一个冰冷而优美的花瓶，虽然未经雕琢，仍然光芒四射。

当布瑞克同他谈论肖邦，当他弹奏起那些熟悉的不朽旋律时，康威也同样感到了满足，虽然没有达到心醉神迷的地步。这个法国人知道几首肖邦从未发表过的作品，当他把乐谱写下来时，康威也全身心地投入到这美妙的时光中，并把所有的乐谱都记了下来。想到卡托特和帕克曼都没有这样的幸运，他心中涌起一种幸福的满足。布瑞克还回忆起一些可能是被肖邦删除或者即兴加上的片断，这些音符一旦映入脑海，他就随即把它们记录在纸上，其中一些片断还特别地明快动听。张先生解释说："布瑞克还没有皈依，所以他会比较多地谈论肖邦。年轻的喇嘛都比较专注于自己的过去。这也是面对未来所必经的一步。"

"年长的喇嘛的工作是什么呢？"

"像最高喇嘛，他将全部的身心都投入到冥思和修行中。"

康威沉思了片刻说："顺便问一下，你认为我什么时候能够再见到他？"

"肯定是第一个五年修行期结束的时候，先生。"

但是，张先生这充满自信的预言出现了偏差，在到达香格里拉不足一个月的时间，康威就第二次被召到那间闷热的屋子。张先生曾经告诉过他最高喇嘛从来不离开他的住所，暖热的环境是他生存必不可少的条件。因为有了思想准备，所以屋内空气的变化并没有令康威像上次那样感到窘迫。他鞠完躬，从那双深陷却有神的眼睛中看到了微弱回应。他松了一口气。他感到自己与这双眼睛背后的思想有一种默契，所以尽管他明白在第一次见面之后很

快就被第二次召见是一种前所未有的殊荣，但他并没有因为那里严肃庄重的气氛而感到紧张和拘束，对他来说年龄不像社会地位或者肤色那样让他感到困扰，他对人的好恶从来都不以年龄作为标准。他非常景仰最高喇嘛，但是不明白他们的关系为什么要如此地拘于礼节。

他们互致问候，康威礼貌地回答了最高喇嘛的提问，并说自己对这里的生活很满意而且交到了很多朋友。

"你没让你那三个同伴知道我们的秘密吧？"

"我一直守口如瓶。这让我时常感到尴尬，但是如果把事情告诉他们恐怕会更麻烦。"

"正如我所料，你已经尽力了。无论如何，尴尬只是暂时的。张先生说他觉得其中两个问题不大。"

"是的。"

鸟瞰小中甸，阡陌纵横，藏式土墙房点缀其间。

·185·

"那么第三个呢？"

"曼宁森是一个容易感情冲动的小伙子，他现在归心似箭。"康威说。"你喜欢他吗？"

"是的，非常喜欢。"

这时，茶送进来了。在品尝香茗的过程中，他们的谈话也变得比较轻松。这种绝妙的礼仪，让言辞沾染上缕缕清香。最高喇嘛问他香格里拉是否给他以独特的体验，在西方世界是否也能找到类似的地方，他微笑着答说："香格里拉让我想起了在牛津大学的美好时光，我曾在那里任教。牛津的风光没有这儿优美，研究的课题也不实用，即使那些最老的教授也没有您高寿，和所有人一样岁月在他们身上慢慢刻下印记。"

"你很幽默，亲爱的康威。"最高喇嘛说，"这样我们未来的日子将会非常愉快。"

第十章

　　"非常罕见"，当张先生听说康威又一次被最高喇嘛召见时惊异地说。对于张先生这种一向言辞缓和的人来说，这样的语气实在是非同寻常。他再三强调说自从喇嘛寺建院以来这一制度从来没有被打破过，新来的人只有经过五年的预备期淡化了背井离乡等世俗情感，才能得到最高喇嘛的第二次召见。"这是因为同新来的人谈话是非常辛苦的。在这里普通人那种纯粹的情感宣泄是不受欢迎的，对于他这样年纪的人来说，甚至是无法忍受的。我从来不曾怀疑过他在打破规则召见你这件事情上的智慧，我坚信这事给了我们一个极大的启示——我们这个群体那些固定不变的规则，仅仅是适度的固定不变。但是不管怎么说，这次召见确实是非常罕见的。"

　　对于康威来说，这事确实是非同寻常，但是在他第三次、第四次拜见了最高喇嘛后，他觉得这事其实也没有什么特殊的。有些事似乎是因缘注定，他们两在思想上是如此地接近。康威心中那若有若无的紧张情绪减少了许多。当他离开最高喇嘛的房间时，心中感到异常地平静。他常常会被最高喇嘛超凡的智慧深深打动。此时，那些精巧的淡蓝色茶杯上的幽幽茶香尚未散去，他的思维是如此地温和灵动，如同那些抽象的理论被融合成了一首优美的十四行诗。

他们的话题无所不及，毫无拘束。哲学的全部意义，悠悠历史带给他们的深刻反省，以及它所呈现出来的全新含义。对于康威来说，这是一种入门体验，但是他并没有因此掩饰自己的观点。有一次他为自己的观点据理力争，最高喇嘛回答说："我的孩子，你还那么年轻，但你的成熟和智慧已经远远超出了你的年龄，我相信你一定有着不同寻常的经历。"

康威笑道："和我的同龄人一样，并没有什么特别的经历。"

"我从来没有见过像你这样的人。"

过了一会儿，康威说："其实也没什么神秘，您看我有些老成是因为我很早就有过一些过于激烈的体验，在19岁到23岁期间我接受了高等教育，真是让我精疲力尽。"

"战争期间你很不幸吗？"

"不算很不幸。和很多人一样，我有时热血沸腾，有时却想一死了之；有时感到恐惧，有时轻率鲁莽，有时怒不可遏。我曾经酗酒、杀人、纵欲，这是一种自虐似的感情

宣泄。经历了这一切以后，只剩下无聊、烦躁的心境，给以后的生活蒙上了浓重的阴影。您不要以为我在假装可悲，其实我已经比较幸运了。不过，那就像到了一所糟糕的学校，只要你愿意总能找到许多乐趣，但却不时地会有一些精神折磨，所以并没有真正的快乐满足。这一点我想我比大多数人更清楚。"

"你的教育就这样继续下去吗？"

康威耸了耸肩回答说："也许'激情的枯竭就是智慧的开端'。"

"我的孩子，这正是香格里拉遵循的信条。"

"我知道。正因为这样香格里拉令我如回家般舒适自在。"

正如他所说，随着时间一天天逝去，像佩劳尔特、亨舍尔以及其他的喇嘛一样，康威的身体和内心感到了前所未有的满足，在香格里拉的神奇的魔力中，他深深地沉醉了。蓝月亮彻底征服了他：无法靠近的雪山是如此的纯净，闪耀着银色的光芒。从雪山顶峰到青翠的山谷，看上去就像一幅精美绝伦的画卷。婉转悠扬的古琴声从荷花

·189·

小中甸草原上的青稞架、牧羊人和羊群，还有丛丛缤纷的野花幻化出世外桃源的真正内涵。

池那边飘过来，古朴的旋律和这雄奇的景观交融在一起，显得如此地自然、和谐。

　　他发现自己已经悄悄爱上了那个满族女孩儿。他的爱没有要求，甚至不需要回报。这是一种心灵的奉献，是他情感世界中一种美好的回忆。在他看来，她就像那一切美好而脆弱的东西，她仪态万方的身姿，在琴弦上抚动的纤纤玉手，都让他感到温暖而亲近。有时他会用她能接受的方式表达自己的倾慕，如果她愿意，和她随意地聊聊天，但是她从来不表露自己内心隐秘的情感。康威也不希望捅破这层窗户纸。他突然领悟到：对于这块稀世珍宝，他有的是时间，足够将一切愿望都变成可能。在这种一切愿望都能得到满足的时间里，一切激情都会逐渐平息下来。一年之后甚至十年之后，仍然还有时间，这美好的憧憬让他非常愉悦。

　　除此之外，他还必须面对另一种生活：烦躁不安的曼宁森，热情洋溢的伯纳得，固执自负的布林科洛小姐。他觉得如果大家都能和他知道的一样多该有多好。同张先生一样，他也认为伯纳得和布林科洛小姐都不难说服，有一次伯纳得还说了句话把他给逗笑了："康威，这可是个适合居住的地方。起初我以为我会怀念报纸和电影的，但是现在我相信人可以适应任何的生存环境。"

　　"我也这样认为。"康威深表赞同。

　　后来他听说伯纳得曾经要张先生带他到山谷中"夜游"了一番，享受当地居民可以提供的娱乐消遣。曼宁森听说这事后，越发看不起他，"真是丢人，"他先对康威说，然后转向伯纳得说，"这与我无关，但是你需要充沛的体力来应付回去的路程。你应该清楚，送货人再过两个星期就到了，据我所知，我们的归程可不会轻松愉快。"

　　伯纳得平静地点了点头说："我知道路途不会轻松。至于体力，我觉得自己从来没有这样健康过。我每天都锻炼，这个我可不担心。再说山谷里的那些小店也不会让人醉到哪里去，你要知道，适度可是这里的信条。"

　　"是的，我毫不怀疑你已经寻找到适度的乐趣。"曼宁森刻薄地说。

"没错，我是找到了。这里的生活可以适合各种人的口味，有的人不就是喜欢上弹钢琴的小仙女了吗？你不能因为人们的不同喜好而责备他们。"

康威不动声色，曼宁森却像个小学生似的满脸通红，"如果他们觊觎别人的财产，就应该把他们送进监狱。"他愤怒地吼叫起来，怒不可遏。

"当然可以，如果能够抓到他们的话。"伯纳得温和地笑着说，"言归正传，现在我要跟大家说件事，我不准备和这批送货人走。他们来这里都很有规律，我打算在下一批或再下一批送货人来的时候再离开。但愿喇嘛们相信我有能力支付我的旅店费用。

"你的意思是不跟我们一起走？"

"是的，我决定再留一段时间。回家对你们来说多么美好，有乐队迎接你们回家，而等待我的只有警察，我越想越觉得不妙。"

"也就是说你害怕法律的制裁？"

"不管怎么说，我从来不喜欢被法律制裁。"

曼宁森冷冷地讽刺道："这是你的私事，就算你在这里呆上一辈子，也没有人会阻止你的。"随后他求助地看了看四周说："不是每个人都这么想的，每个人都会有不同的想法，是吧，康威？"

"的确如此，每个人都有不同的想法。"

曼宁森转向布林科洛小姐，她倏地放下手中的书说："坦率地说，我也想留在这里。"

"什么？"所有人都惊叫起来。

她挤出一个灿烂的微笑，说："你们知道，我一直在思索我们为什么会这么凑巧地来到这里，我只能得出一个结论，就是有一种神秘的力量在幕后操纵。康威先生，你觉得是这样吗？"

康威不知怎么回答才好。布林科洛小姐又急切地说："我怎么能质问上帝的意旨呢？主把我送到这里来肯定有一定的意图，我要留下来。"

"你的意思是想在这里传教，是吗？"

"不是想，是确实来做。我知道怎么处理和这些人的关系——我有自己的办法。大家不必担心，他们并非冥顽不化。"

"所以你打算向他们引介一些新观念？"

"是的，曼宁森先生。我非常反对他们的适度原则。你可以把它称为宽宏大量，但是在我看来这种原则导致了最为恶劣的散漫。这个地方的人的毛病就是所谓的宽宏

LOST HORIZON
James Hilton

大量，我打算竭尽全力与它斗争。"

"他们如此地宽宏大量，会和你斗争吗？"康威微笑道。

"她雄心勃勃，他们根本无法阻止她。"伯纳得笑着插了一句，"正如我所说，这里适合所有人的口味。"

"有这个可能，如果你碰巧喜欢监狱的话。"曼宁森愤愤地打断了他。

"可以从两个角度来看待关于监狱的这个问题。想一想那些沉溺于花天酒地中无法自拔的人，在监狱里的到底是他们还是我们呢？"

"自我安慰！"曼宁森的火气仍然很大。

事后曼宁森对康威说："这个家伙让我怒火中烧。" 他边说边在院子里来回踱步，"他不跟我们一起离开更好。你可能认为我太暴躁，可是一听他拿那满族女孩来挖苦我，我就无法容忍。"

康威拉住曼宁森的手，他越来越喜欢这个年轻人，这几个礼拜的相处更加深了这种感情，尽管这其中也有过争执。他说："我以为他说的是我而不是你。"

"不，我想他在说我。他知道我对那个女孩感兴趣。是的，我喜欢她。康威，我不知道她为什么会在这里，不知道她是不是真的喜欢这里。上帝，如果我也像你一样会讲她的语言，我一定要问个水落石出。"

"我觉得你很难做到，你知道，她同任何人都不会多说什么。"

"我不知道你为什么不向她询问一下。"

"我不太愿意打搅别人。"

他本来想再多说一点，但是心中隐隐的同情又使他无法开口，这个年轻人如此迫切又如此热烈，他会把事情看得太过认真。"如果我是你，我不会为洛珍担忧，"他说，"她已经非常快乐了。"

伯纳得和布林科洛小姐留下来的决定似乎对康威比较有利，但是也使得他和曼宁森处在了对立的位置。这种情况很特别，而康威也没有找到一个明确的解决办法。

幸好不需要做出决定。两个月过去了，什么事也没有发生。康威也为即将到来的时刻做好了准备。有无数理由让他对这无可回避的结局感到担心。他说："张先生，我很担心曼宁森这个年轻人，我怕他知道真相后会做出什么过激的举动。"

张先生同情地说："是啊，要让他把这当做好运可不容易。不过这个困难只是暂时的，二十年以后他会认同的。"

康威觉得这也太理论化了，"我不知道怎样才能让他了解真相，他每天都在计算送货人到达的日子，如果他们不来的话……"

"他们一定会来的。"

"是吗？我还以为关于送货人的一切都是你用来安慰我们的神话呢！"

"不是这样的。我们不会这样偏执，香格里拉的信条是适度的真实，我可以保证我所说过的送货人的情况基本上是真实的，他们会在我说的那个时间段到达。"

"那我们就很难阻止曼宁森和他们一起离开。"

"这个不用担心。到时候他会发现送货人根本不愿带任何人一起回去。"

"我明白了，这就是你们的办法。那以后该怎么办呢？"

"此后，亲爱的先生，经过一段失望之后，他又会——因为他年轻而且乐观——盼望下一批送货人的到来。再过九到十个月，他就会比较容易接受别人的劝导了。现在他心怀希望，我们最明智的办法就是不要打击他。"

康威尖锐地指出："我不相信他会这样屈从，他肯定会设法逃走。"

"逃走？一定得用这个词吗？通道随时向所有人开放，没有人把守，也根本没有必要，大自然本身就是一个天然的屏障。"

康威笑道："是的，我们得承认这里的自然环境真是绝妙极了，可是我并不认为所有的事情都可以依赖它。那些到过这里的探险队呢？他们不是也从这条通道离开了吗？"

张先生笑了："亲爱的先生，我们应该具体情况具体分析。"

"很对。你们还是允许那些傻到要逃走的人离开的，是吧？我相信还会有人这样做的。"

"这种事很常见，但是一般来说，逃走的人在外面呆上一夜后又会心甘情愿地回到这里。"

"是因为没有遮风挡雨的地方、没有足够合适的衣服吗？这么说，你们这种温和适度的方式和严厉强制有着同样的效果。那些极个别没有回来的人又怎么样了呢？"

"你已经知道答案了。"张先生说，"他们确实没有回来。"随后他语气急切地说，"我可以保证这种不幸很少发生，而且我相信你的朋友也不至于莽撞到去增加这个数字。"

他的回答并没有让康威觉得宽慰，他依然为曼宁森的未来感到忧

Lost Horizon
James Hilton

心。他希望这个年轻人能够被允许离开这里，这并不是绝无仅有的，飞行员塔鲁就是最近的例子。张先生也承认过香格里拉可以授权去干所有他们认为明智的事情。"就算我们明智，可是亲爱的先生，我们能够把我们的未来维系在你朋友的感激之情上吗？"

康威知道这个问题一针见血。以曼宁森的脾气，他到印度后会做出什么举动，这很令人怀疑。对于他的那些热门话题，他总是会夸大其辞。

不过这些凡尘俗念很快就被丰富而具有渗透力的香格里拉所取代。如果不为曼宁森担心，他将会多么地心满意足。这个全新的世界所展现的正是他心里所向往的，真是神奇。

一次他问张先生说："这里的人们是怎样看待爱情的呢？我想新来者有时也会陷入情网吧？"

"经常这样，"张先生宽容地笑着，"喇嘛们都有自制力，我们大多数人到了成熟的年龄也一样。但是在此之前我们和其他人一样，只是我们能够更理智地处理我们的行为。这正好让我有机会向你证实香格里拉热情好客的各方各面，你的朋友伯纳得已经体验过了。"

康威微微一笑，有些生硬地说："非常感谢，我相信他体验过了。但是我自己的愿望——起码现在还无法肯定，比起肉体的欲望我更渴望得到心灵和情感的回应。"

"你认为这两者很容易就能分开吗？你是爱上洛珍了吧？"

康威掩饰道："你怎么会这么问呢？"

"因为，亲爱的先生，就算爱上了她也是很正常的事——只要在适度的原则下。洛珍是不会回应任何人的爱慕的——这也许会让你感到失望——不过这种默默爱恋却是非常美好的。我可以肯定。因为我年轻时也爱上过她。"

"是吗？她的反应呢？"

"我曾经深深地迷恋于她的魅力，随着时间流逝收获了弥足珍贵的友谊。"

"也就是说，她没有任何回应。"

"是的，"张先生简洁地回答，"她总能用她的方式让她的爱慕者得到心灵的满足。"

康威笑道："对你来说这种方式非常合适，对我来说也

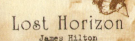

一样。只是像曼宁森这样的热情洋溢的年轻人呢？"

"亲爱的先生，如果曼宁森真的爱上她那就好了！这已经不是第一次发生这样的事了。我可以肯定，当他知道无法返回时洛珍会安慰他的。"

"安慰？"

"是的。你可能对这个词有些误解。洛珍对一切都漠不关心，能打动她的心的只有伤心绝望。莎士比亚是怎样描述克里奥佩特拉的？——'她满意哪里就在哪里制造饥渴。'在爱情的历程中这种情况非常常见，但这种女人只能存在于香格里拉之外。而洛珍呢，套用莎翁的那句话，就是'在她最不满意的地方也能驱散饥渴。'这可更是技高一筹啊！"

"她精于此道？"

"是的——我们有过很多这样的例子。她总能让那些烦躁的心灵平静下来，即使得不到她感情的回应也能体会到轻松愉快。"

"这么说，你们把她看做是一个训练机器喽？"

"你要这么想的话，我也没有办法。"张先生微微皱了一下眉头淡淡地说，"不过，把她比做玻璃上映照出来的彩虹或者鲜花上的露珠会更雅致一些。"

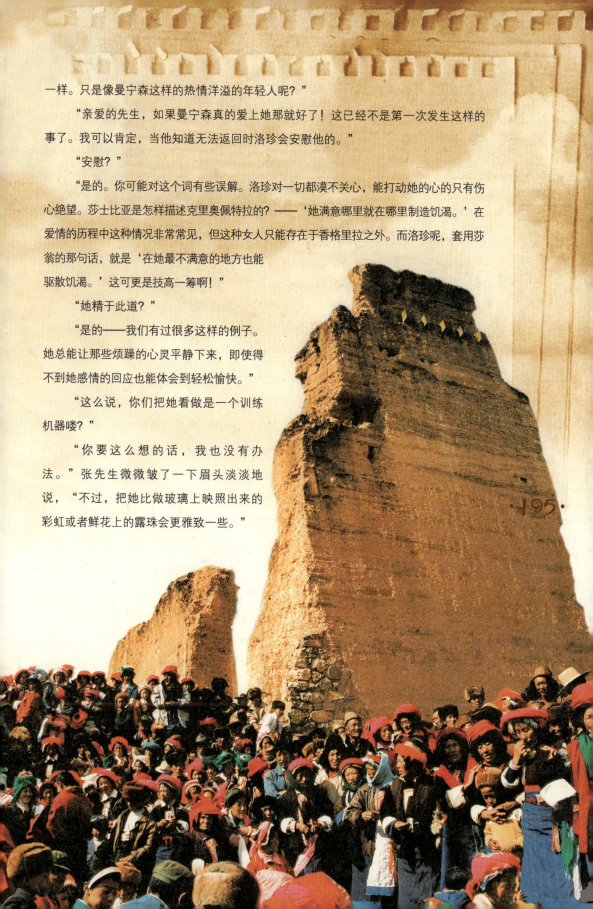

195·

"我完全同意，这样表述更加优雅。"康威非常欣赏张先生巧妙敏捷的应对。

当他再次和洛珍单独在一起时，他确实感到张先生的那些评价相当准确。她身上的宁静芬芳默默地传递到他的情感深处，点燃起他心底爱情的火花，不是炽热地燃烧，而是温暖绵长。刹那之间，他领悟到了香格里拉和洛珍都是如此地完美，他不希望有一丝一毫的情感回应打破这种宁静。这些年来，他对爱情充满了恐惧，现在他终于获得了心灵的安宁。爱情不再是一种折磨，也不再是一种烦恼。夜晚，当他从荷花池旁走过时，他想象自己的手臂挽着洛珍，但这种幻觉会随着时间的逝去而渐渐淡去，只剩下无尽的温柔和眷恋。

康威感到一种前所未有的幸福，即使战前的岁月里也从来没有过这样的感受。香格里拉的静谧和谐让他心醉神迷，其中蕴藏的与众不同的哲理抚慰着他的心灵。他也喜欢这里的人们含蓄不露的情感和细腻委婉的表达。他的经历和见闻告诉他粗鲁无礼并非忠诚信义的保证，而巧妙的措辞也并非虚伪造作。他喜欢轻松愉快的谈话气氛，在这种氛围里谈话不仅仅是一种习惯，更是一种成就。他欣然悟到最惬意的事情就是随心所欲地消磨时光，而不受到所谓"虚度光阴"的批评，即使无法留住的梦境也让人心旷神怡。香格里拉是如此地宁静平和，却又总有一些事情可做。喇嘛们都有着极其充裕的时间。康威没有再见到其他的喇嘛，他知道他们都在各种各样的领域进行研究。除了语言知识之外，他们永不停歇的研究精神也会让西方世界感到震惊。很多人在著书立说，张先生曾说过有一位在纯数学方面取得了很有价值的研究成果，还有一位通过研究吉本和斯宾格勒的著作正在撰写一部关于欧洲文明史的著作。不过并不是所有的人都能做这样的研究，而且他们也并不是随时都在做学问，他们总会用各种方式率性地沉迷在各种行当里。像布瑞克就在收集一些古老的乐谱，而那个英国牧师则在研究一个关于《呼啸山庄》的新理论，还有很多古古怪怪、不合实际的事情。有一次见面的时候，康威对此发表了一番评论，最高喇嘛就给他讲了一个公元前三世纪中国艺术家的故事。这个艺术家花了很多年在石头上进行雕刻，刻出了蛟龙、飞鸟、骏马等图案，他把作品献给了皇太子。起初太子并没有看出什么不同，只觉得是一些普通的石头罢了。于是艺术家就请他"砌上一堵墙，在墙上开一扇窗户，把石雕放进去，然后透过黎明的曙光再细细地观察这些石头"，太子照他说的做了，发现这些石头的确精美无比。"亲爱的康威，这难道不是个非常打动人的故事吗？你不觉得其中给了人们很多启示吗？"

康威深表赞同。他欣喜地发现香格里拉安宁祥和的环境能够包容人们各种稀奇古怪或稀松平常的行为，他对这些事情充满了兴趣。回首过去，他能忆起的都是四处奔波的生活和没完没了的工作。现在，他的许多想法有可能被实现，而且还是在悠然自得中得以实现。沉思也是令人愉快的事，所以当伯纳得说他自己对香格里拉的神奇的未来想入非非时，他并没有笑话他。

近来伯纳得频繁地往山谷下跑，显然已经不仅仅是为了女人和美酒。"你看，康威，我之所以告诉你这件事是因为你和曼宁森不一样——他总是揭我的短，而你总能包容我。很滑稽——你们英国官员给人的最初印象总是很古板守旧，但你不同，无论说话还是做事都值得信赖。"

"那可不一定，"康威笑着说，"曼宁森和我不都是英国官员吗？"

"话是这么说，可他还是个孩子，不够理智。你我都是男人——我们能够做到随遇而安。比如——我们至今无法弄清楚事情的真相，为什么飞机刚好在这里着陆，难道是巧合吗？我们为什么要到这另一个世界来？"

"也许我们无法弄明白，可这又有什么关系？"

伯纳得压低嘶哑的嗓音，神秘地说："金子，伙计。"他欣喜若狂，"肯定是

Lost Horizon
James Hilton

金子，没错的，山谷里有成吨的金子。我年轻时是采矿工程师，还记得矿脉分布的形状。相信我，这里的黄金矿藏和南非一样丰富，而且更容易开采。我想你肯定认为我每次坐着轿子去山谷下都是为了寻欢作乐，其实根本不是。我知道自己在做什么。根据我的推测，这些人的生活用品都是从外面运进来的，必须付出高昂的费用，他们会用什么来支付呢？黄金、白银、钻石还是其他什么？这只是一个逻辑推理，然后我就四处寻找，没过多久就发现了所有的秘密。"

"是你自己发现的？"康威问。

冬日早晨雾气笼罩的属都湖。

"我可没这么说。但是我没猜错。然后我把这事告诉了张先生——直截了当的，是男人对男人的那种。相信我康威，这个中国佬没有我们想象的那样坏。"

"我从来没有认为他是坏人。"

"当然。我知道你们交情不错，所以你并不奇怪我们俩凑在一起。我们开矿一定会引起轰动。张先生带我去查看了所有的工地，你也许有兴趣知道，我已经获得了当局的开采许可，想开采多少都可以。他们要我交一个综合报告。你觉得怎么样，伙计？他们似乎很高兴有我这样的专家来为他们服务，特别是听我说可以给他们一些提高产量的建议。

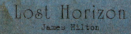

"我看你已经打算在这里定居了。"康威说。

"是的。我找到了一份工作，这才是重点。有些事情你很难想象最后会变成什么样，如果家乡人知道我能给他们指引一条新的淘金路线的话，也许他们就不会那么迫切地想把我送进监狱了。只是不知道他们会不会相信我。"

"他们会的。金钱是人们最容易相信的东西。"

伯纳得点了点头，兴高采烈地说："康威，我很高兴你能了解这一点。这样我们俩就可以做一笔交易了。当然，我们可以五五分成。而你所要做的只是把你的名字写进我的报告——英国领事。这样报告会更有分量。"

康威爽朗地笑道："这个以后再说，你先写你的报告。"

这突如其来的事情让他感到好笑，同时也为伯纳得找到了能够聊以自慰的事情而感到高兴。

最高喇嘛也很高兴。最近康威与他见面的次数越来越多。他一般在深夜的时候前去拜谒，而且一聊就是好几个小时，直到仆人们把残茶撤走才离开。最高喇嘛每次都要询问他的三个同伴的打算和生活情况，有一次还特别问起他们来香格里拉是否会影响原来的工作。

属都湖位于香格里拉县东北，海拔3705米，四围青山叠嶂，湖水清澈透亮。

康威思索了一下，回答说："曼宁森应该会在他的那一行干得很出色——他精力过人而且雄心勃勃。至于其他那两位——"他耸了耸肩，"事实上，他们很适合呆在这里——哪怕一段时间。"

这是他看到挂着挂毯的窗外划过一道闪电，在他穿过庭院来到这间熟悉的屋子时就听到了沉闷的雷声。而此时听不到任何声音，在厚重挂毯的遮挡下，窗外的闪电被减弱成一道惨淡的白光。

"确实如此，"最高喇嘛说，"我们一直设法让他们有宾至如归的感觉。布林科洛小姐试图改变我们的信仰，伯纳得先生也想改变我们——建一个股份有限公司。这都没什么大碍——这些项目可以令他们过得轻松愉快。只是你那位年轻的朋友，无论金子还是宗教都无法让他从中得到安慰，该拿他怎么办呢？"

"是啊，这的确是个难题。"

"恐怕将要成为你的难题了。"

"我的？"

　　最高喇嘛没有立刻做出回答，这时候仆人刚好送茶进来，由于他们的出现最高喇嘛的脸上浮现出一丝温和而略为干涩的笑容。"每年的这个时候，卡拉卡尔都给我们送来暴风雨，"他像往常一样转移了话题，"蓝月亮山谷的人们相信这是山谷外肆虐的魔鬼引发的。他们所说的'外面'——也许你知道是指山谷外的整个世界。他们对法国、英国甚至印度都一无所知——他们想象的'外面'是无限延伸的恐怖高原。对他们来说，他们生活的地方是如此地温暖、宁静，他们根本无法想象竟然有人想要离开这个山谷。事实上，他们认为'外面'所有不幸的人都渴望进到山谷里面来。这难道不是一个观念上的问题吗？"

　　康威想起伯纳得也说过类似的话，便转述给最高喇嘛。"非常睿智！"最高喇嘛赞道，"他是第一个到我们这里来的美国人，我们真是幸运。"

　　康威觉得实在荒唐，这个喇嘛寺竟然会因为得到一个很多国家都在抓捕的逃犯而感到幸运。本来他还想就此同最高喇嘛幽默一下，转念一想，觉得还是由伯纳得自己来说比较好。于是他说："毫无疑问他是对的，当今世界还有很多人渴望来到这里呢。"

　　"的确很多，亲爱的康威。我们就如同风暴中航行在大海上的一艘救生艇，我们可以救起一部分幸存者，但是如果所有的幸存者都要爬上来的话，我们就会沉没……我们先别谈这些了。我听说你和那位出色的布瑞克成了好朋友，他是我的同乡，一个令人轻松愉快的人，虽然我不同意他说肖邦是最伟大的作曲家。你知道，我喜欢莫扎特……"

直到茶碗撤走仆人退下以后，康威才又冒昧地将先前没有得到答复的问题提了出来："我们刚才谈到曼宁森，您说他将会成为我的难题，为什么偏偏是我呢？"

最高喇嘛的回答非常简单："我的孩子，因为我就要死了。"

这出人意料的回答让康威久久说不出话来。最后还是最高喇嘛接着说："你很吃惊吧？但是这很正常啊，我的朋友，人都会死的——即使在香格里拉也是一样。我可能就剩下几个时辰——或者几年，之所以这样说是我知道自己的大限已到。你这样关心我，我很感动；我也不想装做一点都不难过，既便到了我这样的年纪。好在肉体的死亡微不足道，我们共同的信仰是保持乐观。我很满足。在这最后的时刻，我得让自己适应这种奇怪的感觉——我只有做最后一件事的时间了。你猜得出是什么事吗？"

康威沉默不语。

"这事和你有关，我的孩子。"

"我非常荣幸。"

香格里拉地区的寺院中供奉着大量的密宗泥塑佛像，这些佛像与中原的佛像相比较在造像艺术上大相径庭。

"我想做的不止于此。"

康威微微地躬了躬身，没有说话。最高喇嘛停了一下，继续说道："你也许知道，这么频繁的召见很不寻常。这就是我们的传统。这话听起来有些自相矛盾，但我们的传统是绝对不成为传统的奴隶。我们不僵化古板，不墨守陈规。我们做认为合理的事，不因循先例，最重要的是运用我们智慧以及对未来的洞察。正是它让我有信心做好最后一件事。"

康威依然沉默着。

"我把香格里拉的财产和命运交给你，我的孩子。"

紧张的气氛终于被打破，康威感到这柔和而仁慈的劝服里蕴含着一种不可抗拒的力量。最高喇嘛的声音在沉默的空气中回荡，康威听到了自己心脏怦怦跳动的声音。接着，心跳的节奏被最高喇嘛的声音打断了："我花了很长的时间在等你，我的孩子。在这间屋子，我召见过很多新来者，我观察他们的眼睛，倾听他们的声音，期待有朝一日能够发现像你一样的人。我的同事们虽然睿智但年纪都已经大了，而你虽然年轻却充满智慧。我的朋友，我交给你的这个任务谈不上棘手，我们的管理一向宽松平和。你要学会温和与忍耐，要不断丰富自己的头脑，当暴风雨降临的时候用智慧而隐秘的方式去掌控它——对于你来说这是非常简单的事情，而你肯定会从中发现极大的乐趣。"

康威想要回答，可是一时之间却不知道该说什么。突然一道闪电划破了黑暗，他猛然醒悟过来，惊呼道："风暴，你说的风暴是……"

"那将是一场史无前例的风暴，我的孩子。那时候，战争无法赢得和平，权利无法提供帮助，科学无法给出答案。人类的文明之花将饱受摧残，所有的事物将在极端的混乱中被摧毁。当拿破仑还默默无闻时我就预见到了一切，现在随着时间的接近，我看得越来越清晰。你认为我错了吗？"

康威回答说："不，您是对的。以前曾发生过类似的灾难，接下来是长达五百年的'黑暗时期'。"

"把这二者拿来做比较不是太恰当，因为黑暗时期不是真的那么黑暗——它还是闪烁着希望之光的，即使整个欧洲的火光都熄灭了，从中国到秘鲁还闪耀着文明之光，它们足以让世界重放光芒。可是即将到来的黑暗时期将会颠覆整个世界，无人能逃，无处可躲，除了少数极为隐蔽或者极为偏僻的地方。香格里拉正好兼备了这两种特质。那些载着死亡的飞机飞向的是城市而不是这里，就算飞行员偶然发现也不会认为这个山谷值得浪费炮弹。"

"您认为这一切会发生在我们这个时代？"

"我相信你能平安渡过这场风暴，接下来是一段漫长寂寞的岁月，你仍然活着，越来越睿智，越来越有耐心。你将会保持我们的传统并用你的智慧去丰富它，你会欢迎新来的人，教给他长寿和智慧的秘诀，在你非常苍老的时候，你会选择他们中的一个继承你的事业。除此之外，我还能看到，一个全新的世界将会在废墟中建立起来，虽然艰难但是充满希望，人类将会重新寻找那些失去了的神奇珍宝。这些珍宝都在这里啊，我的孩子，它们就深藏在大山背后的蓝月亮山谷里。为了新的文艺复兴奇迹般地保存在这里……"

他的话音停了下来，康威看到面前这张脸绽放出一种古雅的光芒，一会儿，光芒消失了，只剩下一张灰暗的面具，如同一截枯木，一动也不

动，双眼也已经闭上了。他呆呆地看了很久，最后如梦方醒：最高喇嘛已经溘然长逝了。

　　必须冷静地考虑一下自己现在的处境了，这实在是太过离奇让人觉得无法相信。康威下意识地看了一眼手表，凌晨零点十五分。当他穿过一间又一间的屋子时，蓦然发现自己根本不知道应该到哪里去寻求帮助。藏人们都已经睡了，他不知道该到哪里去找张先生或其他人。他站在漆黑的走廊口一筹莫展。透过窗户，可以看到夜空非常明净，群山闪烁着耀眼的光芒，如同一幅银色的壁画。依然处在梦境状态的康威一下子意识到自己已经成了香格里拉的主人，他喜爱的一切就在他的身边，内心已渐渐远离了喧嚣烦扰的世界。他的眼睛在黑暗中逡巡，不时被那些富丽堂皇、玲珑有致的漆器上的金点所吸引。空气中晚香玉的幽香若有若无，他缓缓走过一个个房间，穿过庭院，来到了荷花池边。皎洁的圆月已渐渐西沉，此时已经是凌晨一点四十分了。

　　过了一会儿，他意识到曼宁森走近他的身边，急急忙忙地拽着他的手就走。他不知道出了什么事，只是听到曼宁森在欣喜若狂地絮叨。

Lost Horizon
James Hilton

第十一章

　　他们来到先前就餐的那间带阳台的房间，曼宁森仍旧牢牢抓着他的胳膊，差不多是拉着他往前走。"快点，康威，天亮前我们就得收拾妥当，动身赶路。大新闻啊，伙计，我真好奇到早晨的时候老伯纳得和布林科洛小姐发现我们走了会怎么样……说到底，是他们自己决定要留下来的，何况我们没有他们的拖累只会行动更自如……那些脚夫大约沿着山道走出了五英里的样子——他们昨天扛着书和其他东西来的……明天他们就该往回走了……这下总该瞧出这里的人们其实希望我们拉在后面的——尽管他们从没告诉过我们——要不天知道我们困在这个地方多久呢……我说伙计，怎么回事啊，你病了么？"

　　康威一屁股坐进椅子里，身子朝前，胳膊撑在桌子上。他摆了摆手说："生病？没有，我可没病。只是累坏了。"

　　"也许是那场风暴的原故吧。那么刚才你去哪里了？我可是一直等你等了很久呢。"

　　"我去见大喇嘛了。"

　　"哦，他呀。好啊，感谢上帝，这是最后一次了。"

　　"是啊，曼宁森，就是最后一次了。"

　　康威声音里的什么东西和他说完以后的沉默，终于引得年轻人发作起来。"喂，你能不能不要这么慢慢悠悠的——我们马上就要采取一个大行动了，你明明知道的。"

　　康威一怔，像是要让自己回过神来。"我很抱歉，"他说道。他还点燃了一只香烟，半是壮气，半是提神，可他发现自己的双手和双唇都在颤动。"我想我没有明白你说的……你说那些脚夫们怎么着……"

　　"对啊，说的就是脚夫们，伙计，赶紧打起精神来啊。"

香格里拉的寺院中一般都绘有壁画，这些壁画色彩鲜亮，讲究描金，题材以佛像为主，同时配以彩绘图案，主要包括宝相花、云纹、缠枝卷叶、八宝图、六字真言等。

"你是说你打算现在出门去赶上他们？"

"打算？我可是有十成的把握呢——他们准定刚刚翻过那边的山梁。所以我们得现在就动身。"

"现在？"

"对——干嘛不呢？"

康威这才又从另一个世界回到眼前的现实。还没回过神来，他就说："我想你不会认为这事真就这么简单吧？"

曼宁森边系着齐膝高的藏式长靴的带子，边哂笑着回答道："我心里清楚得很，不过这是我们必须做的事情，而且，要是我们运气好，不拖延，我们就能做到。

"我没看出来怎么做到……？" "我的老天爷，康威，你做每件事都得这么犹犹豫豫么？你难道真被吓破了胆吗？"

这半是冲动半是嘲笑的口气，终于使康威回过神来。"我有没有剩下胆色无关紧要，不过你硬是要我证明自己的话，我也会的。这事的关键是几个很重要的细节。假设你能够追上那群脚夫，你怎么能有把握他们就会同意带上你一起走？你能拿出什么像样的东西来？你有没有想过他们不一定会如你所愿带上你？你不能就这么从天而降，然后要求别人一路护送着你吧。所有这些都要安排周详，事前谈妥。"

"你不会又想用别的借口来故意拖延吧，"曼宁森尖刻地回敬道。"天！你到底是个什么样的家伙啊！好在我不用指望你来安排事情。其实事情本来就已经安排好了——事前我们就付过脚夫们钱，而且他们已经同意给我们带路。旅途需要的衣物和用具都在手边。你再没有别的借口了。来吧，我们做点什么吧。"

"不过……我还是不明白……"

"我本来就没有指望你明白，不过你明不明白都没什么关系。"

"这些计划是谁做的呢？"

曼宁森粗暴地回答说："是洛珍，如果你非要知道不可。她现在就和脚夫们在一起。她在等着。"

"等着？"

"是的。她决定了要和我们一起走。我想你不会反对吧？"

一提到洛珍，两个世界在康威的脑子里连接并交融起来。他轻蔑地大声喊到："这完全是胡扯。这决不可能。"

曼宁森也同样快遏制不住了："为什么不可能？"

"因为……唔，这本来就不可能。随便什么原因都解释得通。用我的话解释，这行不通。简直不能相信她现在会在那里，和脚夫们在一起——你说这事会发生我已经够意外的了——再设想她会做出更出格的事情就完全是愚蠢的念头了。"

"我可没瞧出来这有什么出格的。她想离开这里，和我也想离开这里一样正常。"

"可是她并不是真的想离开这里。这就是你误会的地方。"

曼宁森笑了一下，显得不大自然。"你就是觉得你比我要了解她，我敢这样说，"他说道："但也许你根本不了解她，就是这样。"

"你这话是什么意思？"

"我是说根本用不着花那么多工夫学习什么语言，还有其他很多方法了解别人呢。"

"老天在上，你到底在说什么？"

稍微停顿了一下，康威慢慢地补充说："我们这种样子太奇怪了，我们为什么要这样争执呢？曼宁森，告诉我，我们这样到底为了什么？我还是不大明白。"

"那你倒是说说，你干嘛要这样小题大做？"

"告诉我真相，请你告诉我真相。"

"好，这事其实很简单。突然间冒出个和她年纪相当的小伙子，而她自己却被隔绝在这里，整天对着一群老家伙——只要逮着个机会，很自然她就会想离开。只不过在此之前她没有这样的机会罢了。"

"你难道不觉得你实际上是在用你的想法来设想她的处境吗？我不是一直告诉你，她其实过得很开心。"

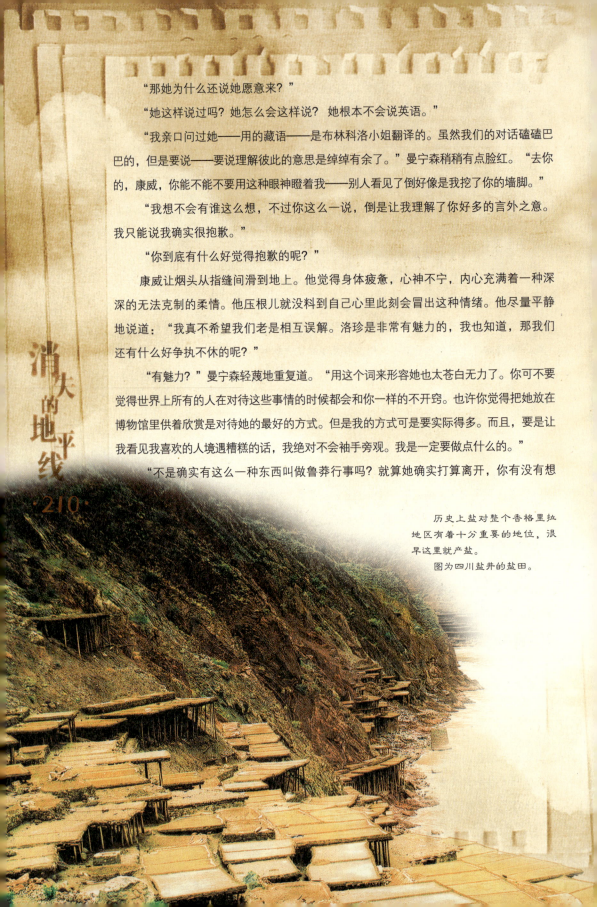

"那她为什么还说她愿意来？"

"她这样说过吗？她怎么会这样说？她根本不会说英语。"

"我亲口问过她——用的藏语——是布林科洛小姐翻译的。虽然我们的对话磕磕巴巴的，但是要说——要说理解彼此的意思是绰绰有余了。"曼宁森稍稍有点脸红。"去你的，康威，你能不能不要用这种眼神瞪着我——别人看见了倒好像是我挖了你的墙脚。"

"我想不会有谁这么想，不过你这么一说，倒是让我理解了你好多的言外之意。我只能说我确实很抱歉。"

"你到底有什么好觉得抱歉的呢？"

康威让烟头从指缝间滑到地上。他觉得身体疲惫，心神不宁，内心充满着一种深深的无法克制的柔情。他压根儿就没料到自己心里此刻会冒出这种情绪。他尽量平静地说道："我真不希望我们老是相互误解。洛珍是非常有魅力的，我也知道，那我们还有什么好争执不休的呢？"

"有魅力？"曼宁森轻蔑地重复道。"用这个词来形容她也太苍白无力了。你可不要觉得世界上所有的人在对待这些事情的时候都会和你一样的不开窍。也许你觉得把她放在博物馆里供着欣赏是对待她的最好的方式。但是我的方式可是要实际得多。而且，要是让我看见我喜欢的人境遇糟糕的话，我绝对不会袖手旁观。我是一定要做点什么的。"

"不是确实有这么一种东西叫做鲁莽行事吗？就算她确实打算离开，你有没有想

历史上盐对整个香格里拉地区有着十分重要的地位，很早这里就产盐。

图为四川盐井的盐田。

过她还能有什么地方可去？"

"我想她在中国肯定有朋友，或者别的什么地方。不管怎么说，都比呆在这里强。"

"你有什么把握这样说。"

"好吧，我会确保她得到良好的照顾，即使再没有别人会这么做。说实在的，你要是决定救人于水火之中的时候，肯定不会先去问问清楚他们还有没有什么地方好去。"

"这么说你觉得香格里拉这地方置人于水火喽？"

"我确实就是这么认为的。这里有种什么黑暗邪恶的东西。这件事情从头到尾就是这样的，打从开初的时候——我们是怎么被一个疯子带到这里的，根本没什么由头——然后是我们怎么被人家用一个又一个借口滞留在这里。不过所有事情中最令人——让我——感到害怕的，是这个地方使你身上发生的变化。"

"我身上？"

"是的，你身上的变化。你这段时间来就那么到处晃悠，好像没有什么值得操心的事情，而且觉得心满意足，好像要永远呆在这里。为什么啊？你居然还亲口承认你喜欢这个地方?康威，你到底是中了什么邪啦？你难道就不能想点办法做回真正的自己？我们在巴斯库尔的时候相处得多好啊——那时的你和现在相比完完全全是两个人。"

· 211 ·

"小伙子！"

康威伸手去抓曼宁森的手，曼宁森的手也同样热切地回应着。曼宁森继续说道："我想你肯定没有意识到。最近这几周我可真是孤单啊。好像没有谁来关心一下真正重要的事情——伯纳得和布林科洛小姐还勉强有他们的理由，但是当我发现你也和我意见相左的时候，可真让我不好受。"

"我很抱歉。"

"你就会这么说，可这么说一点用处也没有。"

康威冲动之下立刻回答道："如果我可以，让我告诉你点事情，算是做点有用的事情。我希望你听完之后，就会明白很多现在看起来是奇怪和无法理解的事情。无论怎样，你一定要明白洛珍没有可能和你回去。"

"我不相信有什么事情会让我明白这个。而且请你尽量长话短说，因为我们的确没那么多时间好浪费。"

康威于是尽量简短地讲了香格里拉的故事，就像是大喇嘛给他讲的，也同样像在与大喇嘛和张的对话过程中那样地有所夸张。他根本无意这么做，但是他觉得在这样的情境下这么做是情有可原的，甚至是完全必要的。事实上曼宁森现在确实是他要面对的问题，得用他认为恰当的方式妥善解决。他轻快地讲述着。在他这么做的时候，他自己却又渐渐沉浸到了那个与众不同而又超越时空的世界的魔力中去了。他用言语讲述那个世界的壮美的时候，仍止不住为之心驰神往。不止一次，他都觉得自己只不过是在打开脑海里的记忆，好让那些感想和词句自己潺潺流出罢了。他只保留了一件事情——这样好避免他自己陷入到一种他还无法招架的情感中——这就是那个夜晚大喇嘛的死和他自己继任大喇嘛的事实。

当他讲完的时候不禁松了一口气。终于能把事情讲清楚，他的内心为此感到轻松。毕竟这是唯一的办法。他讲完后平静地抬眼看去，坚信他自己没有做错。

曼宁森却只是用指头轻轻敲打着桌面。停了很长时间才说道："我真不知道怎么说才好，康威。我就想说你一定是从头疯到脚了……"

接下来两个人都沉默了好长时间，在沉默中两个人就这么相互瞪着，但两个人的心态却完全不同——康威深感挫顿，大失所望，曼宁森却是烦躁不安，坐卧不宁。"这么说你是认为我完全没有理智了？"最后，康威这样问道。

曼宁森爆发出一阵神经质的大笑："是的，听完这个天方夜谭，我还能有什么好说的？我是说……唔……真的……这些无稽之谈……我觉得根本就不值一提。"

从表情和声音都能看出康威感觉受到了深深的冒犯："你觉得我刚才说的都是无稽之谈？"

"好吧……你觉得我还能怎么想？我很抱歉，康威——你的口气确实很重——但是我实在觉得随便哪个清醒的人都不会对我的看法有什么怀疑。"

"所以你还是坚持认为我们是被一些神经错乱的人毫无原由地裹胁到这里的——事先制定好

Lost Horizon
James Hilton

周详的计划，把一架飞机先飞上天，然后再飞到千里之外，却只是为了从中取乐？"

康威给曼宁森递了一根烟，曼宁森接了过去。这短暂的停顿对两个人来说都是求之不得。曼宁森终于回答说："瞧，我们非要争出个丁是丁卯是卯，对谁都没有好处。就事论事，你的说法就是这里有人派了手下悄悄来到外面的世界，给素不相识的人设下了圈套，然后这个家伙又专门去学会开飞机，而且还要掌握好时机，等到有一架飞机刚巧载着四个乘客离开巴斯库尔……哎，我不是说这干脆一点可能都没有，尽管我觉得这种说法纯粹是主观臆断得离谱。只要这说法能够站得住脚，我们都可以仔细推敲推敲。可你硬要添枝加叶，缀上些完完全全没有可能的事情——就好象什么好几百岁年纪的喇嘛，还有就是找到了什么能永葆青春的灵丹妙药，不管你高兴叫它什么吧……看，就是这些让我怀疑你的脑子叫什么虫子给咬坏了。就是这样。"

康威笑起来。"是的，我敢说你一定觉得这些都难以置信。也许开始的时候我自己都这么觉得——不过现在我都记不起来有没有这么想过了。毫无疑问，这是一个不同寻常的故事，但是我觉得你应该亲眼看见了足够多的事情可以证明这是一个不同寻常的地方。想想我们俩都一起看见了的这些事情——在从未有人涉足过的群山之中的这么一个无人知晓的山谷里，却有一个寺院的图书馆里收藏着欧洲的书籍典章？"

"哦，是的，还有中央供暖，现代化的上下水管，甚至还有下午茶，更别提其他的了——这里确实都是应有尽有了，这些我也知道。"

"好了，那么，你倒是对此做何感想呢？"

"去他的什么感想，我得这么说。这些都是未解之谜，但却不能成为要我相信从道理上讲根本不存在的故事的理由。因为你在那里洗过澡，所以可以相信确实有供热水的沐浴室，但这和仅仅因为人们口头说说就相信他已经几百岁开外了完全是两回事情。"他又笑了笑，还是有些不大自然。"你瞧，康威，这里确实让你心烦意乱，就是这个鬼地方。我一点也不奇怪你会觉得这样。赶紧收拾停当你的东西，然后我们一起走得啦。等一两个月以后，我们一起在美登餐馆享用小小的美餐的时候，再来结束这场争辩岂不美哉？"

康威淡淡地回答道："我没有一丝想回到

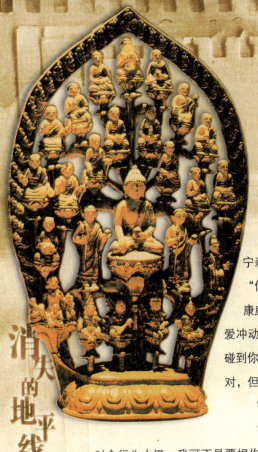

那种生活的愿望"

"哪种生活？"

"你想的那种生活……美餐……跳舞……马球……所有所有……"

"我可压根儿没有提过什么跳舞、马球的！话又说回来，跳舞、马球又怎么着了？你莫不是要告诉我你不和我一起走吧？你也要和另外两个一样呆在这里？那么你顶好不要来阻止我从这里脱身而去！"曼宁森把手里的烟扔在地上，跳到门边，两眼冒着怒火。

"你是彻底彻底疯了！"他狂怒地喊道。"你真的疯了，康威，就是这么回事！我知道你从来都很冷静，我从来都爱冲动，但是我有脑子，说到底，你却没有！我在巴斯库尔碰到你以前，他们就曾经提醒过我。我那时还觉得他们说得不对，但现在我明白了他们没有说错——"

"他们提醒你什么了？"

"他们说你在大战里吓破了胆，而且打那以后你就时不时会行为古怪。我可不是要揭你的短——我知道你自己也无能为力——而且老天知道我根本不愿意这么说……好了，我该走了。我说到做到。"

"你去找洛珍？"

"是的，你硬要知道的话。"

康威站起来，伸出他的手："再见，曼宁森。"

"最后一次问你，你还是同我一道走？"

"我不能。"

"那么好吧，再见。"

他们握完手，然后曼宁森出了门。

康威独自坐在灯笼光里。如同他脑海里深深印刻着的一句老话，他眼里所有美好的东西都是转瞬即逝，无法挽留，两个不同的世界还是如水火般无法调和，而其中一个世界始终是岌岌可危。他这么发了一阵呆，然后看看手表，此时已是三点差十分。

他还是坐在桌边不想动弹，当曼宁森又返回来的时候，他正抽着最后一只香烟。年轻人惴惴不安地走进屋子，看见他的时候便隐身到暗处，好像要尽量镇定下来。他一言不发，倒是康威等了一阵，忍不住问道："伙计，出什么事了？你怎么会回来了？"

这种平静的问话方式一下让曼宁森发作起来，他忽地脱掉老羊皮袄，一屁股坐下来。灯光下他面如土灰，浑身颤抖。"我实在没有那个胆子，"他半是啜泣地大声说道。"我只敢走到我们都被五花大绑的地方——你记不记得了？最远就只敢走到那个地方……我实在应付不了。根本没法子看出来那些山头到底有多高，在月亮地里看上去要多可怕有多可怕。我很蠢，对吧？"他的精神彻底垮了，人也变得歇斯底里的，弄得康威也只能想法子让他平静下来。然后他还恨恨地说："这儿的这些该死的家伙——没人能有法子从陆路威胁到他们。哼，我拿老天打赌，我真想载着满飞机炸弹去把这鬼地方炸了！"

"你怎么想得出这种做法呀，曼宁森？"

"因为这个该死的地方就配拿来轰到天上去，我才不管它三七二十一呢。这鬼地方既病态又龌龊——说到这个话头，要是你刚才的无稽之谈当真存在，就只能说这个地方更是祸害非浅！一大堆莫名其妙的老家伙们像蜘蛛那样盘踞在这里，单等着有什么人打从这里走过，误打误撞到他们精心编制的蛛网上——想着都让人想吐——老天，谁想活到这么样的年纪啊？还有就是你的那个高贵无比的大喇嘛，只要他能真的活到他告诉你的那般年纪，早就有人能给他个解脱了……唉，康威，你到底为什么不

金沙江流到香格里拉境内时，突然河道变窄，江水汹涌湍急，气势不凡，吼声震耳欲聋。江中有一巨石岿然独立，相传老虎从江边跳至石上，再一跃而到对岸，因此得名虎跳峡。

和我一起走啊？为了一己之私这么恬着脸求你真让我害臊，可是，天杀的，我到底还年纪轻轻，而且我们原来在一起是多好的弟兄啊——难道我的一生都比不上这些魔头的谎言么？还有，洛珍——她还年轻——难道连她都无足轻重了？"

"洛珍可不年轻了，"康威说道。

曼宁森这时抬眼向他看过来，开始歇斯底里地怪笑起来："嚯嚯，不，不年轻了——当然肯定是不年轻了。她看上去就只有十七岁，不过我估摸着你要告诉我她早就九十岁了，只不过是调养有方罢了。"

"曼宁森，她是1884年来到这里的。"

"你就满嘴冒泡吧，老伙计！"

"曼宁森，她的美貌，其实和这个世界其他所有的美是一样的，只不过是不知道如何客观度量它的人的一相情愿罢了。美从来就是一种脆弱的东西，只能存在于那种能够维护脆弱的地方。你要是把它从这个山谷里移走，你马上会发现它如同回声一样消失得无影无踪。"

好像受到自己的想法的鼓舞，曼宁森尖声笑道："我才不怕会这样呢。要是非

红色、蓝色、白色相映成趣，红的是狼毒、蓝的是天空、白的是羊群，香格里拉最吸引人的风景。

稻城央迈勇雪山

要说她在哪里会成为什么转瞬即逝回声的话，只有在这里她才会像回音呢，"他稍微顿了顿："我们这么侃侃而谈，什么用处都没有。我们最好还是撇开那些诗意绵绵的话头，赶紧回到现实里来。康威，我想帮你——那些都是最荒诞的无稽之谈了，我知道。但是只要对你有丁点的好处，我都愿意和你辩出个是非曲直。我先假设你刚才告诉我的是可能的事情，现在确实只是需要加以求证。现在你来告诉我，实实在在地说，你有什么证据可以证明你说的这些故事？"

康威沉默不语。

"只不过现在有人给你编造了这么个离奇的故事罢了。就算是你的一个诚实可靠的老朋友告诉你的，你也不会没有真凭实据就轻信这种故事的。那么在这桩故事里你有什么确凿的证据么？在我所能眼见的范围里，什么证据也没有。洛珍曾经给你讲过她的亲身经历吗？"

"没有，不过……"

"那你干嘛要相信别人说的呢？还有就是，这种长生不老的事情——你能举出一个最具体的事实来证明它么？"

康威微微沉吟了一下，然后提到了布莱恩克服困难曾弹奏过的、从未有人知晓的

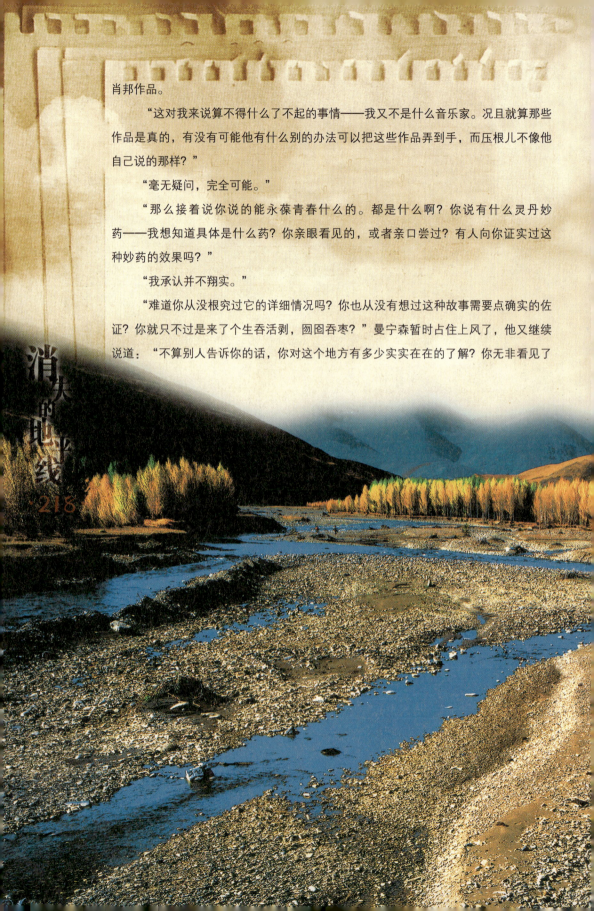

肖邦作品。

"这对我来说算不得什么了不起的事情——我又不是什么音乐家。况且就算那些作品是真的,有没有可能他有什么别的办法可以把这些作品弄到手,而压根儿不像他自己说的那样?"

"毫无疑问,完全可能。"

"那么接着说你说的能永葆青春什么的。都是什么啊?你说有什么灵丹妙药——我想知道具体是什么药?你亲眼看见的,或者亲口尝过?有人向你证实过这种妙药的效果吗?"

"我承认并不翔实。"

"难道你从没根究过它的详细情况吗?你也从没有想过这种故事需要点确实的佐证?你就只不过是来了个生吞活剥,囫囵吞枣?"曼宁森暂时占住上风了,他又继续说道:"不算别人告诉你的话,你对这个地方有多少实实在在的了解?你无非看见了几个老头子——除了这些没别的了。除开这些，我们只能说这个地方确实布置得井井有条，而且看上去管理有方，不过我们还是说不上它是怎么成这样的，和为什么成了这样。还有就是，如果他们确实希望我们呆在这里，他们到底要我们在这里干什么，这也是一个谜团。不过这也不能成为相信什么忽然冒出来的古老传说的借口！伙计，毕竟你也决非泛泛之辈就算在英国你也不会寺院里人说什么你就信什么——我实在不理解为什么到了西藏你就来了个来着不拒，照单全收！"

康威点点头。就算有着更加敏锐的理解力，他也还是不能不暗自赞同这个看法条理清晰，令人信服。"曼宁森，你这一番话说得的确中肯。事实上，每当到了没有证据却又要相信什么事情的当口，人们总是愿意挑着相信那些自己觉得最美好的东西。"

"你要是到了半死不活的境地，我还可以觉得人生有滋有味，我就真叫糟了。要是可以选择，我情愿活得短点也要过得快快活活的。说到未来战争的话头——在我听来实在是苍白无力。怎么可能有谁会知道下次战争会在什么时候，或者会是什么情形？上次战争的时候，事前所有的预言不是都没说对么？"康威还没来得及回答，他

稻城秋色

又接着说道："要是有谁说事情都是命中注定的话，我倒是无法苟同。就算是命中注定的，也没必要把它放在心上，忐忑不安。老天爷知道要是我非得去打仗，我一定吓得手脚瘫软，就算这样，我宁可面对战争也不愿就在这里了却余生。"

康威止不住笑起来："你可真有本事成心误解我啊。我们在巴斯库尔的时候呢，你觉得我是个英雄——眼前你又把我看成是个懦夫。可事实怎么样呢？我两者都不是——当然我是什么样的人没什么大不了的。等你回了印度，只要你高兴，你就告诉别人说我自己要呆在西藏的寺院里，因为我害怕会再打起仗来。不过这根本就不是我要留下来的原因。但是我敢打包票原来就已经认为我疯了的人们肯定会相信你说的。"

曼宁森满面沮丧地说："你知道，那么说该有多傻。无论如何，我都不会说你的坏话的。你不用怀疑这一点。不过，我承认，我实在无法理解你——可是——可是，我多希望我能理解你啊。唉，真希望我能啊。康威，难道就不能让我帮帮你？难道没什么事情我可以替你出头说说或做做？"

随后是一段时间的沉默，最后还是康威打破沉默说道："我只想问你一个问题——你得先原谅我问到了你的私事。"

"什么？"

"你爱上洛珍了？"

年轻人苍白的脸一下子变得通红："我要承认，我爱上她了。我知道你会说这事稀奇古怪，不可思议。可能的确如此，但是我没法控制我的感情。"

"我可从来没有这样想过。"

争论好像终于在两人几度交锋之后，进入了平静的港湾，随后康威补充道：

"我也同样无法控制我的情感。你和那个姑娘恰恰是这个世界上我最在乎的两个人——你也许会觉得我古怪。"他敏捷地站起身来，在屋子里来回踱步。"能说的我们都已经说了，对不对？"

"是的，是这样。"但是曼宁森忽然急切继续说下去："哦，到底都是些什么无稽之谈啊，

在"骑马进神山"的祭祀活动中吹法螺的藏民们。

说什么她根本就不年轻了！完全是肮脏而恶毒的谎话。康威，你万万不要相信这种鬼话！这简直是荒唐透顶。这种鬼话有什么意义呢？"

"你怎么会知道她确实还年轻呢？"

曼宁森把脸转到一边，微微有些羞怯。"因为我确实知道的……也许你会因此看不起我，但是我真的是知道的。我想你其实从没有真的能够了解她，康威。她这人表面冷冰冰的，那是因为这里的生活造成的，任谁的热情都会被窒息，但是她的热情不在表面。"

"偏偏要等到谁了才喷涌而出？"

"是的……这倒是种解释。"

"而且，曼宁森，你有把握她确确实实还年轻？"

曼宁森柔声说道："老天在上，是的——她就还是个女孩子呢。我真是好生对不起她，可是我想我们都受到了对方的吸引。我也不觉得这有什么好羞耻的。实际上在这个地方，我完全觉得这是最近以来所发生过的最成体统的事情了。"

康威走到阳台上，盯着卡拉卡尔山映在天空中的光辉。天边的月亮仿佛照耀着平静的海面。他忽地感到自己的一个梦想就这么消散在眼前，一如所有过于娇美的事情，在现实的面前一触即溃；他还觉得，整个世界的未来，如果同青春和爱情的分量相比，都显得轻如鸿毛。他也知道他的精神世界蜗居在它自己的疆域里，就是香格里拉这个桃源洞天，结果现在却也岌岌可危了，即使他鼓舞着自己重新振作起来，他还是看见在自己的精神世界里，想象的回廊被撞击扭曲，亭台楼榭也轰然倒地，整个世界很快将片瓦无存。他不知道是该喜还是该悲，连自己也迷惑不解。他不知道到底是自己原来一直痴狂现在却清醒了，还是原来一度清醒现在却又彻底痴狂了。

等他返身回到屋里，人也变得有所不同。他的声音变得尖利，差不多到了粗鲁的地步，脸也有点扭曲，他这才看上去像那个巴斯库尔的英雄康威了。他牙关紧咬，下定决心，然后一下子带着一种没有过的警醒面对着曼宁森："如果我和你一起走，你有把握解决绳子的麻烦事么？"

曼宁森立刻蹦到他的面前："康威，"他激动得都快说不出话来了："你是说你肯走了？你终于下定决心要走了？"

康威为旅途稍微准备了一下，等他收拾停当，他们随即就动身出发了。出发显得出奇地简单——因为他们是动身离开而不是择路而逃，所以他们在月光下一路顺利

怀揣着崇高的信仰，一路上一步一跪的朝圣者。香格里拉地区的藏民对自己的信仰十分虔诚，一步一跪俗称"跪拜"，这样的景象随处可见。

地穿过了院子里的树影。康威在心里暗自沉吟，没有人会想得到这种时候这里还会有人。旋即，周围的荒凉景象使他的内心充满了孤寂。他们一边走着，曼宁森还在他耳边唠叨着这一路所见，康威也没听清他说的。真奇怪他们的争论就这么在他们一起动身上路的时候结束了，而且，这个世外桃源竟然被满心喜悦发现它的人就这么轻易地放弃了。才不到一个小时，他们就气喘吁吁地停在了山路的拐弯处，在这里最后回头看一眼香格里拉。脚下深深的蓝月亮山谷如绵延的云朵。在康威眼里，山谷里散布的屋顶好像轻浮在云雾之上，如影随形，挥之不去。就是此刻，这一刹那，竟是到了别离的时候！由于不断地攀爬，已经累得有那么一阵子沉默不语的曼宁森，倒是在这个时候又上气不接下气地喊道："好伙计，我们干得真不错，继续加油啊！"

康威苦笑一下，也没有搭腔；他手里已经在准备绳索，好要横逾那刀削斧劈般的山脊。确实，年轻人倒是没有说错，他确实是铁了心了，他脑海里唯一清晰的就是这个念头。这么个小小的念头此刻占据了他的心头，剩下的只是一片无法忍受的空虚。他是两个世界间的一个过客，并且要永远地在两个世界间穿行。不过眼前来说，随着他内心空虚的不断加深，他能把握的念头就是他喜欢曼宁森，铁了心要帮他一把，命中注定，他都要和千百万人一样，无法洞穿世事，成为大英雄。

曼宁森在悬崖前紧张得不行，好在康威用惯常的登山方法把他弄了过来。渡过这个难关后，他们斜靠在一起抽着曼宁森的香烟。"康威，我要说你确实是棒极了……

你应该猜到我心里怎么想的了……我真不知道怎么告诉你，我心里是多快活……"

"我要是你，就不这么絮絮叨叨的。"

过了好一阵子，就在他们要继续上路的当口，曼宁森还是忍不住说道："可是我确实很快活，为了我自己，同时也为了你呢 你现在能意识到那些都是无稽之谈就好……看到你又成为了真正的自己确实很棒……"

"根本不是这样，"康威带着揶揄的口气抢白了一句，心里隐隐有一丝快意。

黎明时分，他们终于翻过了山梁，如果真有哨兵在站岗，他们也没有觉察到他们的行动。康威忽然想到，严格说来，其实整个山路只不过是稍加把守罢了。此刻，他们到达了一片开阔地，强劲的山风已经把它吹拂得极其平整；穿过最后一个缓坡，脚夫们的宿营地随即映入眼帘。随后的事情一如曼宁森所言，脚夫们正等着他们。这些粗壮不拘的汉子们紧裹着羊皮大袄，蜷缩在寒风中。他们都巴不得早早动身前往东边一千一百英里开外中国边境上稻城府呢。

曼宁森遇到洛珍的时候满心激动地喊道："她真的和我们一道来了。"他压根儿忘了洛珍听不懂英语,好在康威替他做了翻译。

他觉得这个满族小姑娘从没有如此迷人。尽管她迷人地朝他笑着，不过康威还是看出来了，她满眼里都是那个小伙子。

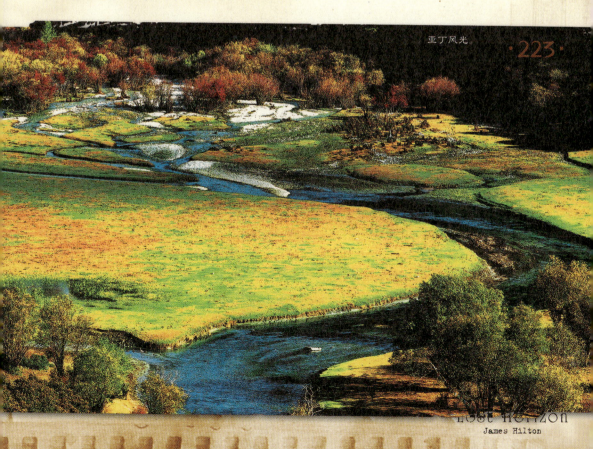

亚丁风光。

·223·

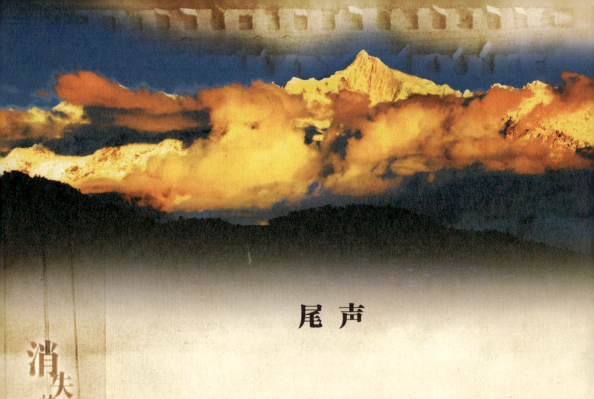

尾 声

在德里的时候，我才又碰见了罗斯福德。我们都应邀出席总督的晚宴，不过，在缠着头巾的仆人们递上我们的衣帽前，我们因为座次安排和繁文缛节始终没能在一起。他邀请我说："要不到我酒店的房间去喝上一杯？"

我们同乘一辆出租车开始了好几英里的沉闷车程，从卢西安镇一成不变的生活，抵达如电影般艳俗热烈的老德里市区。我从报纸上读到他刚从喀什葛尔回来。他本人有着良好的声誉，每件事都必需一探究竟。如果有谁的假期与众不同，必会被公认是一次探险：虽然探险家本人其实不想着意另立新说，可是公众却毫不知情，所以他也只好把仓促的印象挖掘到极致。比如，在我看来，依照报纸的报道，罗斯福德的旅行根本算不上是什么特别的壮举，只要有人知道斯特恩和斯文·赫丁被风沙掩埋的和阗古城也就算不得什么新鲜事了。我和罗斯福德也算得上是老交情，所以我拿这个话头打趣他，他却一笑置之。"你说得对，事实真相远比这个精彩得多。"他倒也承认得爽快。

我们去了他酒店的房间，倒上了威士忌慢慢喝着。"这么说你倒是下了工夫要搜寻到康威？"我挑了个合适的时机打开了他的话头。

"搜寻这个词就说重了，"他答到。"你根本无法在半个欧洲那么大的范围内搜

寻一个人。我想我只能说是走遍了有可能撞见他，或者有他消息的地方。你一定还记得，他最后的音信是说他要离开曼谷朝西北走。确实有迹象表明他朝着边远的地方走了一截。我的看法是他大概是往中国边境上的山区部落去了。我认为他不会有意选择缅甸方向，因为随时会在那里撞上英国的官员。总之，你也可以看出，他的确切行踪在上暹逻地区就逐渐消失了。当然我也从没指望在这个范围之外能顺利追踪到他。"

"你是觉得找到蓝月亮山谷要更容易些？"

"嗯，看上去这个地名要更具体一些。我想你应该已经浏览过我的手稿了？"

"可不止浏览那么简单。对了，早就应该还给你的，不过你没有告诉我地址。"

罗斯福德点头道："你能不能给我说说你有何感想？"

"我觉得手稿非常不同凡响——当然，假使手稿能忠实于康威给你讲述的话。"

"这一点我可以向你保证。我一丁点都没有杜撰——甚至，手稿里连我自己的语言都比你认为的要少。我的记性可是一流的，而且康威叙述事情的时候从来都是头头是道。别忘了我们差不多是二十四小时连续交谈呢。"

"好了，刚才告诉过你了，这份手稿非常不同凡响。"

他向后靠去，面带微笑："如果你要说的就这么多，我倒是反过来要为自己略加申辩了。我想你会认为我是一个非常轻信的人，不过我却不能苟同。在生活里人要是过于轻信则必会多有跌宕；但若是过于固执己见，生活则又百无聊赖，康威的故事肯定会吸引我，而且不止一个方面——这也是我为什么有兴趣要尽我所能加以佐证的原因——当然还有就是希望能再碰见康威本人。"

他点上一根雪茄，然后接着说道："这就意味着会有不少奇妙旅程，但是我喜欢这类

稻城红草海。

事情。我的出版人同样也不会反对时不时出版一本旅行手册。统共算来，我都走了数千英里了——巴斯库，曼谷，重庆，喀什葛尔——这些地方我都到过，秘密就隐藏在这些地方中的某个所在。不过你知道，这可是很大的一片地方，所以我的调查加起来也不过是略及这片地方的——或者是秘密的——一点皮毛而已。"实际上，如果你想把康威的行踪搞得一清二楚的话，我能告诉你的也只是他五月二十日离开巴斯库，十月五日到了重庆。这点我是有把握的。我们知道的他最后的消息是他二月三日又离开了曼谷。这之后的一切就只是猜测、神话，或者传说了，随你怎么称呼都可以。

"也就是说你在西藏一无所获？"

"老伙计，我根本就没有到过西藏。政府里那些高官才不会理会你呢。"

他们会不顾一切地阻止你的西藏之行的。当我说我要独自去爬昆仑山时，他们看我的眼光好像我在说我要给甘地写传一样。实际上，他们比我清楚得多。游西藏可不是一个人就能行的事，那可得事先好好准备准备，起码还得有个人懂那么一两句藏语。我记得康威给我讲他的奇遇的时候，我很不解，为什么他们非要等哪个脚夫？为什么他们不自己走了就算了？很快我就明白是怎么回事了。政府的办事人员是对的。昆仑山才不会理会你是哪国人呢。我真就到了那儿，还远远地看见了昆仑山，大概是在五十英里远的地方。那天天气很晴朗。还没几个欧洲人到过那么高的地方呢。

"昆仑山真就如此让人望而却步吗？"

"它看上去只不过就是地平线上缠绕的一条玉带，仅此而已。在雅康和喀什葛尔我见人就打听，可是一无所获，真是让人纳闷。我以为这座山怕是世界上最人迹罕至的山峰了。所幸我遇到了一位美国游客，他曾经试图翻越昆仑山脉，但是找不到山口。他说实际上真有山口，只是非常高，而且在地图上也没有标出来。我问他，像康威所描述的那样的山谷有没有可能存在？他说，他不敢说完全不可能，但从地理学的角度看，他认为可能性很小。我又问，他有没有听说过一座同喜马拉雅山一样高的锥形的山峰？他的回答勾起了我的兴趣。他说，有关这座山脉，确确实实流传着这么个故事，但他本人觉得这个传说站不住脚。他还说，人们还传言这座山峰要比珠穆郎玛峰都高，当然他本人还是不以为然。"我怀疑昆仑山脉中会不会有哪座山峰超得过两万五千英尺高。"他说。不过，他也承认这些山峰从来没有谁仔细测量过。

"我接着问他了不了解西藏的喇嘛寺——既然他去过西藏好几次了——他给我的描述就是所有书里描述的那些陈词滥调。他一直强调，喇嘛寺可算不上是什么美丽的地方，而且寺里的喇嘛们也都是道德沦丧，庸俗肮脏。'他们都活得很长么？'我问，他说是的，他们通常寿命都不短，只要他们不死于什么脏病的话。然后我就直截了当地问他有没有听说过有哪个特别长寿的喇嘛。'好多呢，'他这样回答我，'这是到处都能听到的奇谈怪论之一了，不过你就是没法找到证据。有人会告诉你某个形容龌龊的老古怪已经把自

"玛尼堆"由刻有"六字真言"的石头堆砌而成，它象征着神圣、佛法、功德，在香格里拉随处可见。

LOST HORIZON
James Hilton

己关在一间小屋里好几百年了，而且这个怪物看上去确实是在屋里呆了这么久了。不过，你确实也没法向他们要出生证明来看看。'我问他觉不觉得可能会有哪种秘而不传的方法、或者有什么灵丹妙药能让人延年益寿、永葆青春，他告诉我据说那些人确实有这些方面的神奇知识，不过你要是真的仔细研究的话，这些迷信就成了印度人的绳线把戏——总有人在什么地方见识过这类骗术。他倒的确提起喇嘛们确实能用古怪的意念控制自己的身体。'我曾亲眼看见他们赤身裸体坐在封冻的湖边，气温在零度以下，而且寒风凛冽；他们的随从打破冰面，用浸透湖水的布条裹满他们的身体。他们要反复这么做上十来次，喇嘛们就这么用他们的身体把布条焐干。人们只能想象他们是在用意念保持身体的温度，虽然这种说法实在是牵强。'"

罗斯福德给自己添了些酒。"当然，我们的美国朋友也承认，这些和长寿没什么关联。这种事例只能显示喇嘛们进行自我约束是很严厉的——就这些了，所以我想你会同意，到目前为止，所有的证据真是少得可怜。"

我说事情也并非就如此绝对，并且问道："那个美国人对卡拉卡尔和香格里拉这两个名字有什么看法？"

经幡的海洋。

　　"没有。我倒是试探过他。我曾经就此追问过他。他说：'坦率地说，我对寺院不感兴趣。我曾经还对一个我在西藏遇到的人说过我尽量避开寺院，能不去就不去。'他偶然说过的话引发了我的好奇心。我问他是什么时候遇见那个人的。'哦，很久以前了。'他回答说，'是战前吧，要是没记错的话，是1911年吧。'我缠着他，让他说得再细点，他把知道的都告诉我了。他当时在为一家美国的地理协会做事。和他同行的还有几个同事，再加上脚夫。那是一次名副其实的探险。他是在昆仑山附近的某个地方碰见了那个人，是个中国人，坐在一副滑竿上，由当地人抬着。这人居然能说一口流利的英语，起劲地鼓动他们去参观附近的一座喇嘛寺。他甚至还自告奋勇要做他们的向导。这些美国人说他们既没时间也不感兴趣。就这么回事。罗斯福德顿了顿，说道："我想这件事也说明不了什么。对于一个人好不容易才想起来的发生在二十年前的陈年旧事，你也不必过于认真，不过毕竟会让人浮想联翩。"

　　"是的。即便这一队装备良好的人马接受了邀请，我也不明白他们怎么会耽搁在喇嘛寺，而且不是出于他们的本意。"

　　"是啊。也许那根本就不是香格里拉。"

　　我们想了又想，可始终没想出个头绪。接着我又问他在巴斯库有没有什么发现。

　　"一无所获，更不用说白沙瓦了。谁都说不上什么，唯一能确定的就是劫机事件确有此事。对此事他们也是遮遮掩掩。毕竟这不是一件值得夸耀的事。"

　　"那之后就再没有那架飞机的音讯吗？"

　　"连同那四位乘客，全都杳无音讯了。我倒是查过，那架飞机能飞越那么高的山

·229·

峰。我也试着找过伯纳得。不过他过去的生活太神秘了，如果他真就是那个查莫斯·布莱恩特的话，我也不会奇怪。康威也这么说过。毕竟，布莱恩特在一片叫喊声中就消失得无影无踪的确让人吃惊。"

"你有没有去查查是谁劫持了飞机？"

"查过，但是仍然一无所获。那家伙打倒了那个飞行员假扮成他，最后还把他杀了，结果这条有利的线索也断了。我甚至还给我的一个开飞行学校的美国朋友写信，问他最近有没有收过藏族学生。他很快就回了信，但是回答令人失望。

他说倒是有五十个中国学生，都是接受训练去打日本人的，但他分不清汉人和藏族人。你瞧，没多大希望了。不过，我还真有所发现，很离奇。本来我在伦敦就可以找到的。上世纪中期，在德国的耶拿有一个教授。他在环游世界期间于1887年到过西藏，而且从此再没有回去。传说他在过河时淹死了。他叫弗里得里克·梅斯特。"

"真巧呀。康威提到过这个名字。"

"也许只是个巧合。这说明不了什么。耶拿的那个家伙出生在1845年。没什么好激动的。"

"可真是太奇怪了，"我说。

"其他人的情况你找到了吗？"

"没有。真可惜我没什么可找的了。至于肖邦那个叫布莱恩克的学生，我一点线索都没有，但这也并不能说这个人就不存在。现在想来，康威一向谨言慎行，从他嘴里露不出几个人的名字。假如他知道五十个喇嘛的名字，他也只告诉我们那么一两个。不管是叫佩罗还是亨舍尔，都同样难找。"

　　"那么曼宁森呢？"我问。"你有没有设法打听到他的下落，还有那个中国姑娘？"

　　"当然打听过了。你可能在手稿中也看到了，让人费解的是康威的故事讲到他们跟着脚夫离开山谷就结束了。这之后发生的事情他既没有也不会再讲给我听了。说真的，如果不是时间那么紧的话，他也许就讲了。凭猜测，我觉得他们已经遭遇不测，路途的艰辛就够他们受的了。还有，就算他们不会遇到土匪，随行的脚夫也会反过来打劫他们。也许我们永远不可能知道到底发生了怎样的故事，不过我们还能够肯定的一点就是曼宁森没有抵达中国。你知道我用了各种方法查询。首先，我想到了查询越过西藏边界转运的大宗书籍，但是所有如北京、上海这些可能的目的地都没有什么结果。当然，这也没有什么特别的意义，因为毫无疑问，喇嘛们要好好保守他们如何转运书籍这样的秘密。然后我又把注意力放在稻城府上。这倒是个古怪的地方，好像是地处天边的一座集镇，与世隔绝，只有从中国来的苦力们会在这里中转茶叶贩运到西藏。等我的新书出版了，你就可以阅读详情了。一般没有什么欧洲人会跑到这么偏远的地方来。不过我倒觉得这里的人们久沐教化，

属都湖秋色。

LOST HORIZON
James Hilton

西藏宗山炮台。

彬彬有礼。自然，这里也没有康威这么一哨人马到达过的任何记录。"

"这么说，康威怎么出现在重庆还是不得而知了？"

"只有一种解释，就是他是最终流落到那里的，就像他可能流落到其他任何地方一样。不管怎么说，我们在提到重庆的时候已经是在有确凿证据的事实范围内了，差别就在这里。教会医院里的嬷嬷们是活生生的。与此相关，切夫金在康威弹奏据说是肖邦写的曲目的时候流露的兴奋也是我亲眼看见的。"罗斯福德稍微停顿了一下，然后有若所思地继续说道："这确实是在各种可能中进行权衡，只不过我要说天平并没有明确地偏向哪一边。当然，要是你压根儿就没打算接受康威的故事，你就只好考问康威的诚实或者心智了——我们索性这么打开天窗说亮话。"

他又停了一下，好像等着我有所反应；于是我说："你知道的，我自战后就再也没有见过他，人们倒是确实说他打那儿以后就完全变了个人。"

罗斯福德回答道："是的，他是变了，这是不争的事实。对一个毛头小伙子来说，整整三年在战火中经受的身心折磨是不可能轻描淡写的。人们可以说他确实毫发无伤地熬过来了，其实伤口是在看不见的地方，在他的心里。"

我们还讨论了一会儿战争和它给不同人们造成的创伤，最后他说："我最后还要补充一点，可能是最奇怪的一个细节了。这件事是我在教会医院里询问嬷嬷们的时候发现的。如你所知，嬷嬷们在那里为我竭尽所能了，不过还是没能回想起多少事情，特别是他们身处当时热症流行的当口。我问到的一个问题就是康威刚刚到医院的时候是怎样的情形——他当时是一个人，还是别人发现他病倒了才把他送来的，她们确实无法回忆起来了——毕竟是很久以前的事情了。但是，就在我准备放弃询问的当口，一个嬷嬷无意中平静地补充说：'我想当时医生说是一个妇人带他过来的。'可她能告诉我的也就到此为止了。而且，因为医生本人已经离开了医院，所以也没法子能证实这事。

"既使到了这一步，我也没有就此放弃的念头。据说那个医生去了上海一家大些的医院，所以我就要了地址，好前往拜访。那时日本人刚刚空袭完了，一切都混乱不堪。我在前往重庆前见到了那个医生。他彬彬有礼，虽然确实是工作过度繁重——是的，得用上过度这么个词。请相信我，与日寇对上海的空袭相比，德国人对伦敦的空袭简直算不得什么。他马上回答说：是的，我记得那个失忆的英国人的病历。我问，是不是他确实是一个妇人带到医院的？是，确实是一个妇人带他来的，一个中国妇人。我问他还记不记得起她的什么细节？他回答到，除了当时她自己也得了热病，而且不久也病死了，其他回忆不起什么了……就在那时，谈话被打断了—— 一群伤员被带进来，安置在过道边的担架上，因为病房全都住满了。我没法子再挤占这个好人的时间了，特别是这时吴淞口传来的阵阵枪声随时提醒着这个好人又要有不少的事情要做了。等他转身回来，脸上还带着些与周遭的混乱不相宜的快活表情。我最后问了他一个问题，我敢说你一定能猜到我问的什么。'那个中国妇人'我说，'请问她很年轻吗？'"

绚丽的藏族服饰。

罗斯福德弹弹手上的雪茄，好像他希望他的陈述能像让他一样也让我感到兴奋。然后他接着说道："那个小个子的好人庄重地打量了我一下，然后用那种受过教育的中国人说的那种洋泾浜英语回答道：'啊，不是，她都老得不成样了，是我见过的最老的人了。"

我们静静地坐了很长时间，然后再次谈起我们记忆中那个康威——带着一点孩

子气，富有才华且充满魅力，谈起让他发生巨变的战争，还有有关时代、时间和精神世界的种种不解之谜，然后我们还谈起那个"实在老得不成样子"的满洲小妇人。最后，我们谈到那个有关蓝月亮山谷的离奇梦想。"你觉得他有可能找到那个飘渺的梦么？"我这样问道。

1933年4月，于渥德福德·格林

本书序、第一、二、三、十一章、尾声由白逸欣翻译，第四、五、六、七、八、九、十章由赵净秋翻译。

图书在版编目（CIP）数据

消失的地平线／〔英〕希尔顿（Horizon,L.）著；白逸
欣等译. 一昆明：云南大学出版社，2005（2011重印）
ISBN 978-7-81068-987-8

I. 消...　II.①希...②白...　III. 长篇小说— 英国
— 现代　IV. I561.45

中国版本图书馆CIP数据核字（2005）第081371号

Lost Horizon
James Hilton
消失的地平线

〔英〕詹姆斯·希尔顿　著

翻　译：白逸欣　赵净秋

策划编辑　赵红梅
责任编辑　龙宝珍
装帧设计　刘　雨
图文制作　刘　雨

出版发行　云南大学出版社
社　　址　云南省昆明市一二·一大街云南大学英华园
发行电话　0871-5031071
网　　址　http://www.ynup.com
E－mail　market@ynup.com
印　　装　昆明富新春彩色印务有限公司
开　　本　787×1092mm　　1/16
印　　张　15
字　　数　300千
版　　次　2007年7月第2版
印　　次　2011年8月第5次印刷
书　　号　ISBN 978-7-81068-987-8
定　　价　49.00元